目次

水野瀬高校放送部の四つの声

第一話　四番の背中

放課後の校庭に、空を掻くような音が響く。

スピーカーから流れるそれは音楽ではなく、言葉でもなく、ただの大きな音でしかなかったのに、どうしてか俺は校庭の真ん中で立ち尽くし、それきり動くことができなかった。


校舎の一階、狭く細長い中庭に面した職員室前の廊下は暗い。二月に入っても冬の寒さは緩まず、立っているだけで上履きの裏から冷気がしみ込んでくるようだ。

担任の福田先生はまだ職員室で電話をし続けている。手持ち無沙汰に背後を振り返り、中庭に面した窓に目を向けた。

砂で薄く曇った廊下の窓に、髪を短く刈った自分の顔が映り込む。生え際の形を見て、床屋に行かなければ、と考え、すぐにもうそんな必要もないのだと思い直した。

窓に映った自分の顔から目を逸らす。ちょうど福田先生が受話器を置いたので、「失礼します」と声をかけ、俺は職員室に入った。

去年三十歳の誕生日を迎えた福田先生は、職員室の中にいるとことさら若く見える。年配の先生たちより気安くて、そのぶん少し頼りない。ときどき授業は横道に逸れ、学生時代カンボジアで一人旅をして、アンコールワットで迷子になったなんて話をしてくれる。

「無理しなくても、次の授業までで良かったのに」

「早めに持っていかないと忘れそうだったので」

一昨日、珍しく風邪を引いて学校を休んだ。先生に渡したのはそのとき授業で配られた小テストのプリントだ。昨日のうちに終えていたのに提出するのを忘れていた。ついさっき、校庭を歩いているときにあの異音がしなければそのまま帰っていただろう。

プリントをチェックする先生に、あの、と声をかける。

「さっき、校庭で変な音がしませんでしたか？　スピーカーから、なんか大きな……」

「ん？　ああ、多分放送室からだと思う。掃除中に間違って機材の電源でも入れちゃったんじゃないか？　それかマイクでも落としたか」

「放送室の掃除って、誰が……？」

「放送委員会だよ。まあ、うちの学校の生徒は滅多に放送室に入らないし、学期の終わりくらいしか掃除もしてないみたいだけど」

水野瀬高校の放送委員は、校内行事で音響機材をセットすることと、たまに放送室を掃除することくらいしか仕事がないらしい。

言われてみれば、中学校までは昼休みに流れていたお昼の放送も、高校に入学してから聞かなくなった。他は文化祭の呼び出しや、体育祭の司会進行ぐらいでしかマイク越しに生徒の声を聞くこともない。

ついさっき校庭に響いた異音を思い出す。マイクのスイッチが入った瞬間の細かな空気の震えと、その後の金属的なひずんだ音。音階もない、意味もなさない、ただ大きな音の塊に呑まれたようで、動けなかった。

単に大きな音に驚いたというだけでなく、強い力でぐっと胸倉を摑まれたような錯覚に囚われた。自分でも何に意識を奪われたのかわからないが、あの瞬間の、足の裏がふわっと浮くような感覚はまだ鮮明だ。

あれは一体なんだろう。もう一度聞けば、何かわかるだろうか。

「放送室って、普段から誰でも入れるんですか？」

「いや、いつもは鍵がかかってる」

ならば放送委員にでもならない限り、放送室のマイクに触れることは難しそうだ。せめてもう少し、気楽に放送室に入る方法はないか。

「――うちの学校、放送部とかないんでしたっけ」

ふと思いついて尋ねると、プリントに視線を落としていた先生が眼鏡の隙間からこちらを見た。

「それがなぁ、淋しいことにないんだよ。何年か前は活動してたらしいんだけど、ふっつと部員が途切れて、同じタイミングでそれまで放送部の顧問やっててくれた先生も定年迎えて、それっきり廃部になったんだって。俺もこの学校に赴任してきたときはびっくりした。まさか放送部がないなんて」

「放送部って、そんなにメジャーなんですか」

「メジャーだよ。今は学生でもユーチューバーとかやってる子も多いし。俺が前にいた学校では、配信に興味がある生徒とか、声優志望の子、あとラジオファンなんかも集まって、結構人気の部だった。かく言う俺も学生時代は放送部だったしな。なんだ、興味があるなら、巌が復活させてみるか？　部員がたった一人じゃ、部っていうより、同好会みたいな扱いになるだろうけどな。初年度は部費も出ないし」

「同好会だと、どんな活動をすることになるんです？」

「そうだなぁ。一人きりだと校内放送なんかは難しいだろうし……月に何回か放送室で放送関係の本を読むとか、それくらいになるんじゃないか？」

「じゃあ、やりたいです」

若干食い気味に返してしまった。想定していた反応と違ったのか、福田先生が眼鏡の向こうで目を瞬かせる。

「でも、確か巌は、野球部だったよな？」

先生が俺の頭を見る。小学校から野球を始め、中、高とずっと白球を追いかけてきた。掌でざらついた後頭部を撫で、俺はゆっくりと手を下ろす。

「……野球部は退部します。顧問にはもう報告しました」

「……本気か？」

問いかけに、無言で頷き返す。

こちらを見上げる先生の顔はもの問いたげだ。どうしてこのタイミングで野球部を退部するんだ、とか、なぜ放送部なんだ、とか疑問に思っているのだろう。尋ねるべきか、やめようか、迷うように目が揺れている。

職員室で見る福田先生は、教室で見るときよりもずっと若く見える。生徒の本音にどこまで踏み込んでいいものか判断がつかず、慎重と臆病がない交ぜになったような顔で黙り込んでいるこんなときは特に。

気安くて、少し頼りない。

でも無遠慮じゃない福田先生のこと、俺は嫌いじゃない。


春休みが終わり、高校生活も残すところあと一年。

始業式から一週間が過ぎ、駅から学校へ向かう途中にある桜はすっかり散っているが、側溝の近くに吹きだまった花びらがしぶとく存在を主張している。

駅から続く緩い坂道を上っていくと、学校の敷地が見えてくる辺りで大きな十字路に差し掛かった。信号が赤になると、生徒たちは大人しく横断歩道の前で足を止める。駅から滞りなく歩いてきた生徒たちが信号に引っかかって数を増やしていくのは、上から見ると桜の花びらが側溝脇に吹きだまるのに似ているかもしれない。

信号が赤になったので立ち止まると、排気ガス混じりの、春先の埃っぽい風が前髪を揺らした。まだ眉毛にもかからない長さだが、なんだか落ち着かない。

「――本日のメインレースとなります桜花賞、薄曇りの阪神競馬場にファンファーレが鳴り響きました」

指先で前髪を弄っていたら、背後からぼそっと声がして耳をそばだてた。

いつの間にか後ろには数名の生徒たちが並び、信号が変わるのを待っている。その中に、俯（うつむ）きがちにぼそぼそ喋（しゃべ）っている女子がいた。ブレザーの下にパーカーを着て、目深にフードをかぶっている。肩から下げた紺色のカバンに、ピンクと黒のお守りが二つ。肩を過ぎるほど伸びた髪は、ぎりぎり地毛と言い張れないこともない明るい茶色だ。

「十八頭フルゲートで争われます。一番ホワイトスノー、二番アンナフローラ、三番アベノゴールド……各馬枠入り完了です」

競馬の実況だろうか。大きな声でもないのに、車道を走る車の音の中でも何を言っているのかきちんと聞き取れる。不思議と耳に残る声だ。

気になって耳を傾けているうちに歩行者信号が青に変わる。

足を踏み出した瞬間、背後で「スタートしました」という押し殺した声がした。

横断歩道をぞろぞろと生徒たちが渡っていく。背後にいた女子生徒はあっという間に周囲の生徒たちに呑み込まれ、声が切れ切れにしか聞こえなくなった。

大きな遅れはありません――三番手以降横並び――二頭並んで先行、後ろから迫ってきたのは――。その辺りで完全に聞こえなくなった。

横断歩道を渡り終え、実況されていたのか、とようやく思い至った。信号の前で横一列に並ぶ生徒たちを競走馬に見立てていたようだ。

まるで本物の実況のように滑らかだった。それでいて鮮明に言葉を聞き取ることができた。大きな声ではないが、単語のひとつひとつが独立していて聞き取りやすい。

校門の前で歩調を緩め、背後を振り返ってみる。

誰と競い合うこともなくのんびりと校舎を目指す生徒たちの中に、フードをかぶった女子生徒の姿を見つけることはできなかった。

二時間目の授業が終わり、日直の仕事をまっとうすべく黒板に残った英単語を消していたら、足元に消しゴムが転がってきた。

「巌、消しゴムとって」

教室の中央最前列に座る内田(うちだ)に声をかけられて消しゴムを拾い上げる。受け取った内田は礼もそこそこに「来週の英語、一分間スピーチあるけど、お前どうする」と尋ねてきた。

「まだ何も考えてない」

「マジかー、なんかネタない？」

「あったら自分で使う」

黒板に顔を向けるのと、内田が「あ、高村(たかむら)」と声を上げたのは同時だ。とっさに振り返れば、内田の視線の先、教室の後ろの戸口から高村が室内を覗き込んでいた。うちのクラスの生徒に英語の辞書を借りに来たらしい。辞書を受け取り、視線に気づいたようにこちらを向く。

高村に向かってのんきに手を振る内田の隣で、俺はさっと視線を前に戻した。高村に背を向け、黒板に残った英文を消す作業に戻る。

「あれ？　高村ずっとこっち見てるけど、厳になんか用があるんじゃないか？」

「あるわけないだろ」

一言で切って捨てる。野球部をやめた俺に、今更用なんてあるわけがない。俺だってない。何もかも今更だ。でも、背中に視線を感じる気がして落ち着かない。

しばらく黙々と黒板消しを動かしていたが、気になってちらりと教室の後ろを振り返ってみた。けれど戸口に高村の姿はすでになく、内田までいつの間にか席を立っていた。

自意識過剰だと自己嫌悪に陥る。ぼんやりと息苦しい気分になって、黒板消しを粉受けに放り、軽く右手の拳を握った。

片足を後ろに引いて、両手を振りかぶる。軽く握っていた右手を強く握りしめれば、直前まで頭に浮かんでいた考えも、一緒にぐしゃりと握り潰した気分になった。

振りかぶった右手をゆっくりと前に押し出し、最後に手首だけ鋭くスナップさせる。

力の抜けた投球フォーム。嫌なことが頭に浮かんだとき、ボールを遠くに投げ飛ばすような動作をするようになったのはいつからだろう。

痛いの痛いの飛んでいけ。そんな子供だましの呪文みたいに、嫌な思いを遠くに飛ばす。イメージだけでも気が楽になるのだから、案外人間は単純だ。

前のめりになった体を起こしたところで、廊下から福田先生がひょいと教室内を覗き込んできた。

「今日のショートホームルームは、特に連絡事項はありませーん。以上！」

教室の喧騒(けんそう)に負けないように声を張り上げ、そのまま職員室へ行くのかと思いきや、先生は大股で俺のもとまでやってきた。

「巌、ビッグニュース。同好会に一年生が入ったぞ。しかも二人」

棒立ちになる俺を見て、先生は「反応薄いな」と不満げな顔をする。

「もっと喜べよ。新入生が入ったから、放送同好会から放送部に昇格するんだぞ。カッコ仮はついてるけど」

「――なんで、同好会が部になってるんですか」

「うちの学校、四人以上メンバーが揃えば部として認定されるだろ？　部を創設した初年度は部費も出ないし、今は部とも同好会ともつかない中途半端な状態だが、この調子で四人部員が揃ったら来年からは正式に部として認められる。だから今のうちに放送部扱いとして活動を始めようと」

「一年が入ったんですか？　本当に？」

放送部にしろ放送同好会にしろ、過去数年間の実績はない。先週新一年生向けに体育館で行われた部活紹介でも壇上でのアピールなどはしておらず、部活一覧表の末尾に控えめに名前を連ねただけだ。部員勧誘のポスターすらなく、その存在を認知している生徒の方が少ないだろうに、まさか新入部員が入ってくるとは。

福田先生は教卓に肘をつき、なぜか嬉しそうに笑っている。

「言ったろ、放送部は結構人気があるって。これまでは部活一覧に名前がなかったから部員が入ってこなかっただけで、これを機に一気に増えるかもな。後輩の指導は頼んだぞ」

「……ちなみにその一年生って、仮入部ですか？」

「いや、すっ飛ばして入部届出してきた。二人とも同じ中学出身らしくて、顔見知りって感じだったな」

「もしかして中学でも放送部だったとか、そういう……？」

「というわけでもないらしくてな、二人とも元演劇部らしい」

「……演劇と放送って、全然畑が違いませんか」

「そうでもないぞ？　お前が思ってるより放送部の活動は多岐にわたるから。それに片方は裏方で照明と音響やってたらしいから、機材の使い方もちょっとはわかるかもな。もう一人は役者として舞台に立ってたって」

どちらにしろ、なぜ放送部に入部したのかわからない。うちの学校には演劇部だってあるというのに。

途方に暮れる俺の背を、福田先生が軽く叩く。

「とりあえず、活動日決めるか」

福田先生の助言で、放送部の活動日は月・水・金の放課後となった。先生が高校生の頃に所属していた放送部がその間隔で活動をしていたそうだ。

記念すべき第一回目の活動日は、一年生入部の一報を聞かされてから二日後の水曜日。

あいにく福田先生は職員会議があるので今日の部活には出席できないらしい。いきなり顧問抜きで、唯一の上級生である俺は放送部の知識ゼロで、もはや不安しかない。

授業を終えて校舎の一階に下りる。階段の正面には下駄箱の並ぶ昇降口があり、いつもならこのまままっすぐ下駄箱に向かうが、今日は直進せずに左へ折れた。放送室は職員室の隣、校舎のどん詰まりにある。

授業後にすぐ帰らないのは久しぶりだ。中学の頃から連日部活で日が落ちるまで学校に居残っていたから、日が高いうちに学校を出る状況にまだ慣れない。明るいうちに帰宅できることにもっと解放感を覚えるかと思ったが、現実にはうっすらとした罪悪感を抱いた。悪いことなどしていないのだから、罪悪感とは違うのかもしれない。そわそわと落ち着かないこれは、焦燥感と呼んだ方が近そうだ。

廊下を歩いて放送室の前に立つ。頑丈そうなスチールの扉には「放送室」のプレートが張られ、更に扉の上に「放送中」と書かれたランプが設置されていた。今は明かりがついていないが、中で放送が始まると点灯するのだろう。

もう一度「放送中」のランプが消灯していることを確認して、思い切って扉を開けた。

最初に目に飛び込んできたのは、入ってすぐ正面にある窓だ。校庭に面した窓からは運動部の様子が見えて、とっさに目を逸らしてしまった。

ジャージを着て走っているのは、陸上部か。この窓からは、野球部が活動している場所は——見えないようだ。

放送室に入って真っ先に確認するのがそれなのかと、自分に呆れた。

気を取り直して室内を見回す。

思ったより狭い、というのが第一印象だった。部屋の壁には音楽室と同じく、小さな穴がたくさん開いている。窓辺のテーブルには年代物と思しき（おぼ）パソコンが置かれていた。床にはカーペットが張られ、どうやら上履きを脱いで中に入るようだ。

一部屋を壁で仕切って二つに分けているらしく、右手奥に隣の部屋に続く扉があった。部屋を仕切る壁には窓がついていて、ガラス越しに隣室が見える。

廊下から入ってすぐのこちらの部屋は、音響機材や分厚いファイルを収めたキャビネットが並び雑然とした印象だが、隣の部屋はホワイトボードと机が並んだ会議室のようだ。マイクやスタンドもあるところを見ると、放送はあちらで行われるのかもしれない。

隣室と接した窓の下にもテーブルが置かれ、その上にはこまごまとしたボタンやレバーがずらりと並んだ機械が設置されている。テーブルの脇にも無骨な四角い箱のような機材が——と思ったら、その前に制服姿の男女が二名、肩を寄せ合って座り込んでいた。

初めて立ち入る放送室の様子に気を取られ、二人の姿が目に入らなかった。

二人はとっくにこちらに気づいていたらしく、座ったまま俺を見ている。女子は肩まで届くかどうかという長さの髪を後ろでひとつに束ね、ぴょこっと揺れるそれがスズメの尻尾(しっぽ)のようだ。その隣にいる男子は長い脚を窮屈そうに胸に抱え、緩くうねった前髪の下で視線をさ迷わせている。

事前に福田先生が言っていた新入部員か。尋ねる前に、女子生徒が身軽に立ち上がった。

「巌先輩ですよね？　はじめまして、一年一組の赤羽(あかば)涼音(すずね)です。よろしくお願いします！」

物怖じしないはきはきとした自己紹介をして、赤羽さんは腰を直角に折る。俺も軽く頭を下げ、「三年五組、巌泰司(たいじ)です」と自己紹介をした。

「よろしくお願いします！　ほら、白瀬(しろせ)君も」

赤羽さんに促され、ようやくもたもたと立ち上がった男子は俯き気味で名乗る。

「白瀬、達彦(たつひこ)です。よろしくお願いします……」

ほんの数歩しか離れていないのに、うっかりすると聞き逃すくらい小さな声だった。その上ひどい猫背だ。姿勢を正せば俺より背が高いだろうに。俺と目が合うとおろおろした様子で小柄な赤羽さんの後ろに下がってしまう。随分と対照的な二人だ。

「赤羽さんと、白瀬か」

呼び捨てにすると、白瀬は怯(ひる)んだようにまた一歩後ろに下がってしまった。君(くん)でもつけた方がよかったか。言い直すのも今更な気がして、せめて「よろしく」と声をかけた。

「よろしくお願いします！」と応えてくれたのは赤羽さんだけで、白瀬は無言で会釈をしただけだったが。

とりあえず上履きを脱いで放送室に入ったはいいが、頼みの綱の福田先生もいないし、何をすればいいやらさっぱりだ。下手に取り繕(つくろ)ってもいずればれるだろうし、二人には放送部の現状を包み隠さず伝えることにした。

一通り話を聞いた赤羽さんは、驚きを隠せない様子で目を丸くした。

「じゃあ、去年まで全然活動してなかったんですか？」

「存在してなかったって言った方が近い。部活案内に名前さえ載ってなかった。今年から俺が復活させたけど、俺も別に放送に詳しいわけじゃなくて……むしろ何もわからない。そのへんの機械も、何をどう使うのかさっぱりだし」

壁際に並んだ機材を指さしながら白状すると、赤羽さんと白瀬が顔を見合わせた。

「だったら、白瀬君が先輩に機材の使い方教えてあげたら？」

白瀬がぎょっとしたように目を見開き、ただでさえ猫背気味だった背をさらに曲げる。

「白瀬は機材のことわかるのか？」

「いえ、僕はその、ちょっとしか……。だからあの、あ、赤羽さん……」

白瀬は困り果てたような顔で赤羽さんを見るが、当の赤羽さんは「大丈夫だよ」とからりと笑った。

「そんなおろおろしなくてもちゃんと説明できるって。こういうのは場数だから」

赤羽さんにぐいぐいと背中を押され、白瀬が観念したように機材の載ったテーブルの前に立つ。肩越しにちらりとこちらを振り返ったので、俺もその隣に立った。

「あの、ざっくりなんですが……こちらの部屋が調整室、です。マイクの前で実際に原稿を読んだりするのは、隣のブースで行うことが多いです。これは、調整卓です」

テーブルの上に置かれた、やたらとボタンが並んだ機材を白瀬が指さす。

「ここが電源ボタンで、このランプは放送状態を表示してます。こっちにずらっと並んでいるのは、スピーカー選択ボタンです。各教室と、体育館とか校庭のスピーカーを選択するための……」

「全クラスに放送を流すためには、このボタンを全部押さないといけない？」

「いえ、こっちにグループ選択ボタンがあるので、全校放送をするときはこのボタンを押せば大丈夫です。このレバーはマイクの選択を行うもので……」

赤羽さんの傍らにいたときはおっかなびっくり小さな声で喋っていたのに、機材の説明を始めたら途端に声のトーンが安定して、口調のよどみもなくなった。

随分詳しいようだが、演劇部では裏方で音響や照明の担当でもしていたのだろうか。

初めて耳にすることばかりで機材の使い方は半分も理解できなかったが、実際に校内放送なんてできるようになるのはずっと先のことになるだろう。まずは部活の基本方針を決めようと、パソコンの置かれたテーブルに横並びに座る。

「本当になんの実績もない部活だから、俺も福田先生も手探りなんだ。そもそも、春の時点では放送同好会だったし」

「そうですよね。部活紹介にも同好会って書いてありましたし。福田先生は放送部になったって言ってましたけど」

「うん。そういうことになったらしい」

「よかった！　できれば部として活動したかったので、嬉しいです！」

満面の笑みを浮かべる赤羽さんを見たら、正式に部に決まったわけではないという説明を呑み込んでしまった。言ったら絶対がっかりされる。そんな嬉しくない役回りは福田先生に押しつけることにして、曖昧に頷くことで言及を避けた。

俺と白瀬の間に腰を下ろした赤羽さんは、パソコンのディスプレイに積もった埃を指先で拭って、なるほど、と真剣な顔で頷いた。

「気にはなってたんですよね。この学校ってほとんど放送が流れないじゃないですか。お昼の放送もないし、下校放送も」

「うちの学校の放送委員は、学校行事のときに機材の持ち出しをするのが主な仕事らしい。実際に声を出すのは、文化祭か体育祭のときくらいじゃないかな」

「――ちなみにお昼の放送って、放送部で流してもいいんですか？」

いつかの放課後、例外的に校庭に響いた、空の底が割れるような音を思い出していたせいで、一瞬赤羽さんの言葉に反応するのが遅れた。

「……お昼の放送、したいの？」

「したいです！」

即答だ。その向こうに座る白瀬はと見ると、困ったような顔で微笑んでいる。やりたいのかやりたくないのか、判断がつかない。

面倒なことになった。まさか毎日流す気か。三人で？

「……放送部が担当できるかはよくわからないから、福田先生に確認しておく」

とりあえず、この場は明言を避けるしかない。福田先生が、『お昼の放送は放送委員だけに許された特権だ』と言ってくれることをただ祈る。

「ちなみに、他にやりたいこととかは？」

話題を逸らすつもりで尋ねれば、赤羽さんは待ってましたとばかり拳を握った。

「もちろん、全国大会出場です！」

お昼の放送どころではない。とんでもない言葉が飛び出して、無言で瞬きを返すことしかできなかった。

放送部の全国大会とは何か。

全く想像がつかなかったので、自宅へ帰る電車の中、スマホで軽く検索してみた。画面の一番上に出てきたのは『ＮＨＫ杯全国高校放送コンテスト』の文字だ。公共放送の名を冠する大きな規模の大会であることを知り、唖然とした。

大会概要には様々な部門が並記されている。アナウンス、朗読、ラジオドキュメント、テレビドキュメント、創作ラジオドラマ、創作テレビドラマ。高校生が部活でテレビドラマなんて作るのか。一体どうやって。字面を見ただけではやっぱり想像がつかない。

通称『Ｎコン』と呼ばれるこの大会の参加校数は千五百校以上。エントリーの締め切りは六月末で、大会は七月に開催される。今は四月の半ば。全国大会の前に各都道府県の予選もあり、どう考えても今年の大会出場には間に合わない。

帰り際、赤羽さんが「来年の大会に間に合うように、今年一年頑張るつもりです！」と言っていた理由がわかった。開催時期などはきちんと把握しているらしい。

スマホの検索画面を開いたまま、座席の背もたれに身を預ける。

赤羽さんはなんの憂いもない顔で「頑張りましょうね、先輩！」と笑っていたが、来年の今頃、この学校に俺はいない。来年のことは赤羽さんと白瀬に任せるしかないが、今一つ白瀬の熱量が捉えきれなかった。赤羽さんが熱弁を振るう後ろで控えめに笑っていたが、案外あいつも巻き込まれる形で放送部に入ったのだろうか。

（『目指せ、全国大会』なんて言ってたな）

たった三人しか部員のいない放送室で、臆面もなくそう口にしていた赤羽さんを思い出したら、胸に不思議な疼きが走った。

どんなジャンルであれ、全国大会への道のりはそう簡単でないはずだ。そのことをきちんと理解しているのか、と冷めた目で赤羽さんを眺める一方、迷いなく目標を掲げられる姿が羨ましくもあった。

野球部でも部員たちが『目指せ、甲子園！』と声を揃えていたが、全員が赤羽さんほど本気で甲子園を目指せていただろうか。

心のどこかで、どうせ今年も地方大会二回戦止まりだと思ってはいなかったか。

（でも、もしかしたら今年は……）

今年だけは、地方予選の三回戦も突破できるかもしれない。

高村にしごかれ、今年の二年は随分動きがよくなっていた。チーム内の連携もとれている。先輩たちの守りも固い。何より四番打者の高村が主砲になれば、もしかしたら三回戦突破どころか、甲子園さえ——。

ガタン、と電車が揺れて我に返る。

気がつくと、スマホを握る手に薄く汗をかいていた。汗ばんだ掌には黄色いタコがいくつもある。小、中、高とバットを握り続けた証だ。

野球部をやめ、もう一カ月以上バットを握っていないのに、黄色く変色したタコは消えず、触れば硬い。今はまだ。

このままバットを握らなければ、掌に残るタコもやがて柔らかくなって、周りの皮膚の色に馴染んで、いずれそこにあったことさえわからなくなってしまうのだろうか。そうなったら、バットを握ったとき一体どんな感触がするのだろう。

Nコンの熱気が思い描けないのと同じくらい想像がつかず、手に残るタコを隠すように強く掌を握り込んだ。

放送部の活動内容が決まっていない以上、放課後に集まったところですることなどない。そう思っていたが、一年生たちは想像以上に前向きだった。

「中学のとき、演劇部で行っていた練習を自主的にアレンジしてきました！」

赤羽さんから手書きの練習メモを差し出される。下級生にこんな提案をされたら、ノープランで部活に挑もうとしていた自分が情けなくなって素直に従うしかなかった。

「まずは準備運動と、体幹トレーニング、ストレッチなんかを行います」

赤羽さんは張り切ってトレーニング内容を教えてくれたが、これはむしろ去年まで運動部だった俺の方が慣れている。ストレッチの後、腹筋、背筋、プランクをそれぞれ三セット。初心者には結構ハードでは、と思っていたら、案の定トレーニング表を持ってきた赤羽さん自身が息を切らしている。大丈夫かとはらはらしたが、もっと不安なのは白瀬だ。腹筋をしようとしているが、まるで上体が上がっていない。

筋トレだけなら俺も教えられることが多いし、先輩の面目躍如だな、などと思っていたが、続く発声練習であっという間に攻守が逆転した。

「まずは発声練習です！　ロングトーンから行いましょう」

赤羽さんに言われるまま放送室の壁際に立つ。隣に白瀬も並び、まずは姿勢を正された。

「最初に腹式呼吸の確認をします。楽な姿勢で、肩の力を抜いてください。鼻から空気を一杯吸って、肩を上げないでお腹を膨らませてください」

言いながら、赤羽さんが躊躇なく俺の腹に触れてきてぎょっとした。女子にこんなに頓着なく体を触られること自体稀なのでむせそうになったが、同じように赤羽さんに腹を押された白瀬が平然としているので、これはそういうトレーニングなのだと平静を装った。

「口から少しずつ空気を吐いてください。胸や肩で呼吸しないでくださいね。できるだけゆっくり時間をかけて吸って、同じくらい時間をかけて吐きます。鼻で吸って口で吐いたら、次は口で吸って口で吐く。口で吸って鼻で吐いて、鼻で吸って鼻で吐いてください」

全く身じろぎしていないが、意外なほど頭の中が目まぐるしい。赤羽さんに姿勢を正されながら腹式呼吸を繰り返す。

「では、声を出していきましょう。背筋を伸ばして息を吸い込んだら、口を大きく開けて、『アー』と静かに声を出します。大きな声じゃなくて大丈夫ですからね。一定の声量で発声するのが大事です」

俺と白瀬はほとんど同時に声を出す。白瀬の声は相変わらず小さくて、俺の声に押されがちだ。

正直、肺活量には自信があった。少なくとも白瀬よりは長く息が続くだろうと思ったが、結果は惨敗。声が掠（かす）れるぎりぎりまで息を吐ききり、苦しさに負けて息を吸い込んだ俺の横で、白瀬は平然と声を出し続けた。小さいが、ぶれの少ない一定のトーンで。

負けた。いつも赤羽さんの後ろで俯いている、あの白瀬に。

こうなると俄然（がぜん）やる気がわいてくる。声が小さいから長く息が続くのではと、二度目のロングトーンは声を落としてみたが、やっぱり敵（かな）わない。裏方とはいえ、元演劇部は伊達（だて）でないようだ。

悔しいよりも素直に感心して「凄いな」と声をかけると、白瀬が初めて照れたように笑った。

「次は外郎売りやってみましょう」

赤羽さんが新たなプリントを手渡してくる。何やら長々とした文章が書かれたそれに目を通し、すぐに眉根を寄せた。

「……これ、古文の教科書のコピーか何か？」

やたらと古めかしい言い回しが並んでいるのでもしやと思ったのだが、赤羽さんは「違いますよ」とおかしそうに笑う。

「歌舞伎の有名な口上です。演劇部では滑舌の練習に使ってました」

「これを……読むの？　全部？」

大きめのフォントで、Ａ４の紙五枚分の量がある。しかもやたらと漢字が多い。一応全部かなが振ってあるが、それでもつっかえずに読むのは難しそうだ。

「巌先輩は初めてなので、私たちが読んでみましょうか」

今度は赤羽さんと白瀬が壁際に並び、その向かいに俺が立つ。

「まずは私ね」と白瀬に声をかけ、赤羽さんが外郎売りを読み上げ始めた。

「拙者親方と申すは、御立会の内に御存知の御方も御座りましょうが、御江戸を発って二十里上方、相州小田原一色町を御過ぎなされて、青物町を上りへ御出でなさるれば、欄干橋虎屋藤右衛門、只今では剃髪致して圓斎と名乗りまする」

うわ、と口の中で呟いてしまった。耳慣れない言葉の連続だが、赤羽さんの声は明るくはきはきとして聞き取りやすい。抑揚もあって、このまま舞台に立てそうな雰囲気だ。

白瀬は「久しぶりだけど、読めるかな……」なんて不安そうな顔をしていたが、いざ自分の番が回って来ると落ち着き払って読み上げ始めた。

「小米の生噛み、小米の生噛み、こん小米のこ生噛み。繻子・緋繻子、繻子・繻珍。親も嘉兵衛、子も嘉兵衛、親嘉兵衛・子嘉兵衛、子嘉兵衛・親嘉兵衛。古栗の木の古切り口。雨合羽か番合羽か。貴様の脚絆も革脚絆、我等が脚絆も革脚絆——」

こんなのほとんど早口言葉だ。俺ならどんなにゆっくり読んだとしても、舌も口も回らない。それをすらすら読んでしまう白瀬に愕然とした。赤羽さんのようにたっぷりと抑揚をつけることこそないが、白瀬の口調も滑らかで聞き取りやすい。

最上級生の俺が完全に後れを取っている。

「最初はこのくらいのスピードで大丈夫です。慣れてきたらだんだん速くしていきましょうね。じゃあ、次は先輩も一緒に」

赤羽さんににっこりと微笑まれ、どうやってこの窮地を切り抜けようと目を泳がせていたら放送室に福田先生がやって来た。天の助け、と思ったが——。

「お昼の放送、来週から放送部で流すことになったぞ」

「えっ」と大きな声が出た。赤羽さんも同時だ。口から飛び出た言葉こそ同じだが、互いの表情は両極端だった。赤羽さんは満面の笑みを浮かべ、俺は——言うまでもない。

赤羽さんは福田先生のもとに駆け寄って「本当ですか！」と飛び跳ねる。

「職員会議で頑張ったからな。放送部の活動日と同じ、月、水、金の昼休み。放送時間は二十分だ」

「凄い！　二十分も？」

赤羽さんは興奮した様子で手を叩くし、その後ろで白瀬も控えめに笑って手を叩いている。相変わらず白瀬は本気で喜んでいるのかわからなかったが、お愛想でも手の叩けない俺よりはよっぽどましな反応だ。

盛り上がる一年生たちの横で一人項垂(うなだ)れていると、福田先生が静かに隣に立った。

「せっかく一年生が喜んでるのに、そんな水を差すような顔するなよ、部長」

部長。そう、この部の部長は俺だ。放送同好会を立ち上げたときは一人しかいなかったので、代表者は俺ということになっていた。

「福田先生……放送同好会なんて、月に何度か部室で本を読んでるだけって言ってたじゃないですか」

「それは同好会の話だろ？」

「今だって部員が四人集まってないんですから同好会状態ですよね？」

「もしかしたら仮入部期間中にもう一人くらい新入部員が来るかもしれないじゃないか。早めにお昼の放送を流せば、それをきっかけに放送部に興味を持ってくれる生徒もいるかもしれない」

「それは学校のルール的にセーフなんですか……？」

ギリギリアウトな気がする。

はしゃいでこちらの会話を聞いていない一年たちを横目に、福田先生は「そうだなぁ」とのんびり笑う。

「でも、このチャンスを逃したら、俺がこの高校にいる間に放送部が復活することなんてなさそうだしな。一回失敗してるし」

失敗？　と怪訝な顔で尋ね返すと、先生の口元に苦笑が滲んだ。

「この学校に赴任したばっかりのころ、お前みたいに放送部を復活させようとした生徒がいたんだよ。俺も放送部がないのは淋しかったから力になりたかったんだけど、結局他の部員が集まらなくて同好会止まりでさ。そいつも一人じゃ放送らしい放送なんかできなくて、結局一年で放送同好会は消滅だ。元放送部の俺としては無念極まりなかったな。せめて放送の楽しさをもっと教えてやりたかった」

先生は腕を組み、本当に悔しそうに眉を寄せている。

「だから、もし次に同じような機会があったら、もっとなりふり構わず手を貸そうと思ってたわけだ」

悔しそうな表情から一転、俺を横目で見た先生がにやりと笑う。俺は愕然と先生を見やり、掠れた声で呟いた。

「俺が放送同好会作りたいって言ったときは、全然そんな素振りなかったじゃないですか」

「巌はなんで放送に興味持ったのか全然わからなかったし、どこまで本気かもよくわからなかったから。でも、せっかくやる気のある一年生が二人も入ってきてくれたし、これはとっとと外堀を埋めておくべきだな、と思ってお昼の放送の時間をもぎ取ってきた」

明るく笑う先生を呆然と見詰める。まんまと罠にはめられた気分だ。

福田先生は優しい反面、生徒の内情に踏み込みきれず、少し頼りないところがあると思っていたのに、思いがけずしたたかな一面を見せつけられて言葉が出ない。

だが、思えば福田先生は学生時代、カンボジアまで一人旅をしているのだ。言葉の通じない異国でたった一人宿を取り、食事をして、アンコールワットに辿り着き、迷子になりながらもなんとか日本に帰ってきた人なのだから。

多分、俺の見る目が曇っていたのだろう。

お昼の放送は二十分。放送に関しては全く素人の部員が三人、ラジオのようにフリートークなどできるはずもなく、まずはオーソドックスに流行りの音楽を三曲ほど流すことで落ち着いた。

「皆さんこんにちは、お昼の放送の時間です」で始まる放送は、俺たちの中で一番喋りが達者な赤羽さんがアナウンスを担当することになった。曲紹介以外は無駄口も叩かず、最後は「これでお昼の放送を終わります」で締める。無難な構成だ。

月曜日。初放送を前に、放送室に集まった俺たちは緊張した面持ちを隠せなかった。

「じゃ、もう一回ミキサーの説明するぞ。ここの部分がチャンネルコントロール部。左二つがマイクとつながってるから。オンスイッチ押して、必ずランプが点灯してることを確認してからフェーダーを上げるように。でないと音が出ないからな。赤羽さんがマイクの前に着いたら白瀬がスイッチ入れて、フェーダーを上げる」

放送直前に、福田先生とミキサーの使い方の最終確認をした。

赤羽さんはすでにブースに入ってヘッドホンを着け、卓上スタンドに取りつけられたマイクの角度を調整している。ミキサーの前に座るのは白瀬だ。俺は赤羽さんたちが用意したCDをプレイヤーに入れ替える係を任命された。

「あの、音楽を流すときはどのフェーダーを上げれば……？」

ミキサーにいくつも並ぶ、上下に動くつまみ——フェーダーというらしい——の上で白瀬が手をふらつかせる。

「今回はもう上げてあるから、音楽をかけるときは特に何も弄らなくていい。巌がプレイヤーの再生ボタンを押せばちゃんと曲が流れるから。いじるのは赤羽さんが喋るときだけ。フェーダーを下げて音量をBGMレベルに下げる」

はい！　と赤羽さんがブースの向こうで声を張り上げた。

「先生、マイクの距離はこのくらいで大丈夫ですか？」

「それじゃ近すぎる。緩く拳握って、親指と小指だけ立ててみて。親指に唇当てて、小指の先がマイクに届くくらい。ポップガードがないからそれくらい離れてないとノイズが入りやすくなるから気をつけて。それから、原稿を触るときの音がマイクに入らないように」

さすが元放送部。指示を出す先生の言葉には淀みがない。

一年生たちが青い顔で何度も手順を確認しているので、CDプレイヤーの再生ボタンを押すだけの俺まで緊張してきてしまった。

お昼の放送は、昼休みが始まってから十分後に始まる。いよいよ放送時間が近づいてきて、一年生たちの顔色が悪くなってきた。

「途中でセリフが飛んだらどうしよう……」

いつも明るい赤羽さんが震える声で呟く。

「大丈夫だ。原稿があるんだし、途中でわからなくなったら最初から読み直せばいい」

「でも、そうすると時間が狂っちゃいますよね……」

放送は二十分間。その時間は案外厳密で、白瀬はストップウォッチまで握らされている。

「僕も、途中でストップウォッチとか見てる余裕がなくなりそうで……」

「だったら時間は俺が見る。白瀬はミキサーだけに集中しろ」

白瀬の手からストップウォッチを奪い取ると、赤羽さんと白瀬が同時に「先輩……」と縋(すが)るような視線を向けてきた。

一瞬、野球部の後輩の視線とダブってしまってうろたえた。下級生に対して厳しく指導することの多かった野球部で、俺はどちらかというと穏健派扱いされていたらしく、部活中もよく一年生に相談事などをされていた。

坊主頭の野球部と、赤羽さんや白瀬の風体(ふうてい)はまるで違う。でも、俺の顔を見て安心したように肩の力を抜く姿は一緒で、妙に放っておけない気分になった。

「何かあったら俺と福田先生がどうにかするから、おどおどせずにやってみろ！」

赤羽さんと白瀬は「はい！」と元気に答えてそれぞれの位置につく。ストップウォッチを構える俺の後ろで、福田先生がひっそりと囁いた。

「巌も部長らしくなってきたな。その調子でよろしく頼むぞ」

勘弁してくれ。そう思うのに、言葉にならない。ブースに入り、マイクと口元の距離を何度も確認する赤羽さんや、真剣な表情でフェーダーに手をかける白瀬の顔を見たら、突き放すような言葉を腹の底深くまで呑み込んでしまった。

そろそろ放送の時間だ。赤羽さんがヘッドホンを着け、時計を確認していた福田先生がカウントを始める。

合図と同時に白瀬がフェーダーを上げ、赤羽さんが大きく息を吸い込んだ。

「皆さんこんにちは、お昼の放送の時間です」

四月も終わりに近い金曜日。今日は朝から雨が降っていて、こんな日は校舎のそこここから運動部のかけ声がする。校庭が使えないので校舎内で筋トレをしているのだ。

放送室の前に立ち、念のためドアの上のランプが消灯していることを確かめてから扉を開くと、室内にはすでに赤羽さんと白瀬の姿があった。

「お疲れ様です、巌先輩」

真っ先に声をかけてくれたのは赤羽さんだ。奥から白瀬も顔を出し「お疲れ様です」と挨拶してくれる。

お昼の放送が始まってから一週間。放送後、一緒に弁当を食べるようになったおかげか、最近は白瀬の態度も柔らかくなってきた。怯えたような表情は鳴りを潜め、今も頬に笑みを浮かべている。案外人懐っこい笑顔だ。

週に三回のお昼の放送も、一週目を終えてようやく少し落ち着いてきた。初回はかなりひどいもので、白瀬は初っ端から赤羽さんの方ではないマイクのフェーダーを間違えて上げるし、赤羽さんも俺たちがサインを送っているのに気づかず原稿を読み続けるし、かと思いきや音楽を流している最中に「今マイク入ってる？」という赤羽さんの声が放送に乗ったり、かく言う俺もCDをかける順番を間違えたりして、一言で言えばぼろぼろだった。

「でも、今日の放送は大きな失敗もなく終わりましたよね！　ちょっと慣れてきたし、放送の頭にオープニング曲とかつけてみます？」

ストレッチをしながら赤羽さんが満面の笑みで言う。やりたいことが尽きないものだと感心半分、呆れ半分で考えながら基礎練に加わった。ストレッチから、プランク、スクワット、腹筋をそれぞれ三セット。

雨音に耳を傾けながら黙々と筋トレをしていると、白瀬が情けない声を上げた。

「赤羽さん、ちょっと……ちょっと休憩しよう……」

「えぇ？　まだ一セット残ってるよ？　これじゃ後から来た先輩の方が先に基礎練終わっちゃう」

「いや、俺もそんなに早くは終わらないから」

三セット目の腹筋をしながら応じると、背中を床にべったりとつけた白瀬が頭だけ上げてこちらを見た。

「巌先輩、随分体力ありますけど、何かスポーツとかやってたんですか？」

白瀬から話を振ってくることは珍しい。返答に迷っていたら、次々質問が飛んできた。

「放送部に入る前はなんの部活に入ってたんです？　運動部ですよね？　何部ですか？」

人見知りと見せかけて、慣れるとぐいぐい来るタイプらしい。黙殺してしまおうかとも思ったが、三人しかいない部活の空気を悪くするのも気が引ける。観念して、体を起こした瞬間に「野球部」と答えた。

「野球部をやめて、放送部に？」

白瀬が素っ頓狂な声を出す。赤羽さんも意外そうな顔だ。自分でも酔狂なことをしている自覚はある。

立ち上がってスクワットに移ると、白瀬も身を起こして俺と一緒にスクワットを始めた。

「一年のときから野球部だったんですか？　あと半年もしないで引退なのに、どうして最後の最後でやめたんです？　どこか怪我でも？」

「……喋りながらやると息切れるぞ」

「もう切れてます」

本人が言う通り、白瀬の息遣いは苦しそうだ。膝もほとんど曲がっていない。それでも俺の返事を待って、肩で息をしながらスクワットを続けている。

多分、悪気はないのだろう。気になったから尋ねただけで、訊けば答えてもらえると子供みたいに単純に信じている。俺が言い渋っているのにはまるで気づいていない。無視をするのも大人げない気がして、軽く乱れた息の下から答えた。

「……野球部で、ちょっとした裏切りに遭って」

「う、裏切り？」

「そう。ところで白瀬、スクワットはもっと沈みこまないと意味がない」

白瀬は目を丸くしたまま深く腰を下ろし、そのままバランスを崩して床に尻もちをついた。ぽかんとした様子でこちらを見上げ「裏切り……」と繰り返され、俺は唇の端を歪めるようにして笑った。

「いや、冗談。持たざる者のやっかみだ。三年になったら受験で忙しくなるし、野球部の練習もきついし。そんなに野球が好きなわけでもなかったからやめただけだよ」

白瀬からふいと視線を逸らし、腹筋をしていた赤羽さんに目を向ける。

「赤羽さん、無理に上半身起こさなくても、首上げてへそを見るだけでも効果あるよ。無理すると腰痛めるから気をつけて」

「は、はい……！　ありがとうございます！」

スカートの下に体育で使うハーフパンツを穿いて腹筋をしていた赤羽さんは、腹筋を終えるとプランクを始める。俺もスクワットを終えてプランクを始めたところだったので、今度は赤羽さんと顔を突き合わせる形になった。

「さすが、巌先輩のアドバイスは的確ですね。いつも助かってます」

「いや、基礎練のメニューとか考えてくれたのは赤羽さんたちだし、せめてこれくらいはしないと。放送機材の使い方もまだ全然覚えてないし」

それに、この後の発声練習では完全に教える方と教えられる方が逆転するのだ。今ぐらい先輩面させてほしい。

プランクをする赤羽さんの顔は苦しそうで、少しでも気を紛らわすため話を振ってみた。

「そういえば、Nコン？　あれってアナウンス部門とかドキュメント部門とかいろいろあるみたいだけど、赤羽さんは何部門に出たいの？」

「私は……っ、創作テレビドラマ部門に出たいです！」

俯いてぶるぶると腕を震わせていた赤羽さんが、叫ぶと同時にべしゃりと床に崩れ落ちた。肩で息をして、それきり動き出す気配がない。

俺はプランクを続けながら、少し意外な気分で赤羽さんを見下ろす。

マイクの前で喋る赤羽さんは滑舌がいい。普段から声も大きく、はきはきと喋るので、なんとなくアナウンス部門を目指しているのかと思っていた。

だが、考えてみれば赤羽さんも白瀬も中学時代は演劇部だったのだ。舞台の上かカメラの前かの違いはあれど、演じるという点に変わりはないのかもしれない。

しかしそうなると、ますます演劇部に入らなかった理由がわからない。水野瀬高校の演劇部は結構な大所帯だ。文化祭では演劇部の舞台を見るため、在校生はもちろん、保護者まで体育館の前に列を作る。

どうして演劇部に入らなかったの、と尋ねようとして、直前で口を閉ざした。

つい先程、白瀬から野球部をやめた理由を尋ねられて閉口（へいこう）したばかりだ。自分まで同じような振る舞いをしてどうする。

赤羽さんが床に突っ伏し、白瀬がへろへろとしたスクワットを繰り返す間、俺はひたすらに歯を食いしばってプランクを続けた。

二時間足らずの部活を終え、揃って放送室を出た。

職員室前の廊下を歩きながら、赤羽さんと白瀬は「あいうえお、いうえおあ、うえおあい」と声を合わせている。最近俺が読まされている五十音交錯表だ。

発声練習初心者の俺にいきなり外郎売りは難しいと思ったのか、二人も俺に合わせて初歩的な練習につき合ってくれている。

今後ＣＤ交換要員として過ごすつもりでいる俺が発声練習をする必要があるのかどうかは疑問だが、他にやるべきこともない。とりあえず、いつかロングトーンで白瀬に勝つことを目標に掲げ、黙々と練習を続けていた。

職員室を通り過ぎ、昇降口の前で赤羽さんたちと別れる。自分の教室に戻ってみたが室内の電気は落ちていて、誰もいない教室に雨の音だけが薄く響いていた。

窓辺に近づいて目を凝らす。少し小雨になっただろうか。もうしばらく待ったらやむかもしれない。それまで待とうか、もう帰ろうか。視線を揺らせば視界の左端に体育館の屋根が映り込む。校舎と体育館をつなぐＬ字の外廊下も。

雨の吹き込む外廊下の屋根の下に、ユニフォームを着た野球部員たちの姿がちらりと見

え た。雨の程度を確かめようとしているのか、誰かが廊下から腕を伸ばす。青々とした坊主頭の野球部員がこちらを見た気がして、慌てて窓辺から離れた。

教室から外廊下までは距離があるし、こちらに気づくわけもないだろうに、とっさに隠れるような真似をした自分に舌打ちした。

二年の終わり、野球部をやめることを俺は他の部員たちに告げなかった。春休みの練習が始まって、初めて俺がやめたことを知った奴がほとんどだ。

『どうして最後の最後でやめたんです?』と不思議そうに口にされた白瀬の言葉が、今になって胸に食い込む。怪我をしたわけでもないのに、どうして。

野球部の連中なら、きっと面と向かってそう尋ねない。三年に進級する際に部活を去る者は珍しくもないからだ。多くは試合で活躍できず、レギュラーになることもほとんどなかった人たちが、受験勉強を理由に去っていく。

そういう先輩を見るたびに、心のどこかで「格好悪い」と思った。どうせ夏には引退なのだし、ここまできたら最後までやり遂げればいい。今更焦ったって遅い、とも。

でも、今になって思う。野球部を去っていった先輩たちは、受験のためだけに部活をやめたのだろうか。もしかしたら他に理由があったのかもしれない。

実際自分が野球部をやめるまで、そんなことは想像をしたこともなかった。だからきっと、野球部に残ったチームメイトたちも、そんな想像はしてくれないだろう。

窓辺に近寄ることもできず、雨粒の残る窓ガラスを眺める。

去年キャプテンを務めた高村はどうしているだろう。部活をやめた自分のことを、どう思っているだろう。

絶対に確かめたくないのに、無視できないくらい気になる。

無意識に、右手を緩く握っていた。

頭に浮かんだ嫌なこと、忘れたいこと、考えたくないことを右手に包んで、強く握りしめる。その手を振りかぶり、黒板に球をぶつけるように腕を振り下ろした。

誰もいない教室に、ぶん、と腕が空を掻く音がする。勢いがつきすぎて前につんのめり、机に体をぶつけた。誰もいない教室の空気が一瞬乱れて、また雨の音に満たされる。

この妙な癖がついたのは、小学校に上がって間もない頃。野球好きだった親父がグローブを買ってくれて、二人でキャッチボールをしていたときのことだ。

親父が空に高く放り投げたボールを取ろうとして目測を誤り、額でボールを受け止めてしまったことがある。

大泣きする俺のもとに慌てて駆け寄ってきた親父は、俺の額に手を当て、痛くない、痛くない、と繰り返した。痛くないわけない、と泣きながら訴えると、今度は俺の額を右手でこすり、何かを摑むような仕草をしてその場に立ち上がった。

俺に背を向け、親父が大きく振りかぶる。

滑らかに腕がしなる力強い投球フォームに目を奪われ、ぴたりと涙が引っ込んだ。振り返った親父に「痛いの飛んでっただろ」と言われ、本当だ、と驚いたことを覚えている。

子供だましのおまじないみたいなものだ。でも案外あっさり引っかかるから子供は御しやすい。それ以来、痛いことや嫌なことがあると、形のないはずのそれを右手で握りつぶし、遠くへ投げるのが癖になった。

それは一種の儀式で、日常の仕草の一つとしてこの身に染みつき、野球をやめた今も同じ動作を繰り返している。

野球自体に未練があるわけじゃない。今もたまにスローイングのような仕草をしてしまうのは、嫌なことを振り切るためにやっているだけだ。ただの癖だ。部活にだって未練はない。けれど、高村が自分をどう思っているのかだけは折に触れて考えてしまう。

手近な机に腰掛け、後ろ頭を撫でた。掌で触れる後頭部の感触が少しずつ変化する。髪が伸びている。

最後に床屋を訪ねたのは二カ月前で、そうか、野球をやめてもうそんなに経つのかと実感した。

週末に降り続いた雨の名残か、月曜の朝は薄曇りだった。

側溝に溜まった桜の花びらもすっかり雨で洗い流され、だんだん春が遠ざかる。

「巌先輩、おはようございます」

学校の最寄り駅を出たところで、眠たい空気を吹き飛ばす大きな声で挨拶をされた。振り返る前から予想はついていたが、やはり赤羽さんだ。その隣には白瀬もいる。

当たり前のような顔で俺の横に並んだ赤羽さんが「そういえばうちの部って、暫定的な部なんですね」と言い出した。福田先生がようやく一年にも放送部の真実を語ったらしい。

「最低でも四人いないと部として認められないんですよね？　もしかして、部費とかも出てない状況なんですか……？」

「うん。そもそも設立一年目は部費が出ない。今年中に部員が揃って、何かしら実績が出せれば、来年から部費が出るかもしれないけど」

「じゃあ絶対今年のうちに部員を四人集めて、放送部と認めてもらわないとですね！　来年はNコンにも参加したいし、部費がなかったら交通費も自腹ですよ」

熱っぽく喋る赤羽さんに、白瀬は笑顔で相槌を打っている。

来年の今頃、この二人はまだ放送部にいるだろうか。白瀬はどうかわからないが、赤羽さんは残っていそうだ。でも、絶対ってことはないだろう。

俺だって去年の今頃は、引退を待たず野球部をやめるなんて夢にも思っていなかった。

「今更ですけど、放送部も勧誘のビラとか配ります？」

「今から配るのはさすがに出遅れてる気がするな」

「だって、このままじゃ部員が集まりませんよ！」

赤羽さんは必死の形相（ぎょうそう）だが、来年卒業してしまう俺はそこまで真剣になれない。あれこれ案を出す赤羽さんに相槌を打っているうちに、学校近くの十字路までやって来た。

横断歩道の信号が赤に変わる。三人揃って足を止めたとき、背後で小さな声がした。

「東京競馬場、十一レース。今日のメインレースはフローラステークスGⅡ。芝二千メートル、三歳牝馬（ひんば）十八頭が出走します」

聞き覚えのある声に振り返ると、白瀬の真後ろにパーカーのフードを目深にかぶった女子が立っていた。肩から落ちる髪は明るい茶色で、紺の通学カバンにお守りが二つ。先日も遭遇した競馬実況女子だ。

信号が青になった。横断歩道の前に並んでいた生徒たちが足を踏み出すと同時に、実況女子が「スタートしました」と低い声で始める。

「綺麗なスタート、まずは先行争い。先頭から四番イエローレディ、八番グリーンスター、そしてここから上がってくるのか逃げ宣言十四番ダイヤクラブ。七番レイクイーンも先行していきます」

　相変わらずすらすらと馬の名前が出てくるが、実在する競走馬だろうか。ぶつぶつと実況を続ける女子の声に耳を傾けていたら、赤羽さんがちらりと後ろを振り返った。赤羽さんの耳にも実況が届いたらしい。

　もしかすると何食わぬ顔で信号を渡っている他の生徒たちも実況に気づいているのかもしれないが、なんとなくみんな触れずにいる。目深にフードをかぶり、深く俯いて実況を続ける輩（やから）なんて、平和な学校生活のためには遠巻きにしておくのが正解だ。

　しかし赤羽さんは無視しきれなかったらしく、そっと俺に耳打ちしてくる。

「あの人、うちの学校の生徒ですよね？　毎朝ああして実況してるので一年生の間で結構噂になってるんですけど、有名人なんですか？」

「いや、どうだろ。俺はつい最近初めて会ったけど……」

　去年までは野球部の朝練があったのでよくわからない。もしかするとこの時間帯に登校している生徒の間では有名なのか。

　信号を渡り終わってもまだ実況は続いている。どこをゴールに設定しているんだろうと思っていたら、赤羽さんの隣を歩いていた白瀬が急に後ろを振り返った。

「それ、競馬実況ですか？」

ぎょっとして足を止めてしまった。つられたように赤羽さんも立ち止まり、白瀬の後ろ

を歩いていた実況女子まで足を止める。

顔を上げた女子生徒の目元はフードの陰に隠れてよく見えなかったが、白瀬に「は？」

と返した声がぶっきらぼうでヒヤッとした。間違っても友好的な態度ではない。

それなのに白瀬はまるで動じた様子もなく、心底感心した様子で「凄いですね、プロみ

たいで」などと言っている。その姿を見て、どうなってんだお前、という言葉が口を衝き

かけた。放送室で初めて言葉を交わしたときは俺相手にあんなにへどもどしていたくせに。

先に動揺から立ち直った赤羽さんが、慌てて白瀬の袖を引く。

「白瀬君、急に声かけたら驚かれちゃうよ……」

「だって、さっきの実況凄く滑舌がよかったから。赤羽さんもそう思わなかった？　本物

のアナウンサーみたいで、放送部にもってこいじゃない？」

「そんな──」

赤羽さんの声が途切れた。白瀬から目の前の実況女子に視線を移し、ひとつ瞬きをする。

「──そうだね」

いきなり真顔になったと思ったら、赤羽さんが先程の白瀬を上回る勢いで女子生徒に詰

め寄り出した。

「私たち放送部なんですが、アナウンスとかに興味ありませんか？　マイクの前で実況できますよ！　ただいま新入部員募集中です！」

白瀬よりはまともだと思っていたのに、放送のことになると赤羽さんもたいがい頭のネジが外れる。止めるに止められずうろたえたが、フードをかぶった女子生徒はじりじりと後ろに足を引き、無言で赤羽さんたちの傍らを通り過ぎてしまった。

当然の反応だ。いきなり興味のない部活に勧誘されたら俺だってそそくさと逃げる。

赤羽さんに向かって中途半端に伸ばしていた手を下ろし、一年生二人に「無理な勧誘はよくない」とだけ言っておいた。

「でもさっきの人、本当に凄く滑舌よかったですよ。逸材だと思ったんですけど……」

「僕も、このまま埋もれさせておくのはもったいない才能だと思います」

白瀬まで惜しむような目でフードの女子を目で追っているが、あれはしつこく勧誘されたところで流されて入部してくれるタイプではなさそうだ。

相手も放送部にはまるで興味はない様子だったし、間違っても一年生たちの勧誘に応じることはないだろう。そう思っていた。

しかし俺は、そろそろ自覚した方がよかったのかもしれない。春先から、こと部活に関しては何ひとつ思う通りに物事が進んでいないことを。

太平楽に構えていただけに、四月末日に放送部へ届いた入部届は大いに俺を打ちのめした。

新部員は、二年四組、南条梓。くだんの実況女子である。

五月の連休が終わり、久々に放送室に顔を出すと、赤羽さんと白瀬が窓辺のテーブルで頭を寄せ合っていた。揃って難しい顔をしている。

「もう基礎練終わった？」

声をかけると、二人とも「まだです！」と椅子を立った。部屋には二人の姿しかない。

「南条さんは？」

「今日はまだ来てないですね」

今日は、と言うより、今日も、と言った方が正しい。連休前に滑り込みのように入部届を出してきた競馬実況女子、もとい南条さんは、まだ一度も放送室に来たことがない。放課後はもちろん、お昼の放送中もやって来たことはなかった。完全に幽霊部員だ。

もしかすると赤羽さんが熱烈に南条さんを勧誘して、最終的に名前だけでもいいから貸してくれ、と頼み込んだのかもしれない。そう思っていたが、実際に南条さんを放送部に勧誘すべく動いていたのは白瀬だったらしい。

「勧誘っていうか、毎朝登校中に会うから声かけてただけですよ。凄いですねって。ついでに放送部に入りませんかって言うようにはしてましたけど」

けろりとした顔でそんなことを言う白瀬に、それを勧誘と言うのだ、と教えるべきか迷って、やめた。代わりに赤羽さんに、この頃白瀬の態度がやけにふてぶてしくなってきた気がする、と耳打ちする。

「ふてぶてしいというか、白瀬君は夢中になっちゃうと駄目なんですよ。周りが見えなくなっちゃって」

赤羽さんは困ったような顔で肩を竦め、窓の外をぼーっと眺めている白瀬に目を向けた。

「人見知りが激しいのは本当なんですけどね。興味のあるものが目の前にあると、相手が初対面の人でも関係なくなっちゃうみたいで」

自分よりずっと背の高い白瀬を見詰める赤羽さんの横顔は、なんだか弟を見守る姉のようだ。

軽い雑談の後はストレッチと筋トレを行い、発声練習に移る。

最近、ようやくロングトーンで白瀬とためを張れるようになってきた。元からの肺活量はやはりそれなりのアドバンテージになるらしい。それでもまだ僅差で負けてしまう。早口言葉や外郎売りは足元にも及ばない。

ただの基礎練習だ。勝ち負けがあるわけでもないのだが、一年生に敵わないとなると妙に悔しい。つき合いで始めた基礎練に、最近本気で取り組んでいる。

野球部をやめてからサボっていた自宅での筋トレも、また真面目にやり始めた。風呂の中では、赤羽さんに教えてもらった『あいうえおの歌』をぶつぶつ呟いている。あめんぼ赤いなあいうえお、立ちましょラッパでたちつてと、なんてやつだ。

発声練習の合間に窓辺のテーブルに近づく。テーブルの上には放送部の活動ノートが広げられていて、昼休みに流した放送内容と、今日のトレーニング内容などが書き込まれていた。さらに、今日の日付の下にはもう一つ『インタビュー実施について』と書かれている。基礎練の前に赤羽さんと白瀬が難しい顔で覗き込んでいたのはこれらしい。

俺がノートを見ていることに気づいたのか、赤羽さんがスッと俺の背後に立った。

「あのう、お昼の放送も音楽を流しているばかりではマンネリ化するので、そろそろインタビューなど実施したいのですが……」

お昼の放送を始めてまだ半月だというのにもうマンネリ化とは、なかなか強気な発言だ。

「こんにちは、お昼の放送の時間です」で始まり、あとは淡々と曲名を紹介して音楽を流しているだけなのだから物足りなく感じる気持ちもわからないではないが。

「インタビューって、誰の？」

とりあえず質問してみると、白瀬も会話に加わってきた。

「校内の名物先生とか、凄い先輩なんてどうでしょう」

「名物先生って、たとえば？　凄い先輩って、何が凄い人？」

二人がぐっと言葉を詰まらせた。無理もない。入学してようやく一ヵ月。名物先生どころか、各教科を担当している教師の名前すら定着していない状況だろう。上級生に至っては、俺以外の顔見知りすらいないに違いない。

一年生たちがうずうずしているのはわかる。せめて放送部の活動内容に詳しい上級生でもいれば明確な指針を得られるのだろうが、この場にいるのは全員が放送部のなんたるかを知らない初心者ばかりだ。福田先生も毎回部活に顔を出してくれるわけではないし、せめて自分たちでどうにかしようと行動する一年生たちは、むしろ偉い。

「インタビューをするなら、誰に何を聞くかを最初に決めよう。名物先生にインタビューしたいなら、うちの学校にどんな先生がいるのか調べるところからだな」

「うえー、道は遠いですね……」

「マイクを持って飛び出す前に、やることはいっぱいあるだろ。どうしてその人を取り上げるのかも明確にしておいた方がいい。事前に質問内容も考えていかないと」

もっともらしく喋っているが、すべて付け焼刃だ。

元放送部の福田先生は、一年生二人が入部するとすぐ俺に、メディアリテラシーに関する本を貸してくれた。

難しい言葉でいろいろ書いてあったが、要約すれば、メディアがもたらす情報や影響を正しく理解するというような内容だ。

「他の学校の放送部は、運動部の試合結果とかをお昼の放送で流してるらしい。同じクラスの仲間でも、部活が違うと放課後にどんな活動してるかなんてわからないし、結構興味を持って聞いてもらえるかもしれない」

「じゃあ、運動部にインタビューに行きましょうよ」

「待った。そういうものをお昼の放送で流していいか福田先生に確認しなくちゃいけないし、インタビューもぶっつけ本番ってわけにはいかないから、まずは二人一組になって練習するのが先。質問シートもいるだろうし」

付け焼刃でも、喋ってみると案外するする言葉が出てくるものだ。毎晩眠る前にうとうとしながら読んでいたのも無駄ではなかったらしい。

南条さんのこともどうにかしないといけないんだろうな、と思っていた矢先、

「巌、放送部のことでちょっと」

ショートホームルームが終わり、次の時間の教科書を出そうとしていたら教壇から福田先生に声をかけられた。先生は放送部になかなか顔を出せない代わりに、最近ショートホームルーム後に部活の連絡事項を俺に伝えてくるようになった。

「南条さん、部活に顔出すようになったか？」

「まだ一度も来てないですね。昼休みも、放課後も」

先生は渋い顔で顎をさすり、ちらりと俺の顔を見た。

「ちょっと二年の教室行って、南条さんに声かけてきてもらえないか？　もしかしたら、最初にサボったせいで部活に行きにくくなってるのかもしれないし」

「なんで俺が」

「部長だろ？」

部長というのはかくも面倒事を押しつけられるものなのか。たった数名しか部員のいない部活なら、部長なんて名ばかりのものだと思ったのに。もっと大所帯の部活なんて、どれほど煩雑な仕事を任されることだろう。たとえば、野球部とか――。

ふっと頭に浮かんだ言葉が、思いがけず強くみぞおちの辺りを締めつけてきた。余計なことを考えてしまったと右手を強く握りしめる。

直前に野球部のことなんて考えてしまったせいか、振りかぶるのも気が引ける。代わりに中途半端に肩を回し、南条さんの様子を見に行くことを約束した。

お昼の放送を終えた後、二年四組の教室に向かった。

すでに昼休みも終わりに近く、室内に薄く残った食べ物の匂いに、ぐぅ、と腹が鳴った。教室の入り口に立って南条さんを探したが人相がよく思い出せない。仕方ないので、入り口近くに座っていた男子生徒に「南条さん呼んでくれる?」と声をかけた。

男子生徒は戸惑いを顔に浮かべながらも教室の奥に入っていく。列の乱れた机の間を歩く後ろ姿が他の生徒に紛れ、どこに行ったか目で追えなくなったところで、窓辺のカーテンがふわりと揺れた。その後ろから、降ってわいたような唐突さで女子生徒が現れる。

胸の辺りまで伸ばした茶色い髪に見覚えがあった。男子生徒に促され、まっすぐこちらにやってくる。

今日はパーカーをかぶっていないので、初めてまともにその顔を見た。目尻のつり上がった、ちょっと気の強そうな顔立ちだ。目の前で立ち止まった南条さんに、誰だお前、みたいな顔で見上げられ、放送部の部長と認識されていないことにようやく気づく。

「放送部部長の巌です。南条さんが部活に出てこないから様子見てこいって福田先生に頼まれて」

南条さんは軽く目を瞠り、ちょっとばつが悪そうな表情で俺から目を逸らした。胸まで伸びた髪を手櫛で梳きながら、南条さんはぼそぼそした声で「すみません」と言った。毎朝競馬実況じみたことを一人で呟いているので、もっと断然話が通じない相手を想定していただけに拍子抜けだ。

気を取り直し、改めて放送部の活動日を伝える。昼休みも放送室に集まっていることも伝えると、南条さんは目に見えて嫌そうな顔をした。

「昼休みも、ですか」

「お昼の放送流してるから。福田先生から聞いてない？」

「いや……福田先生には入部届渡したときしか会ってなくて。一年が凄い誘ってくるんで入部したんですけど、昼まで集まってるなんて知らなかったし」

どうやら赤羽さんと白瀬は、南条さんにきちんと活動内容を伝えないまま放送部に勧誘してしまったらしい。

「南条さんは、放送部に興味とかは？」

「あー、いや、全然。去年まで別の部活だったんですけど、素行不良とか言われて追い出されて。うちの学校、部活か委員会、どっちか絶対に入んないといけないじゃないですか。委員会はだるいんで、なんか暇そうな部活に入ろうかな、と」

　頷きつつも、南条さんが口にした『素行不良』という言葉が気になって仕方がない。彼女が去年どの部に所属していたのかは知らないが、いったい何をしでかしたのだろう。

「放送部って去年までなかったし、そんなに大変じゃないかと思ってたんですけど……」

　南条さんの顔には、失敗した、と言いたげな表情がありありと浮かんでいる。部長として、なんと言うべきか迷ってすぐには口がきけなかった。

　たとえばこれが野球部の後輩だったら、思ってたより練習きつくて、なんて言いながら部活をサボられたら、「じゃあもう来るな」と言って終わったと思う。野球はチームプレーだ。やる気のない部員は周囲の士気を下げる。

　だが、放送部の場合はどうだろう。そんなに強硬な態度で、もう来なくていい、なんて言ってしまっていいのだろうか。そうでなくとも相手は女子だ。同級生の女子ともろくに喋っていないので、どの程度強く物を言っていいのかわからない。

　それに、来なくていい、なんて言われたら、南条さんはあっさり放送部をやめてしまいそうだ。そうなったら、Nコン目指して熱心に活動している赤羽さんに顔向けができない。

　……文化部のノリが全くわからない。

　下手なことは言えず、迷った末にこう提案した。

「最初に部活内容についてきちんと説明しなかったこっちにも落ち度はあるし、毎回来るのが難しければ無理しなくていい。でも、週に一度は昼休みか放課後に顔を出してもらいたい」

ここが妥協点だろうか。さすがに甘いか。わからなかったが、まずは放送部を正式な部活に引っ張り上げるのが部長の役目だと判断した。

「とりあえずやめられると困る。部員が四人を下回ると部として活動できなくなるから」

南条さんが「げっ」と小さく声を漏らした。

「そういうこと言わないでくださいよ、やめづらくなるじゃないですか……」

意外にも、情に訴えれば流されてくれるタイプらしい。いっそ来年の放送部をよろしく頼むと頭を下げようかとも思ったが、それはやめておいた。南条さんは多少の情には流されても、責任を求められるとたちどころにしがらみを切って逃走するタイプだ。ごり押しするなら、もっとしっかり相手の懐に潜り込まないと難しい。ただの勘だが、こういう見立ては案外当たる。

野球部にいた頃も、部員たちの性格をよく見ていると言われた。先輩からも。監督からも。それに、高村からも。

思い出して、口の中に砂でも入ったようにざらっとしたものが広がった。不快なものを呑み込むように唾を飲み「やめないでくれるとありがたい」と低く呟く。

「とりあえず今日も放課後に部活やってるけど、来られる?」

「今日はちょっと……」

「じゃあ、水曜は? 金曜でもいい。来週の月曜でも」

南条さんは口をへの字に結んだものの、最後は諦めたのか「水曜に行きます」と約束してくれた。

なんとか目的を果たし、二年の教室を離れる。今からでも急げば弁当が食べられるのではと期待したが、三年の教室に到着する前に予鈴が鳴った。五時間目が終わるまで昼食はお預けだ。

空腹を訴えてぐるぐると鳴る腹を撫で、部長も大変だ、と改めて思った。

どんな部活だって、部員をまとめる部長の苦労は相当だろう。わかっていたつもりだったが、実際部長になってみて改めて実感した。

去年野球部の部長を務めた高村は、きっともっと大変だったことだろう。

高村は野球が上手かった。

バッターボックスに立てば必ず出塁したし、守りに入れば水も漏らさぬ守備でボールを捌く。一年生にして出塁率は先輩たちすら凌ぎ、二年生に進級する頃は四番打者を約束されていた。甲子園常連校でもない弱小野球部によくぞこんな選手がやって来たものだと、監督が興奮していたくらいだ。

対する自分は、野球歴こそ長いものの目立った才能があるわけでもない。真面目だけが取り柄で、監督や先輩のアドバイスを素直に取り入れ黙々と練習に励んできたが、高村のような華々しい結果を残すことはついぞなかった。

真面目以外の長所があるとすれば、目端（めはし）が利くことぐらいだろうか。部員たちの顔色を読んでそれとなく心身の不調を悟り、さりげなく声をかけることはできた。

他校の野球部はどうか知らないが、うちの野球部は必ずしもエースが部長を務めるわけではない。むしろレギュラー陣を試合に集中させるため、部長は補欠から選ぶ傾向にある。

俺は他の部員のフォローに回ることが多かったから、自然と先輩たちから「次の部長は巌だな」と声をかけられるようになった。口先では謙遜（けんそん）したが、俺自身、すっかりその気になっていた。

唯一、高村にだけは本心を打ち明けたことがある。一年の終わり頃のことだ。

「俺がレギュラーになるのは難しいだろうけど、部長になったら精一杯みんなのフォローをしたい」なんてことを告げた。高村なら、頑張れよと背中を叩いてくれると思って。

それなのに、翌年部長に任命されたのは、俺ではなくて高村だった。

ショックだった。試合に出られないならせめて部長に、と密かに思っていただけに。

後に、高村が春休み中に監督のもとを訪れ、自ら部長に立候補したことを知った。部長になったら精一杯みんなをフォローしたいと、俺が高村に打ち明けた後のことだ。

どうして、と思った。

お前はレギュラーとして試合に出られるし、四番打者として活躍の場がいくらでもある。それなのに、部長の座まで欲しがるのか。

努力したらなんでも夢が叶うわけでもないが、努力してもなんにも手に入らないなら、どうして俺は何年も苦しい練習に耐えてきたのだろう。

急に虚しくなった。真面目に練習を続けても何も得られない。レギュラーも、部長の肩書きも。何よりも、気心の知れた友人だと思っていた高村が、あっさりと俺の望むポジションを奪っていったことに打ちのめされた。

真面目さや勤勉さなんて、才能の前では鼻息ひとつで吹き飛ばされる。二年が終わる頃には心が折れて、それで野球部を退部したのだ。

一つ気になることがあるとすれば、高村がどうして部長に立候補したのかということだ。野球部を去るまでの一年、最後までその胸の内を尋ねることはできなかった。

訊けばよかったのだ。でも訊きたくなかった。どんな言い訳をされても許せないと思ったし、逆に開き直られでもしたら、これまで一緒に野球部でボールを追っていた思い出に泥をぶちまけられてしまう気がした。

高村は決して目立ちたがり屋ではなかった。他人の嫌がることをわざとするような男でもなかったと思う。だからいっそう高村が何を考えていたのかわからない。

部長は意外と雑務が多い。放送部の部長になって嫌というほどわかった。「部長だから」という言葉には、思った以上のプレッシャーも張りついている。

練習に集中するためにも、部長は他人に任せるべきだった。それなのに、どうして高村はあんなにも部長にこだわったのだろう。

部活をやめ、クラスも別々になり、野球部で使っていたメッセージアプリのグループからも抜けてしまった今、高村の真意を尋ねることはもうできない。

翌々日、南条さんが放課後の放送室に顔を出した。

基礎練をしている俺たちを見て、見るからに気乗りしない顔をしていたが、渋々といった様子で練習につき合ってくれた。かなり手を抜いているのは見て取れたが、約束なんてすっぽかされるかと思っていただけに、素直に来てくれたことに感心した。

発声練習も最初は小さな声でぼそぼそやっていたが、早口言葉の正確さと滑らかさは抜群だ。赤羽さんや白瀬はもちろん、俺も素直に褒めると、なんとも言えない顔で口元をむずむずさせていた。照れていたのかもしれない。

翌日からは中間テストの一週間前で、全部活が休みになる。放送部も例に漏れず、放課後の活動はもちろん、お昼の放送もこの期間は休みだ。

部活を終えた後、帰り支度をしていた南条さんに声をかけた。

「中間テストが終わったら、また……」

語尾が曖昧になる。部長とはいえ、どれくらいの強さで放送部に来るよう促せばいいのかよくわからない。

南条さんは口の中で何か言葉を転がすように小さく唇を動かし、結局何も言わずにぺこりと頭を下げて帰っていった。

また来てくれるだろうか。案外律儀に来てくれるかもしれない。

赤羽さんと白瀬は基礎練の他、最近は熱心にフリートークの練習もしている。

九十秒の時間内に収めるのが難しい、ネタがない、と苦労はしているようだが、この調子なら昼休みに音楽以外の放送を流せる日もそう遠くなさそうだ。

最初はどうなることかと危ぶんだが、なんだかいっぱしの部活動らしくなってきた。そんなことにほっとしている自分に気づいて、名実ともに部長のようになってきてしまったと苦笑を漏らす。

思ったよりも、悪い気分ではないことが自分でも意外だった。

中間テストまであと三日。お昼の放送もなく、久々に教室で弁当を広げていたとき、耳を掠めた言葉に反応して顔を上げた。

休み時間の教室はにぎやかだ。すぐそばにいるクラスメイトの声すら喧騒に掻き消されてしまうくらいなのに、その言葉は不思議なくらいしっかりと耳に残った。

おにぎりを咀嚼（そしゃく）していた口を止め、視線だけ動かして声の出所を探した。斜め前、五、六人固まって弁当を食べている女子の一人が口にしたようだ。野球部、と聞こえた。

野球部で、不祥事だって、と。

「――不祥事って何したの？」

「煙草（たばこ）。連休中に補導されたらしいよ」

「三年生？　誰？」

どっと教室の隅で笑い声が上がって、ひそやかな声は波に呑まれるように聞こえなくなる。片方の頬だけ膨らませて硬直していると、一緒に弁当を食べていたクラスメイトに「どうした？」と声をかけられた。

口の中のものを飲み込んで、なんでもない、と答える。別に、なんでもないことだ。自分はもう野球部をやめたのだし、関係ない。

それなのに、口に含んだ食べ物の味が一瞬でわからなくなった。

無言でおにぎりにかぶりつく。弁当はいつも、数品のおかずとおにぎりだ。

野球部にいた頃は昼練があったので、弁当はいつも二時間目と三時間目の間の休み時間に食べていた。とにかく手早く食べられるようにと、親がおにぎりを握ってくれるようになったのはいつ頃からか。

弁当には、今も毎日おにぎりが入っている。もう野球部はやめたのに、日常の端々であの頃の名残を見つけてしまう。

おにぎりの中身は味玉子。いつか高村に「そんなもんおにぎりに入れるか?」と驚かれ、でも翌日には真似をされたのを思い出し、残りのおにぎりを無理やり口に押し込んだ。

午後の授業はまるで集中できなかった。

同じクラスには野球部もいる。小耳に挟んだ噂は本当なのか尋ねてみようかと思ったが、野球部をやめたお前が今更、と言い返されそうで声をかけることもできなかった。

自分自身、訊いてどうする、とも思う。もう野球部でもなんでもないのだ。チームメイトを励ますことも、一緒に落ち込むことすらできない。

授業を終え、下駄箱の前でのろのろと上履きを脱いでいたら「巌」と声をかけられた。

隣のクラスの田代（たしろ）と森山（もりやま）だ。うろたえてすぐに返事ができなかったのは、二人とも野球部のチームメイトだったからだ。けれど二人はこれまでと変わらぬ調子で、「帰ろーぜ」と俺に声をかけてきた。

「お前さぁ、マジで急に部活やめるからびっくりした。先に言っとけよ」

田代が強めに肩をぶつけてくる。でも、怒っているわけではなさそうだ。森山も靴紐を結びながら「俺はもしかしたらって思ってた」と軽く笑う。

思ったより普通に話しかけてくれて驚いた。

学校を出た後も、二人はごく自然な態度で「コロッケ食って帰ろう」と誘ってくれた。

学校から歩いて十分ほどのところにある通りには、文房具屋や花屋など、小さな店が軒を連ねている。昔ながらの肉屋は夕暮れどきに揚げたてのコロッケやメンチカツなどを店先に並べていて、美味（うま）そうな匂いにつられ部活帰りによく立ち寄っていた。

久々に大ぶりのコロッケを買って、森山と田代の会計を待つ。

ぼんやりと視線を巡らせ、肉屋の二軒隣に建つパン屋に視線を止めた。色あせた庇（ひさし）に『森杉（もりすぎ）パン屋』と書かれた古ぼけた店だ。野球部のみんなと肉屋の前に並びながら、いつかあのパン屋にも寄ってみようなんて話していたのを思い出す。なんだか野球部にいた頃に時間が巻き戻ったかのようだ。

「あー、俺も巌みたいに二年で野球部やめときゃよかった。まさかこんなことになるなんてさぁ」

田代の言葉にぎくりと肩先が強張った。田代は買ったばかりのコロッケにかぶりつきながら「巌、野球部のことも知ってる?」となんでもないことのように尋ねてきた。

どんな顔をすればいいかわからず、いや、と言いながら口元を手で覆った。

「詳しくは知らない……けど、なんか不祥事起こしたって……」

「そう、七組の志村たち」

あまりにも覚えのある名前が出てきて、とっさに声も出せなかった。

志村とは、去年まで同じクラスだった。一年の頃からずっと熱心に部活に打ち込んでいて、テスト期間中は俺と志村と、高村も一緒に帰って、今みたいに肉屋に並んだこともある。

あの志村がまさか、という気持ちが表情に出てしまったのだろう。会計を終えた森山もやってきて言い添える。

「夜中にコンビニの前で煙草吸ってるところ補導されたんだって」

「もー、馬鹿だろ、マジで」

そう言って俯く田代の横顔には、怒りよりも落胆が滲んでいた。森山も似たような顔だ。

「おかげで今年は夏の大会に出られない」

「どうせ二回戦敗退だけどさ、今年はもしかしたら奇跡が起きたかもしれないじゃん？」

冗談めかして田代は言うが、その言葉の裏に滲む切実さがわかってしまって一緒に笑えない。

今年は、今年だけは奇跡が起きるかもしれない。その考えは、部活をやめるか否か迷っていた俺の心にもがっちりとこびりついて、最後まで拭い去ることはできなかった。大小の差はあれ、きっと野球部員全員が同じことを考えていたはずだ。もちろん、志村だって。

「いくらレギュラーから漏れてむしゃくしゃしてたからってさぁ。せめて家の中で吸っとけよ。なんでわざわざ人目のある場所でやるかな」

「俺ら完全にとばっちりじゃん。そんなことするくらいだったらいっそ部活やめたらよかったのに」

そうだな、と頷けないのは、俺がもう野球部ではないからだろうか。それとも、志村たちが練習に励んでいた姿をまだ覚えているからか。その気持ちがわかってしまうからか。

今回だけは、と信じた試合のレギュラーに選ばれなかったからこそ、志村たちはどうしようもないくらいやるせない気分になったんじゃないのか。

今回補導されたのは志村と他二人。全員三年生だ。

あいつらが練習に手を抜いていたとは思えない。黙々と練習をしていた姿を覚えている。でも結果が伴わなかった。本人たちも歯がゆそうだった。努力を惜しんでいるつもりはないのに、どうして上手くいかないのかと。

同じトレーニングをしても、全員が同じように能力を伸ばせるわけじゃない。足りないなら増やせばいいなんて単純な話ならよかった。人の三倍努力して、なおも結果が出せなかったときの徒労感。正解のない問題に延々と取り組むあの苦しさに、一体どれほどの人が耐えられるだろう。

どうしたらよかったのだろう、と未だに思う。

俺はもう、野球から離れるしか他に方法が思いつかなかった。練習を続けてさえいれば、いつか突然目の前が開けるのだと信じることができなくなった。擦り切れてしまった。

だからどうしても、志村たちを責められない。

「……部活は、これからどうなる？　しばらく活動停止か？」

コロッケを食べ終え、店を離れる二人の背中に尋ねた。

「志村たちは退部したし、テスト明けには普通に部活あるよ。でも、今年は他校との練習試合とかは一切なしだって」

「試合ないのはきついよな。やる気なくすわー」

「せっかく入った一年もどうかなぁ。結構やめちゃう奴多いんだろうな」

「高村も大変だ」

高村の名前が出て、無意識に歩幅を広くしていた。二人の隣に並び、なんで高村、と会話に割り込む。

「もう新しい部長が決まってるだろ？」

「そうなんだけど、丸々一年試合がないなんて状況初めてじゃん。新しい部長もどうしていいかわかんないんだろ。なかなかトレーニングメニューも決められなくて、結局高村があれこれ動いてる。一年生を引き留めるのも大変そうだし」

「せめて練習試合でもやらせてやれたら違うかもしれないけど」

二人の話を聞きながら、高村は動いているのだ、と思った。

高校生活最後の一年、総括ともいえるこの時期に野球部員が不祥事を起こし、最後の大会に出られなくなったとわかっても、高村は黙々と動き続けている。

きっと高村は、志村たちを非難することもしないのだろう。そんなことをしている暇も惜しいとばかり、黙々と新しいメニューを考える姿が目に浮かんだ。

──俺だって。

空っぽの右手を握りしめ、振りかぶるより先に声を上げていた。

「──試合しよう」

二人が同時にこちらを見る。ぽかんとした顔をする森山の向こうで、田代が眉を上げた。

「試合って、誰と。他校との試合は全面禁止だぞ」

「じゃあ、野球部内で、紅白試合とか」

「盛り上がんないだろ、そんなの」

それはそうだ。部員同士で試合なんて緊張感に欠けて面白くもない。

もっと緊張する相手。できれば格上。そんな相手いるだろうかと口を閉ざしかけ、はっと顔を上げた。

「OBとの試合は？　卒業した先輩たちに声かけて、うちの校庭で試合するとか」

提案に、田代と森山の表情が少し動いた。

「まあ、それならギリセーフか？」

「試合ってほど大げさじゃなくて、先輩たちに練習見てもらうってことにすれば……。でも監督が納得するかなぁ。試合がしたいってだけの理由じゃ──」

「だったら、放送部の練習につき合うって体にしたらどうだ。俺、放送部の部長になったんだ。今年から活動始めて、部員は俺含めて全員素人だから学校行事の司会進行なんかはまだ全然できない。だから、後輩たちに司会の練習とかさせてやりたいんだ」

「え、厳って今放送部なの？　なんで？」

俺だってわからない。こんなつもりじゃなかった。成り行きと言うのが一番正しい。でも赤羽さんや白瀬が真面目に頑張っていると応援したくなるし、南条さんが意外と素直に部活に参加してくれたのは嬉しかった。それに、高村が新しい部長と一緒に悩みながらも練習メニューを考えていると知ったら、俺だって、と思ったのだ。

「監督と、放送部の顧問の先生には俺から掛け合う。先輩たちの連絡も俺がする。全部俺が準備するから、野球部のみんなとも相談してみてくれないか」

二人に向かって頭を下げる。

視界の端、側溝の隅に、茶色く変色した桜の花びらがしぶとく残っていた。

六月の第二土曜に野球部とOBチームの練習試合が行われることが決まると、朝の天気予報を一喜一憂しながら見守るのが日課になった。予報はずっと曇りをキープしていたが、前日になって天気が変わるのは珍しくもない。

どうか降ってくれるなと祈り続けたかいがあったのか、当日は朝から薄曇り。降水確率は十パーセントだ。

そして迎えた土曜日の今日、まだ朝も早いが校庭にはすでに野球部員たちの姿がある。OBの先輩たちもちらほらやってきて、野球部の部室で着替えをするらしい。

先輩たちの中には懐かしい顔もあり、声をかけたくなる気持ちもあったがぐっとこらえた。こちらはもう野球部ではなく、放送部なのだ。

グラウンド整備をする野球部員たちの横で、放送部は校庭の隅に三角屋根の白いテントを運び出す。赤羽さんと白瀬は校内から長テーブルを持ってくることになり、福田先生と二人でテントを立てながら、改めて今日の試合の礼を述べた。

「今回は俺の思いつきにつき合わせてしまってすみませんでした。野球部の説得にも協力してもらって、本当にありがとうございます」

先生は支柱パイプを組み立てながら、いやいや、と笑う。

「本気で好きなもののことになると、誰だって必死になるもんだからな」

どきりとして、差込口にパイプを嵌めていた手が止まった。

「俺は、別に……野球が好きなわけじゃ」

「ん？　ああ、お前のことじゃないよ。俺のこと」

福田先生は慣れた手つきでパイプを組み立てながら、照れたように笑った。

「放送部が再スタートして、なんだかんだ一番浮かれてるの俺だからさ」

支柱に天幕の紐を結ぶ手に力がこもる。自分のことを言われたのかと思い、真っ先に野球と口走ってしまった。勘違いに顔をしかめていたら、福田先生がのんきな声で「そうか。野球部に交渉しに行くとき、巌も連れていけば心強かったかもな」などと言いだした。

「めちゃくちゃ怖かったんだぞ、ひとりで野球部行くとき」

「……そうだったんですか？」

「ただでさえ野球部全体がピリピリしてたからな。でも放送部もようやく部員が揃って本格的に始動したところだったから、なんかイベントの司会でもやらせてやりたいなと思ってたところだったんだよ。だから頑張った」

頑張った、なんて子供みたいな言い草で、福田先生は天幕をかぶせたテントの屋根に手を置いた。

「ちょっとずつ部活らしくなってきたのが嬉しくてな。とっくに卒業したのに、未だに放送部が好きなんだ」

馬鹿みたいだろ、なんて続きそうな言葉だったのに、福田先生の目元に浮かんだ笑みはどこか自慢げだった。宝物を見せびらかされたような気分になって、自然と視線が落ちる。

しばらく動けずにいたら、後ろからだるそうな声で「おはよーございます」と挨拶をされた。

振り返って驚いた。背後にいたのは南条さんだ。

中間テスト以降、南条さんは週に一度は放課後の放送室に顔を出すようになった。来ればきちんと基礎練習もする。スマホを弄ってサボっているときもあるが。

今日、野球部の練習試合でアナウンスをすることは南条さんにも伝えていたが、公式な学校行事でもないし、土曜日にまで学校に来ることはないだろうと踏んでいたのだが。

驚く俺を尻目に、福田先生は「おう、おはよう」と機嫌よく片手を上げる。

「そろそろ一年生たちがテーブル運んでくると思うから、南条さんも一緒に機材の搬出手伝ってくれるか？」

自らこの場にやって来たくせに、仕事を与えられた南条さんは遠慮なく面倒くさそうな顔をする。それでいて、了解です、とぼそぼそ応じて大人しく機材の運び出しに加わるのだからわからない。

一体どういう心境の変化かとチラチラ様子を窺っていると、南条さんが一年生に指示をしながらてきぱきと機材のセッティングなど始めたのでさらに驚いた。

やけに慣れているのが不思議で長いこと目で追っていたら、視線が鬱陶しかったのか南条さんの方からこちらへやって来た。

「なんか用ですか」

「いや、随分手際がいいから、驚いて……」

南条さんはちらりと周囲を見回すと、先生も一年生たちも近くにいないことを確認してから、こそっと俺に打ち明けた。

「中学のとき、放送委員だったんで、まあ、一通りは」

「だったら最初からそう言ってくれたらよかったのに」

「それはなんか、面倒くさいことになりそうだったんで……。一年には言わないでおいてください。今日も本当は来るつもりなくて、ただちょっと、家にいたら苛々（いらいら）しそうだったんで出てきただけですし」

だんだん南条さんの声が不機嫌そうな低音になってきたので、家で何があったのかについては尋ねずにおいた。とりあえず今日は、この場に来てくれただけでありがたい。

グラウンドが整い、放送部も準備を終え、時刻が九時近くなると着替えを終えたＯＢたちがばらばらと校庭に出てきた。その多くが数年前に卒業したばかりの大学生だ。大学の名前が書かれたユニフォームを着ている先輩も多い。卒業後も野球を続けているのだろう。

九時を少し過ぎ、いよいよ赤羽さんがテントに設置されたマイクの前に座った。その隣には白瀬と、福田先生の姿もある。

俺と南条さんは音響のチェックをすべく、テントから少し離れたところでその様子を見守った。

赤羽さんがマイクのスイッチを入れると、校庭に設置されたスピーカーからサーッという音が流れてきた。

『チェックワンツー、チェックワンツー』

ノイズはない。ハウリングもない。赤羽さんの高い声が曇り空に響く。

福田先生に何事か声をかけられ、赤羽さんが小さく頷いた。手元の資料に視線を落とし、軽く息を吸い込む。

『水野瀬高校野球部、OBチーム、両チームのキャプテンは、メンバー表を持って本部テントまでお越しください』

すぐに野球部の二年——多分新しい部長だろう——と、OBがテントまでやって来た。メンバー表を白瀬が受け取る横で、赤羽さんはアナウンスを続ける。

『両チームの選手はベンチに入り、ウォーミングアップの準備をしてください。先攻のOBチームはトスバッティングを、水野瀬高校野球部は、キャッチボールを開始してください。時間は七分間です』

事前に練習していたのだろう。赤羽さんの落ち着いた声と独特のイントネーションは、実際の試合前にグラウンドに流れるアナウンスとよく似ていた。

「あの子、アナウンサーでも目指してるんですか」

南条さんが抑揚乏しく尋ねてくる。

「Nコンで創作テレビドラマ部門に出たいって言ってたから、役者を目指してるのかも」

「だったらなんで演劇部じゃなくて、放送部に？」

「中学のときは演劇部だったらしいよ。白瀬も」

「白瀬も？」

南条さんが疑わしげな目でこちらを見る。「裏方だったらしいけど」とつけ足すと、納得したように再び前を向いた。

ウォーミングアップが終わり、再び赤羽さんの声が校庭に響いた。

『お待たせいたしました。水野瀬高校野球部、ＯＢチーム、両チームのスターティングメンバー、並びにアンパイヤの紹介をいたします』

先輩たちがシートノックを始めた。赤羽さんがメンバーの背番号と守備位置、名前を読み上げる。試合だ、と思ったら背筋に震えが走った。自分が出場するわけでもないのに血の巡りが速くなって、ざわざわと皮膚の下が落ち着かなくなる。

審判は野球部の監督だ。「プレイ」の声がかかって試合が始まる。

先攻はＯＢチーム。大学名の入ったユニフォーム姿の打者がバッターボックスに立つ。初球は見送り。二球目はファウル。

そろそろ大きな当たりが来るんじゃないかと息を詰める。

三球目、ストレートを打たれてベンチからわっと声が上がった。自分も口を開きかけて、慌てて閉じる。

試合が進むにつれて薄雲の間から日が射してきた。梅雨入りしたばかりのこの時期、たまに射す日差しは思う以上に強い。校庭には日差しを遮る陰もなく、南条さんは額の上に掌を添えて眩しそうにしている。

マイクの音量も問題なさそうだし、南条さんにはテントに戻ってもらい、一人その場に残って試合を見詰めた。やはりと言うべきか、野球部はボコボコに打たれている。ＯＢたちも手加減なしだ。一回の表ですでに四点取られたが、ベンチにいる野球部員たちは全く落胆した顔をしていなかった。むしろ楽しそうだ。

ベンチは二年生が中心だ。高村の姿もある。高村はスタメンではなかったが、途中交代もあるだろうか。あいつなら、先輩たちの球も打ち返せるのではないか。

「巌はなんでこんなところから一人で試合眺めてんだ？」

突然声をかけられ、しかもそれが覚えのある声だったので、反射のように背筋を伸ばしてしまった。振り返れば思った通り、後ろに谷津先輩が立っている。夢中で試合を見詰めていたせいで、背後から近づいてくる気配に気づかなかった。

谷津先輩は二学年上で、一年のときお世話になった。大声を出すタイプではなかったが、吊り上がった細い目で睨まれると怒鳴られるよりよほど怖かったものだ。

先輩はユニフォームではなくジャージを着ている。今日は試合に参加しないのだろうか。俺の視線に気づいたのか、先輩が踵で軽く地面を叩いた。

「ちょっと足首痛めて、今日は見学」

「怪我してるのに、わざわざ来ていただいてありがとうございます」

「いいよ、そんな堅っ苦しくしなくて」

谷津先輩は笑って俺に肩をぶつける。気安い仕草に驚いた。在学中はあまり後輩と戯れるようなタイプではなかったし、一年生に向かって笑いかけることもなかったのに。

「どうした？」

「一年のときは先輩……めちゃくちゃ怖かったので、別人みたいで」

「怖かった？　マジか、よかった。監督からさんざん『お前は気の抜けた顔してるから後輩に舐められるなよ』って言われてたからさぁ」

「いや……怖かったっす……」

先輩は俺の隣に立ち、試合を眺めながらのんびりした口調で言う。

「先輩なんて後輩にビビられてなんぼだからさ。なんだかんだ人間って、怖い人の言うこと聞くじゃん。優しく指導してたらきつい練習とか絶対手ぇ抜くでしょ。強くなってもらうためには、嫌われてもしょうがないと思って。でもあんまり厳しくし過ぎるとやめちゃう奴もいるから、さじ加減が難しくてなー。発破かけようとして無茶なこと言ったりもしたけど、巌は文句も言わずに黙々と努力してたから偉かったよな」

在学中、一度も褒められたことのなかった谷津先輩に褒められて息が止まった。

「……そう、ですかね」

「一年の中でも特に根性あるなぁと思ったよ。いつも最後まで残って、用具片づけて帰ってただろ？」

まさか誰かに見られていたとは思わず、相槌も忘れて谷津先輩を凝視してしまった。

先輩たちが帰った後、用具を片づけるのは一年生の仕事だ。俺は片づけを一人で引き受け、他のメンバーが帰った後も今日の練習の反省をしながらバットを振り続けた。努力を続ければ何か変わると信じて、小さな変化が生まれるのをひたすら祈った。

きっと、ささやかな変化はあったはずだ。でも高村のような選手が近くにいたおかげで、自分自身のちっぽけな変化を喜べるだけの余裕がなかった。

焦ってバットを振る自分が、自分でも滑稽に思えた。誰かに見られたら指をさされて笑われるだろうと思っていたその姿を、まさかこんな形で認められるとは。

ずっと力を入れっぱなしだった肩から、すぅっと力が抜けた。

高校時代は一度もレギュラーにはなれなかったし、部長になることも叶わなかったし、最後は野球部もやめてしまった。小学校から続けてきた野球にこんな形でピリオドを打って、何も残せなかったとぼんやり思ったけれど違うのかもしれない。

少なくとも、鬼のように怖かった谷津先輩が認めてくれたのだ。

それだけで、十分報われた気がした。

グラウンドに歓声が上がる。野球部がヒットを打った。隣で谷津先輩が「おー、打った打った」とのんきな声を上げる。

「今日の試合、計画してくれたの巌なんだって？　放送部として」

その一言で、ぎくりと背筋が強張った。

青ざめた俺の横顔を見て、先輩は声を立てて笑う。

「別に野球部やめたからってどついたりしないって！」

「……はい、でも、すみません」

「なんで謝るんだよ。いいじゃん、好きなことやったら」

先輩が頭の後ろで両手を組む。相変わらず髪は短く刈られているが、こちらを見る目は以前より格段に穏やかだ。その目がどこか眩しそうに細められる。

「だってお前、まだ高校生なんだから。いいなぁ、これからいろいろ選べて」

いいなぁ、と、心底羨ましそうな顔で先輩は言った。

でも俺はもう、三年だ。受験まで一年を切っている。そろそろ将来を見据え、志望大学だって決めなければいけない。

日に日に進路が狭められ、崖っぷちに立たされているような気分でいたのに、大学生の谷津先輩から見ると俺は「まだ」高校生で、随分自由に見えるらしい。

ひとつ瞬きをして、試合を続ける選手たちに目を向けた。

野球部に交じってボールを追いかけるOBは、俺たち高校生より一回り体が大きくて、もうすっかり大人のように見える。

でも俺が大学生になったら、今度は先輩たちが社会人になっていて、そのときはやっぱり「まだ大学生なんだから」なんて言われるのだろうか。

こんな気持ちを、もしかすると一生経験するのか。

ボールが三遊間を抜け、わぁっと歓声が上がった。風が吹いて、遠くで聞こえる声が一瞬で耳元に迫るような錯覚の後、唐突に悟った。

「まだ」は延々と繰り返される。

「もう」遅いなんてことは、もしかするとないのかもしれない。


試合が終わったのは、正午を少し回る頃だった。

最初こそOBに点差をつけられた野球部だったが、後半は開き直ったのか急に動きがよくなって、九回裏は野球部の逆転勝利もあり得る怒濤（どとう）の攻勢だった。

試合結果は、七対五でOBチームの勝利。

最後に両選手がベンチ前に整列した。互いに向かい合い、礼をする。

俺はそれを、放送機器の置かれたテントの下から見ていた。野球部員たちの、悔しい、と、楽しかった、が入り混じった顔を、遠く眺める。

OBたちが監督と一緒に部室へ向かい、残った野球部員たちがグラウンド整備を行う。放送部も撤収作業を行っていると、ユニフォームを着た野球部員が近づいてきた。高村だ。

高村はまっすぐ俺を見て「ちょっといいか?」と声をかけてくる。そばにいた福田先生に目を向けると、軽く頷き返された。

テントを出て、高村とともに校庭の隅へ向かう。グラウンドを整備する野球部員たちの声が薄く響くその場所で、高村はゆっくりと足を止めた。

「今日の試合、ありがとな」

「……別に、俺は何も。アナウンスも一年に任せっぱなしだったし」

「OBとの試合を提案してくれたことだよ」

野球部にいた頃、高村とどんなふうに会話をしていたのか思い出せない。高村が部長に立候補した辺りからぎくしゃくして、会話が減っていたせいもある。

軽く息を吸って、緊張ごと吹き飛ばすように鋭く吐く。

「俺はむしろ、野球部のみんながこの話に乗ってくれると思わなかった。部活やめた俺の話なんて、聞き流されるかもしれないと思ったから」

「聞き流さないだろ。こんな面白そうな話持ちかけといて、そんなネガティブなこと考えてたのか」

横目でちらりと高村を見る。ユニフォームが真っ白だ。高村は、今日の試合に結局一度も出なかった。貴重な機会を後輩たちに譲ったのかもしれない。

俺の視線には気づかぬ様子で、高村はグラウンド整備をする野球部員たちを見て目を眇めた。

「巌が部活やめるって聞いたときは『どうして』って思ったけど、お前の選択もアリだったのかもな。まさか、こんなことになるとは思わなかった」

高村から目を逸らし、俺も、と呟く。

もしかしたら、今年の夏の大会は例年と違う結果になるかもしれない、とは思った。でも、こんな結末は予想していなかった。

「高村は夏まで野球部続けるのか？」

「続ける」

即答だった。

まっすぐな声に背中を押され、長く口にできなかった疑問を言葉にした。

「去年、なんで部長に立候補した？」

これにはすぐに返事がなかった。目の端で高村が口を引き結ぶのがわかる。答えるつもりはないのかもしれない。だから、これは全部俺の想像だ。

「俺が部長になったら、もう絶対レギュラー目指さないと思ったからか？　部長の仕事をまっとうする、なんて言い訳して、俺が自主練減らさないようにしたんじゃないか？」

去年、俺はかつてなくレギュラー争いに躍起(やっき)になった。高村が四番打者兼部長なんてポジションをかっさらっていったことに腹を立て、だったらせめて俺もレギュラーになってやるとがむしゃらに練習に打ち込んだ。

小学生の頃からずっと野球を続けていたが、周りを押しのけてまでレギュラーになろうなんて思ったのは初めてだったかもしれない。

スムーズに部長になっていたら、あんな激しい渇望を知ることもなかった。部内の調整で手いっぱいになって、選手としてはひたすら無欲になっていただろう。谷津先輩も言っていた。強くなってもらうためには嫌われるのも仕方がないと。高村は、その役を買って出てくれたんじゃないだろうか。

高村はしばし黙り込んだ後、帽子のつばを軽く引いて俯いた。

「……そのつもりだった。お前が野球やめるなんて、思ってもなかった」

ごめん、と小さな声が続く。

謝ってほしかったわけじゃない。でも、高村の本心を耳にしたことで、胸にわだかまっていたものがようやく溶けた。尋ねればこんなにもあっさりと答えが返ってくるのに、頑(かたく)なに高村に背を向け続けていたことを今更悔やむ。

強い風が吹いて、頭上を覆う薄い雲がゆっくりと動く。そのとき、テントから悲鳴のような声が上がった。見れば白瀬が紙束を取り落とし、それが風に煽(あお)られテントの外へ吹き飛ばされていく。南条さんが面倒くさそうに足元に散らばった紙を拾い、マイクの前にいた赤羽さんも身を翻す。

赤羽さんがテーブルに体をぶつけた瞬間、低いノイズが校庭のスピーカーから響いた。

何かのはずみでマイクの電源が入ったのかもしれない。

テーブルの上のマイクが倒れ、次の瞬間、校庭中にあの異音が響き渡る。

グラウンド整備をしていた野球部員たちが手を止めた。俺もその場に棒立ちになる。二年の終わり、校庭に響き渡った大きな異音に意識を奪われたときのように。

ろくに放送委員会も活動していなければ、放送部もなかったうちの学校では、職員室からの呼び出しやチャイムの音を除けば、滅多にスピーカーから音が流れることはない。だから動けなかった。あれは非日常の音だ。マイクの電源を入れた瞬間聞こえるあの音。周囲の空気を不思議と張り詰めさせるあの音を聞いた瞬間、球場のアナウンスを思い出した。

直後校庭に響き渡った大音量。空気が震えるようなそれを聞いて思い出したのは、ヒットを打った瞬間スタンドから沸き上がる歓声だった。

一瞬で意識を持っていかれた。胸を摑んだのは試合中のあの高揚感だ。

でも自分は、とっさにその事実を否定した。小学生のときに父親からグローブを買ってもらって、それでなんとなく続けていただけで、野球になんてもう未練はない。それほど野球が好きだったわけでもないのだから。だから、こんな音に球場の歓声を重ねて動けなくなるはずがないのだ。

そう、思いたかった。だってもう、戻れないのに。

「すっげー音」

高村が耳の穴に小指を突っ込んで笑う。なんだか久しぶりに高村の素の声を聞いた気がした。

隣にいる高村は野球部のユニフォームを着て、俺は制服を着ている。

もう戻れない。俺は野球部をやめてしまったし、今や放送部の部長だ。

でも、自分についた嘘を訂正するのに「もう遅い」なんてことはないんじゃないか。

グラウンド整備をしていた野球部員が、こちらに向かって大きく手を振る。野球部の新部長だ。

志村たちの一件があった後、高村が新しい部長と一緒に練習メニューを作っていると聞いたとき、俺だって、という言葉が喉元までせり上がってきた。あの言葉の続きが、今ならわかる。

もう夏の大会には出られない。他校との試合もできない。それでも必死で部員たちのためにメニューを作る高村の気持ちが痛いほどわかった。

わかる、高村。俺だって。

「俺だって、野球好きだ」

好きだからずっと続けていたし、必死だったのだ。

高村は何も言わない。黙って隣に立っている。

わかってる、というように高村が頷くのが目の端でちらりと見えて、急速に視界が滲んだ。それをごまかすように、大股でテントへ向かう。

高村はついてこない。高村と俺はもう、戻る場所が違う。

いつの間にか右手を握りしめていた。いつもの癖だ。握り込んだものはなんだろう。胸の中がめちゃくちゃで判別がつかない。でも、嫌な気分ではなかった。

右手を握って振りかぶるのは、考えたくもないことを頭の外に放り出すための動作のつもりだった。でも握りしめていたのは嫌な気持ちばかりじゃなく、上手く言語化できない、言葉になる前の気持ちそのものだったんじゃないか。

自然と歩調が速くなる。立ち止まり、背後の高村を振り返った。

高村はまだ同じ場所に立って俺を見ている。

その顔を見たら、思うより先に体が動いた。片足を後ろに引き、右手で何かを握りしめ、両手を大きく振りかぶる。

俺が両手に何も持っていないことは高村もわかっているはずだ。でも条件反射なのか、胸の前でミットを構えるようなポーズをとった。

持て余す気持ちを、どこかに捨てるのではなく、届けたい、と初めて思った。

空に向かって手首を振れば、高村の視線が上を向く。

「オーライ」

フライをキャッチするように、空に向かって高村が手を伸ばす。

放ったのは、色も形もないものだ。でもそれを、受け止めてくれたら俺は嬉しい。

高村。またいつか、今度は本物のボールを使って、一緒にキャッチボールをしよう。

第二話　青天の競馬実況

「初夏の日差しが眩しい空、東京競馬場、十一レース。今日のメインレースはエプソムカップGⅢ、芝の千八百メートル、出走十六頭で争われます。芝コースのコンディションは良、人気馬が三頭集まったこのレース、制するのはどの馬か」

学校近くの十字路。信号待ちをしながら俯いて呟く。

横断歩道の前に並ぶのは、ほとんどがうちの高校の生徒たちだ。ふらふらと動く後頭部を眺め、信号が青になるまで適当に実況を続けた。

「今カレノドニアが十四番ゲートに入りました、一番人気ウイングブルー、十六番ゲートに歩を進めます。収まりまして、さあ係員が離れました――スタートを切りました」

信号が変わる。最初に動いたのは先頭にいた男子生徒だ。隣にいた女子生徒がぴったりと横に並び二人が先行するかと思いきや、外から別の女子生徒が早足で飛び出してきた。

スタート直後の競馬実況は目まぐるしい。馬群が広がり、先頭から最後尾まで十六頭いる馬の名前と順位を正確に伝えなければいけない。

中間地点まではそうそう順位も変動しないが、第四コーナーを曲がった辺りから実況者の口調も熱を帯びる。でも現実は信号から校門まで長い一直線が続くばかりで、あたしの実況は盛り上がらない。先頭を歩いていた生徒の姿はすぐに他の生徒の姿に紛れて見えなくなり、実況は中途半端なまま、声も周囲の喧騒に溶けて消える。

代わりに耳の奥に蘇るのは、子供の頃に競馬場で聞いた熱っぽい実況と歓声だ。

直線に入って先頭集団の順位が入れ替わる。残り二百メートルで観客たちがガタガタと立ち上がり、思わずと言ったふうに漏れた声がひとつ、ふたつと増えていき、最後はたくさんの声が波のように背後から迫る。

最終直線、馬の脚が鋭く芝を蹴って、地鳴りのような蹄（ひづめ）の音に歓声が重なった。

隣にいた父も立ち上がる。レースの合間に、競馬場の軽食売り場でうどんを食べたときとはまるで違う顔で、拳を上げて声を振り絞る。

ゴール直前の歓声は怒号に似ている。一緒になって叫んでみるけれど、自分の声すら聞こえない。

先頭の馬がゴールした瞬間、怒号から一転、風船から空気が抜けるような落胆の声が上がって、波が引くように観客席の声が小さくなる。

父は椅子から立ったまま、電光掲示板を見て動かない。その姿を、まだ小学校にも通っていなかったあたしは黙って見上げる。

競馬場の空は広く、父の顔はひどく遠い。

周りにはたくさんの人がいるのに、父はなんだか一人ぼっちで青空の下に立っているような顔をして、なかなかこちらを見ようとはしなかった。

二年になって間もない頃、ホームルームの時間に自己紹介をすることになった。最初のひとりが名前と趣味を言ったもんだから、なんとなくみんなもそれに続いたのだけれど、あたしは趣味らしい趣味もなく、あったとしても競馬実況なんてあんまりウケがよくなさそうだったので、名前だけ言っておしまいにした。

担任に「名前だけじゃなくて趣味とかも……」と促されたけど「ないです」と言って黙り込んだのがいけなかったのか、以来あたしに話しかけてくるクラスメイトはいない。

スマホを弄っていれば休み時間なんてあっという間に過ぎていくし、ひとりでも別に不便はなかった。誰かと過ごすためだけに興味のない話に相槌を打つなんて面倒くさいこともしたくない。

授業を終え、いつものように誰に話しかけることもなく帰り支度を済ませて教室を出ようとすると、廊下の向こうからやたら身長差のある男女が歩いてくるのが見えた。

スズと白瀬だ。二年の教室に来るのは初めてなのか、二人して緊張した面持ちで辺りを見回している。

うわ、めんどくせぇ。多分あれ、放送部に入部届を出したっきり部活に参加してないあたしを呼びに来たやつだ。

白瀬はまだいい。あいつは他人との距離感こそおかしいものの、部活に関してはそんなに煩（わずら）わしいことも言ってこない。問題はその隣にいる女子だ。

セミロングの髪を後ろでぎゅっと縛ったのがスズメの尻尾みたいで、ついでに下の名前もスズ子だかスズネだか、とにかくスズがついたので勝手にスズと呼んでいる。でも別に親しいわけじゃない。むしろ避けたい。あの子の放送部に対する情熱は尋常でなく、こっちがどんなに嫌な顔をしても怯まない。

見つかったら力尽くでも放送部に引っ張っていかれるのは目に見えていて、こそこそと教室から出るとちょっと遠回りして校舎の端の廊下へ向かった。

なんとか二人を撒（ま）き、下駄箱の前で苦々しく舌打ちしながら靴を履き替える。

うちの学校の生徒は、委員会か部活かどちらかに参加しなくちゃいけない校則がある。どっちにも興味のないあたしはサボり前提で、去年はあんまり活動もしてなさそうな文芸部に入った。だが、地味そうという予想を裏切り、文芸部はがっつり創作活動に励む部だった。なんたって月に一度作品発表の場が設けられているのだ。内容は短歌でも小説でもなんでもいい。

創作にまるで興味もなかったあたしは毎月の作品発表を「完成しませんでした」の一言で乗り切り、あとは参考資料と言いながら部室に漫画を持ち込んでのらりくらり過ごしていたのだが、最後は他の部員たちから部室への出禁を食らってしまった。

二年になって、何か別の地味な部活を探そうと思っていたときに声をかけてきたのが、白瀬とスズだ。

中学生のときは放送委員に入っていたので、放送なら全く知らない分野じゃない。今年できたばかりの部活と聞いて、だったらそんなに派手な活動もしないいんじゃないかと期待した。

ところがこれだ。いつの間にか去年までやっていなかったお昼の放送が始まり、放課後も週に三回は部活があって、サボりすぎるとああして一年が声をかけにくる。

学校を出ても溜息しか出ない。ただでさえ今日は母が家にいるのに。

電車に揺られて最寄り駅で降り、ダラダラ歩いて自宅に戻る。

駅から歩いて二十分。バスも通っておらず、あまり交通の便はよくない。小さな庭つきの一軒家は、築年数こそあたしの年齢の倍以上だけど、祖母がマメに家の手入れをしてくれているのでボロくは見えない。この家で、あたしは母と祖父母の四人で暮らしている。

がらがらと音を立てて玄関の引き戸を開け「ただいま」と声をかけると、廊下の奥から母が顔を出した。今日は珍しく仕事が休みだったはずだが、なぜか上下黒のスーツを着ている。

母は耳にイヤリングをつけながら「おかえり」と返してまた部屋へ引っ込む。奥には祖母もいるようで、うっすら二人の会話が聞こえてきた。

「貴方、今日は休みじゃなかったの?」

「仕方ないじゃない、呼ばれたんだから。若い子には任せておけないし」

爪先を振ってスニーカーを蹴るように脱ぎ、また言ってる、と口の中で呟く。「若い子には任せられない」「私が行かないと仕方がない」が母の口癖だ。

玄関を入ってすぐのところにある階段にカバンを置き、正面に伸びる廊下を歩いて台所へ向かった。

十年ほど前に改築した台所は広く、大きなダイニングテーブルが置かれている。テーブルの上にはいつも菓子箱が置かれていて、個包装されたクッキーやせんべい、一口羊羹などがこれでもかと詰められていた。通りがかりにいくつか食べても、次に見るとまた元通りになっているのは、祖母がまめにお菓子を補充しているからだ。

菓子箱からクッキーを取ってその場で食べていると、母が台所に入ってきた。

「梓、立ったままお菓子食べないの。ぽろぽろ落ちてるじゃない」

母の声を聞いた途端、口に含んだクッキーは砂みたいに味気ないものになってしまう。口の中の水分が一瞬で飛んで、返事をするのも億劫になった。

母はこっちの返事を求めることもなく、テーブルに大きな黒いショルダーバッグを置いて、中から物を出したり、新たに入れたりと忙しい。

アイブローでくっきり描かれた母の眉は、いつ見ても同じ形をしている。眉山までのラインが鋭角的につり上がっているせいか怒ったような顔だ。口紅もリップラインをばっちり取って、少しもはみ出たところがない。

「結婚式場に勤めてる人間が、疲れてる顔なんて見せられるわけないじゃない」というのが母の持論だ。おめでたい席を取り仕切るのだから、誰よりはつらつとしていなければいけないらしい。その反動のように家で不機嫌そうな顔をされるのだから、家族としてはたまったものではないのだが。

最近また昇格したという母は前にも増して忙しく、いつもピリピリしている。

「貴方ももう二年生なんだから、塾とか行かなくていいの？」

今も身支度を整えながら、あたしの方を見もせずに言う。

「……いいよ、まだ」

「まだってことはないでしょう。一年から通ってる子もいるんだから。進路は決まってるの？　理系？　文系？　梓は文系かしらね、文芸部に入ってるんだし。でも今時は理系に進んだ方が就職のとき有利になるんじゃない？　パソコン関係の仕事なんかも多いだろうし。昔から貴方、そんなに数学の成績悪くなかったでしょ」

こっちの返事も聞かず一方的にまくし立ててくる。忙しいときにわざわざこんな話を持ち出さなくてもいいのに。

先週の土曜も、珍しく母が家にいると思ったらこの調子で小言を繰り返され、つき合いきれなくなって部活を理由に家を出た。そうでなければわざわざ休みの日に学校へ行って、放送部の仕事なんて手伝うわけもない。

なかなか母の言葉が途切れないので、文芸部はやめたと言い出すことはおろか、進路が未定だと告げることすらできなかった。言ったところでまた小言が飛んできそうなので、余計なことは答えず台所を出る。

廊下を歩いていると、カバンを担いだ母が半身になって傍らをすり抜けた。気ぜわしい母は、あたしが廊下を抜けるほんの一瞬も待てないらしい。

玄関を見下ろした母が、「ちょっと梓」と声を尖らせる。

「靴はちゃんと揃えなさい。朝もパジャマ脱ぎっぱなしだったし、気がつかずに洗濯機回しちゃったじゃない。自分のことくらいちゃんとしなさいよね。お母さんもお祖母ちゃんも忙しいんだから」

忙しい、も母の口癖だ。自分で忙しくしてんじゃないの、と思うときもあるが、言っても聞いてもらえないだろうから口にしたことはない。

あたしの靴をしまいながら、聞こえよがしに母が言った。

「お父さん、貴方に靴をしまうこと教えなかったのね」

階段を上りかけていた動きが止まる。腹の底で何かがぐらりと煮立って喉までせり上がってきたが、無理やり呑み込んで階段を駆け上がった。

母の言う通り、父は脱いだ靴を揃えることも、しまうことも教えてくれなかった。父と暮らしていたアパートは狭くて、この家みたいに立派な靴箱もなく、脱いだ靴はいつも小さな三和土（たたき）に置きっぱなしだったから。

だとしても、あの頃あたしのそばにいなかった母に父を非難する権利はない。自室に入るなり、肩から下げていたカバンをベッドに叩きつけた。

「お父さんみたいにならないで」と、事あるごとに母は言う。でもむしろ、あたしは母みたいになりたくない。父は日雇いの仕事しかしていなかったし、毎日働いていたわけでもなかったけど、あたしの保育園の送り迎えは欠かさなかったし、朝と晩は必ず一緒にご飯を食べてくれた。家のこともあたしのことも全部放り出して仕事にかかりっきりの母より、父の方がずっと親らしかった。

階下でがらがらと玄関の戸を開ける音がして、母が家を出たことがわかった。

この家に来てから、あたしはいつもあの音ばかり聞いている。

子供の頃は淋しかった。母のもとに戻ってきた当初は、こっちだって母と打ち解けようと努力したのだ。でも母はあたしを叱るばかりで、言うだけ言って仕事に出てしまう。

小学校に上がってしばらく経った頃、珍しく母に手を引かれて家を出たことがある。

いつもはあたしを家に置いていってしまう母が隣にいるのが嬉しくて、あたしはずっとお喋りをしていたけれど、母は短い相槌を打つばかりでほとんど会話にはならなかった。挙句（あげく）、連れていかれたのは私立受験を目指す小学生が通うような塾だ。

いきなりテストと面接が始まって、面接官の前でだけ母は饒舌（じょうぜつ）で、なぁんだ、と思った。お父さんみたいに、公園に連れていってくれるんだと思ったのに。

なんだ。期待しなければよかった。そうしたら、こんな泣きそうな気分になることもなかったのに。

母親に歩み寄ろうとして失敗した経験は結構インパクトが強かったらしく、それ以降母だけでなく、他人に対しても期待しなくなった。相手の顔色を読むのも相手の望む答えを考えるのも馬鹿らしくて、好き勝手やった結果がこの状況だ。クラスに友達一人いない。

ベッドの端に乱暴に腰を下ろすと、カバンが跳ねて床に落ちた。拾い上げようとして、持ち手の根元につけたお守りに目を止める。

お守りは二つ。ひとつは今年の正月に祖父母と近所の神社で買ったピンクの厄除け守り、そしてもうひとつは、すっかり古くなった袋に『必勝祈願』の文字が縫い取られたお守りだ。

黒いお守りの紐は擦り切れて、今にも千切(ちぎ)れてしまいそうだ。

そろそろ新しい紐をつけ替えよう。

くたびれた黒いお守りは、父が遺した形見なのだから。

六月も半ばを過ぎたが、放送部に顔を出した回数はまだ片手で数えても余る程度だ。放課後になるとスズと白瀬が教室までやってくるのも今のところ上手くかわしている。

このまま幽霊部員として一年乗り切ってやろうと目論んでいたが、思わぬ伏兵が現れた。

「南条さん、今日は放送部に来られる？　これから部活だけど」

福田先生だ。これまで放送部の部員から声をかけられることはあっても、顧問から直接声をかけられることはなかったので油断していた。

部活は生徒の自主性に任されているんじゃなかったのか？　あるいは、いよいよ顧問も黙っていられないくらい部内でのあたしの立場が悪くなったか。

他の部員たちから糾弾され、また出禁を食らうのも面倒だし、大人しく約二週間ぶりに部活に参加することになったわけだが、放送室のドアを開けた瞬間――失敗した。

放送室には、すでに部員全員が揃っていた。カーペットを敷いた部屋の真ん中に直接腰を下ろして顔を寄せ合っている。

向かい合った三人のうち、巌先輩が顔を上げて会釈をしてくれた。巌先輩は無口で無表情、その名の通り岩のような佇（たたず）まいの人だ。しかし今日は、一年生二人の表情の方が硬い。

これは膠着状態だ。

とりあえずスズと白瀬の間に腰を下ろすと、待ち構えていたようにスズがこっちを見て「実績、必要だと思いませんか」とか言い出した。目がマジだ。

「このままお昼の放送だけやっていても、来年放送部が正式な部と認定されるかわかりません。だから地域の人を巻き込んだ活動がしたいんです。Nコンのためにも！」

スズの口からよく飛び出す『Nコン』だが、それがどんなものかはほとんど理解していない。放送部員が集まる大会という認識がぎりぎりあるばかりだ。

早速上の空になりかけたあたしの意識をつなぎとめるように、巌先輩が補足してくれる。

「Nコンにはいろんな部門があるらしい。アナウンス部門とか朗読部門とか、個人で参加する部門の他に、ドキュメント部門とドラマ部門もある。赤羽さんはテレビドラマ部門に出たいらしいんだけど」

「この人数でですか？」

呆れて尋ねると、すかさずスズが「最悪ラジオドラマ部門でも！」と割り込んできた。

本当ならばテレビドラマを作りたい。そうなればカメラやマイクはもちろん、編集機材なども必要だ。しかし現状、この学校の放送室にそんな大層な機材は揃っていない。だからとにかく部費が欲しい。今年は無理でも来年は絶対。そのためにも、放送部はこんなに真面目に活動しています、と学校側にアピールする必要がある。そこで校外インタビューなのだとスズは熱弁を振るった。

「できれば先生たちが『おっ』と思ってくれるような内容で一本作りたいんです。そうなると、ドキュメントの方が硬派なイメージがあってよくないですか？　先生たちってそういう真面目そうなの好きですし」

「話はわかったけど、どこにインタビューしに行くの？」

あたしの問いに答えられず黙ってしまったスズに代わり、白瀬がおずおずと返事をする。

「肝心のそれが、もうずっと決まらない状態で……」

「だったらインタビューなんてしなくてよくない？」

「来年の部費のために必要なんです……！」

わからないでもないが、なんだか本末転倒だ。インタビューって本来、伝えたいことがあるから行うものではないのか。

だが正論を言っても始まらない。ダラダラと話し合いを続けるのも面倒で、話を打ち切るようにぴしゃりと自身の膝を叩いた。

「わかった。とりあえずそのNコンとやらのドキュメント部門で優勝したやつとか聞けないの？」

「それならネットに上がってますけど……」

「それを丸パクリにしたらいいじゃん」

三人がぎょっとした顔でこちらを見る。真っ先に口を開いたのは、やはりスズだ。

「さすがに、パクリはまずいんじゃ……」

「なんで？　今回のドキュメントはうちの学校の先生たちに聞かせるためのものであって、Nコンに出すわけじゃないんでしょ？　だったらいいじゃん。Nコンで優勝してる内容なら、確実に先生たちも感心する」

「それは、そうですけど……」

「それにドラマじゃなくてドキュメントだから。どんだけ質問パクっても、インタビューした相手が同じ回答するとは限らないし、最終的に全然違う内容になるかもよ」

「とはいえ――」

『創作の基本は模倣だ』って文芸部の部長も言ってた。『二番煎じを恐れるな。かつて誰かが作った作品も、貴方にとっては初作品だ』って」

スズはすっかり「パクリ」という言葉に及び腰になっているようだが、白瀬は目からうろこが落ちたような顔で「そうですよね……！」と力強く頷いた。

「全部そのままじゃなくても、参考にするのはありかもしれませんね。赤羽さん、とりあえず過去の入賞作品に目を通してみて、真似できるものがないか探してみようよ」

白瀬がスマホを取り出して検索を始めた。巌先輩もそれに倣う。

「例えばこの、シャッター通りにインタビュー、とかどう？　『学校近くの商店街で店舗が次々閉店、危機感を覚えた商店会長たちの再生への取り組みを追う』みたいな」

「でも、うちの学校の近くに商店街なんてないし……」

真剣な顔で案を出し合う一年二人に、巌先輩が助け舟を出す。

「商店街じゃないけど、学校と駅の間に個人商店ならいくつかある。肉屋とかパン屋とか。肉屋は総菜も売ってるから学校帰りに買い食いしてる生徒もいる。下校時間を狙って揚げたてのコロッケとかメンチカツとか店に並べるんだけど、どれも美味い」

スズと白瀬が、インタビューそっちのけで「美味しそう」と目を輝かせる。それを見たら、あたしもつい黙っていられなくなった。

「肉屋の近くのパン屋も美味いよ。品揃えいいし、朝早くから開いてるから、学校行く途中に寄ってお昼ご飯にサンドイッチとか総菜パンとかよく買ってる」

弁当は祖母が用意してくれるのだが、たまに「今日は何か買ってちょうだい」なんてお金を渡されることがあって、そういうときは必ず学校近くのパン屋に行く。巌先輩もパン屋のことは知っていたようで「森杉パン屋か」と身を乗り出した。

「あそこのパン屋、中に入ったことなかった。なんとなく入りにくくて」

「美味しいんですよ。焼きそばパンとかハンバーグパンとかがっつり系のもあれば、サーモンとクリームチーズのサンドイッチとかブルーベリーのベーグルとかもあって。基本のクリームパンとかあんパンも侮れないし。あと、フルーツサンドがマジで美味い」

「えぇぇ、食べてみたいです！」

「帰りに寄ってみたらいいよ。ていうか寄ってあげて。あそこのパン屋、めちゃくちゃ美味しいんだけどなぜかあんまり客が入ってないんだよね」

二人に場所を教えるべく、スマホの地図アプリで店の場所を検索しながら首をひねる。

「店構えが地味だからかなぁ。レトロを通り越して古臭いし。店番してるおばあちゃんが優しくて好きなんだけど。去年の文化祭ではクラスぐるみでお世話になったしね。うちのクラス模擬喫茶やったんだけど、軽食に出したサンドイッチのパン、森杉パン屋に注文したんだ。何年か前の先輩たちも模擬喫茶であそこのパン屋からパン買ってたらしいし、結構うちの学校とも因縁浅からぬというか……あれ、この言い方違うな？」

なんだっけ、縁がある、みたいな言い方あったよな、と思いながら顔を上げたら、スズと白瀬と巌先輩がじっとあたしを見ていた。

いつの間に視線が集まっていたのかわからなかった。なんかろくなことを言われない雰囲気だぞ、と思っていたら案の定、巌先輩がろくでもないことを言う。

「そのパン屋にインタビューに行ったらいいんじゃないか？　南条さんが主体になって」

「はっ？　なんであたしが？」

「南条さんが一番そのパン屋に対する思い入れが深そうだから。どうにかしてあげたい、とも思ってるみたいだし。いい質問ができるんじゃないかと思う」

　無言で首を横に振る。絶対嫌だ。面倒くさい。

「俺も聞きかじりだけど、インタビューをするにはまずテーマを決めて、構成を考えて、一応シナリオなんかも作らないといけないらしいから、その準備をさっそく……」

「いや、やらないですから！　巌先輩主体でやったらいいじゃないですか！」

「俺は受験生だから」

「その逃げ方ずるくないですか⁉」

「どっちにしろ来年は南条さんが部長になるんだし」

　巌先輩の傍らで、一年二人が「そうですよ」と大きく頷く。なんだこの、もう決定事項です、みたいな雰囲気は。来年も放送部に入るなんてこっちは一言も言ってないのに。恐ろしくなって、勢いその場に立ち上がる。

「あっ、南条先輩、インタビュー……！」

「だからやんないってば、そんなもん！」

　大声で言い放ち、カバンを引っ掴んで逃げるように放送室を飛び出した。あそこにいたら、どんどん外堀を埋められてしまう。

　大股で校内を歩き、慌ただしく靴を履き替え外に出る。いつもは他の歩行者に抜かされるばかりだけど、今日は下校中の生徒を何人も抜かしてようやく十字路で足を止めた。

視線を斜め左に向けると、車道を挟んだ向こう側にこまごまと店が並んでいるのが見えた。店先にファイルやノートを並べた文房具屋に、のれんのくすんだラーメン屋。巌先輩が言っていた肉屋も見える。肉屋の二軒隣には森杉パン屋もあった。

放課後にパンの話なんてしたので小腹が減った。ちらりと背後を見遣り、放送部の面々が追いかけてこないことを確認してから左手に伸びる横断歩道を渡った。

パン屋の店先には、飾りっ気のない文字で『森杉パン屋』と書かれた看板が掲げられている。白と緑のレトロな日よけの下には、木戸にガラスをはめ込んだ古めかしい引き戸。もちろん手動で、開閉のたびにがらがらと大仰な音を立てる代物（しろもの）だ。

店内はひどく狭い。五人も入ればもう満員だ。

入ってすぐのところにあるレジの後ろでは、白い調理服を着た店番のおばあちゃんがレジカウンターを掃除していた。うちの祖母と同年代か、少し年上くらいだろうか。三角巾の下に押し込まれた髪は真っ白だ。おばあちゃんは店の外に立つあたしに気づくと、あら、と目を見開いて外に出てきた。

「今朝コロッケパン買っていってくれた子？　美味しかった？」

まさか顔を覚えられているとは思わずうろたえたが、実際美味しくいただいたので小さく頷く。おばあちゃんは「ちょっと待って」と言っていったん店に戻ると、小さな袋を手に戻ってきた。

「これ、ラスク。この時間お腹空くでしょう。よかったら」

「え、じゃあ、お金……」

「やぁね、いいのよ。今朝パンを買ってくれたサービス」

朗らかに笑うおばあちゃんの背後には、まだたくさんのパンが並んでいる。すでに日が暮れかけているが、残った分はどうなるんだろう。捨てられてしまうのかもしれない。

礼を言ってラスクをもらい、後ろ髪を引かれるような思いでパン屋を後にした。

あの店は本当に外観が悪い。くたびれた店舗は、売り物のパンまでしなびているような思い違いをさせてしまう。せっかく学校の近くに建っているのだし、学生相手に商売をすれば客も途切れないだろうに。

何かのきっかけであの店のパンのことが噂になれば、たちまちうちの生徒たちが押し寄せてくる気がするのだが。きっかけはなんでもいい。たとえば——お昼の放送とか。

「いや、やんないけど」

思わず声に出していた。やらない。やるわけがない、そんな面倒くさいこと。

駅に向かって歩きながら、もらったばかりのラスクを見下ろす。これを手渡してきたおばあちゃんのふっくらと白い手を思い出し、やんないから、ともう一度声に出して呟いた。

インタビューなんか絶対やらない。そう言い続けていたにもかかわらず、最終的に放送部は、森杉パン屋のインタビューを行うことになった。

これはもう、一年生たちの粘り勝ちだ。

あたしはさんざんごねて逃げ回ったけれど、スズと白瀬はしつこかった。夏休みに入ったら巌先輩も受験勉強で忙しくなってあまり部活に顔を出してくれなくなるし、自分たち二人だけではどうにもならないからと泣きつかれ、授業の間の休み時間に毎日のように教室まで押しかけられた。

入り口でおどおどと身を寄せ合う二人は忠犬ハチ公のようで、気がつけば、なんだかあたしが悪いことをしているような空気が教室中に立ち込めていた。クラスメイトたちの遠巻きに非難する視線と、飽きもせず教室に通ってくる二人の情熱に折れた形だ。

とはいえ実際にインタビューをするのはスズで、編集は白瀬に丸投げした。あたしは現場監督よろしくインタビューに同行するだけ、と何度も念を押して了承した。

インタビューをすると決まってすぐ、放送部のみんなで森杉パン屋に行ってみることになった。まずは現場を見なければ始まらない。

部活の後、四人でぞろぞろと店に向かう。店の前に立つと、スズと白瀬が同時に「ここかぁ」と声を上げた。登下校中になんとなく視界には入っていたようだ。

「僕最初、このお店のこと和菓子屋さんだと思ってました」

「なんで和菓子屋？」

「全体的にレトロなイメージだったので。でも看板見て、パン屋なんだなって」

お喋りしながら店に入る。店内は狭く、四人入るとかなり窮屈だ。

夕方でも、商品棚にはたくさんのパンが並んでいた。食パン、総菜パン、菓子パン、サンドイッチと種類も様々だ。壁際の商品棚だけでは収まりきらず、レジ横にテーブルを置いて、その上にまでどっさりとパンを並べている。

「学校の近くにこんなお店があったんですね……。コンビニよりずっと品揃えもいいし、今度から私もここでパン買ってみようかな」

スズは熱心に店内の様子を観察しているが、男二人はパンに夢中だ。早速トレイとトングを摑んでパンを吟味（ぎんみ）している。巌先輩はコロッケパンとカレーパンを、白瀬はメロンパンとカツサンドを買っていた。家に帰ったら夕飯だろうに、どういう胃袋だ。

今日のところは下見だし、パンを買ったら大人しく帰るつもりでいたのだが、会計のときに白瀬がいそいそと店番のおばあちゃんに話しかけ始めたので驚いた。

「あのう、僕らこの近くの水野瀬高校の生徒なんですけど、このお店、うちの学生とかよく来ます？　お店に来るお客さんの割合って……」

いきなりインタビューめいたものが始まりかけて冷や汗をかいた。とっさに白瀬の首根っこを摑み「すみません、なんでもないです」と頭を下げて店を出る。

「仕事してる人にいきなり質問してどうすんの……！」

店を出るなり叱りつけると、白瀬は気の弱い犬みたいにびくびくと後ろへ下がった。

「すみません、事前に情報収集した方がいいかと……」

「わかるけどちゃんと準備してからにしてよ、心臓に悪い。あと何度も言うけど、おばあちゃん仕事中だから。世間話ぐらいだったらいいけどがっつり話聞こうとしないで。下手なことして学校にクレームでも来たら、今の放送部なんて一発で解散だよ」

「あっ、そうか、すみません……！」

あたしと白瀬のやり取りを見て、なぜかスズはニコニコしている。その隣で、早速パンの入った袋を開けながら巌先輩が言った。

「南条さんは、意外とちゃんとしてるから安心だ」

すかさずスズが「南条先輩がいてくれれば放送部も安泰です」と合の手を入れた。だからほんと、そういうのやめてほしい。

ていうか、意外とちゃんとしてるってなんだ、意外とって。

それから間もなく期末テストの一週間前になり、放送部の活動もいったん休みとなった。テストが終わった後は終業式まで補講が続く。スズと白瀬は補講の間も毎日放送部に顔を出し、福田先生に指導してもらいながらインタビューの構成を考えたり、シナリオを制作したりしていたらしい。

シナリオなんて、やらせ用の台本でも用意しておくのかと思ったが間違いで、こちらから投げる質問と、多分相手はこう答えるだろう、という想定問答をある程度まとめておくものだそうだ。ここできっちり、『何を伝えたいのか』『どう伝えるのか』を固めておくのだとスズが説明してくれた。

シナリオ作りにはほぼ参加しなかったが、あのパン屋を紹介したのは一応あたしだし、白瀬がまた妙なことをして店に迷惑をかけたら申し訳ない。監視のつもりで補講の後に放送室へ顔を出すようになった。と言っても何をするわけでもない。シナリオ作りに苦心するスズと白瀬を尻目に、放送室の隅でスマホを弄っているだけだ。

「取材の申し込みって電話でするんだよね？　それも準備しないと」

窓際に置かれたテーブルにルーズリーフを広げていた白瀬がはたと顔を上げる。隣に座っていたスズも「そうだった」と苦い顔をした。

「福田先生は電話で申し込むのがスタンダードって言ってたけど、私電話が苦手で……」

いつもは明るいスズの声が珍しく低くひしゃげていたものだから、スマホから顔を上げ
「そういうの、福田先生がやってくれるんじゃないの？」と尋ねてしまった。

「いえ、これも練習の一環だそうです」

スズは憂鬱そうな顔で振り返って溜息をつく。白瀬も一緒になって頷いた。

「焦らずに落ち着いて、必要な事柄を相手にしっかり伝えられるように練習しろって言われました。電話で喋る時間なんてインタビューよりずっと短いんだから頑張れって」

福田先生の言いたいことはわかるが、スズが本当に気の重そうな顔をしているのが意外で、膝の上にスマホを伏せた。

「スズは普段からお昼の放送で原稿読んだりしてるし、事前に話す内容決めておけば問題ないんじゃない？」

「でも……失礼があったらと思うと」

「大丈夫でしょ。スズはあたしみたいに言葉遣い汚くないし、いつも送ってくれるメールの文章だってちゃんとしてるんだから」

スズはよく部活の予定をあたしのスマホに送ってくれる。いつも簡潔で読みやすく感心

していたのだが、力なく首を横に振られてしまった。

「文章で伝えるのと直接話すのはやっぱり違いますよ。文字のやり取りは、お互いちょっと考える時間があるじゃないですか。でも、リアルタイムのやり取りは相手の言葉の意味を捉え損ねたら一瞬で会話が途切れてしまうので……緊張します」

「その分ダイレクトに伝わってくるものもあるじゃん？」

声の感じや口調から相手の感情がわかることもある。文字のやり取りにはない利点だと思ったが、スズの表情は曇る一方だ。

「伝わらない方が、気が楽です。クラスメイトとメールのやり取りするときもそうじゃないですか？　こっちがちょっと怒ってたとして、そのことに気づいてほしいような、喧嘩したくないから気づいてほしくないような……。直接感情をぶつけるのも、ぶつけられるのも、結構体力を削られるので」

放送部のことになるとガンガン前にくるスズの口から出るにしては臆病な言葉に目を丸くする。あたしはあんまりメールでやり取りするような友達がいないからよくわからないけど、みんなそういう感じなんだろうか。

「最近は絵文字とかスタンプもあるし、それでなんとなく伝わっちゃうだけに、改めて言葉にするのって難しいです」

「あー、まぁね。スタンプは楽だしね」

楽しそうな雰囲気にはなるけど、何が伝わったわけでもない。

改めて考えると、声を伴わないやり取りは感情が希薄だ。声に多くの感情が乗りすぎている面も否めないけれど。

競馬実況だって、実況者の声が高くなったり、上擦ったり、早口になったりすると、どの馬が来るかなんて予想していなくてもざわざわと血が沸き立ってくる。

これは言ってもスズたちには理解してもらえないだろうな、と思い黙っていると、白瀬が気負った様子もなく手を挙げた。

「だったら電話は僕がするよ。僕あんまりそういうの緊張しないから」

そうだろうな、という言葉が漏れかけた。

確かに白瀬はちょっと空気が読めないところがあるし、他人の言葉の裏も読めない。だからこそ電話をかけることも緊張しないんだろう。相手の声や言葉から、読み取れるものがやたらと少ない。

早速スズと白瀬は電話でアポイントを取る際の文言など考え始めたようだが、すぐに白瀬が助けを求めるようにこっちを振り返った。

「南条先輩！　失礼じゃないアポイントの取り方って……!?」

「『失礼じゃないアポイントの取り方』で検索して」

素っ気なく言い返してみたが白瀬はめげない。というより、必死になると他人の言葉が耳に届かなくなるらしい。

「まずは、『水野瀬高校放送部ですが』って感じでしょうか」

「一応名前も名乗っておいた方がいいんじゃない。後で店から学校に問い合わせとかあるかもしれないし、個人名がわかった方が連絡しやすいでしょ」

「あ、じゃあ『水野瀬高校放送部の、白瀬です』と」

「『白瀬と申します』だろうね。『お忙しいところ失礼します』もつけておいたら？」

スマホゲームの片手間に返事をしていると、スズが「さすが南条先輩」と控えめに手を叩いた。こんなの全然大したことじゃない。職場の新人指導を担当してる母親が、「最近の若い子って、お忙しいところ失礼します、の一言もないのよ」なんて祖母相手に愚痴ってたのを聞いて覚えていただけだ。

新人を指導する母の気持ちが少しだけわかってしまった。これはやきもきするだろう。

今も二人は取材相手に「この日に取材に行きたいのですがよろしいですか」なんて言おうとしている。手伝うつもりはないけれど、さすがに黙っていられずロを挟んだ。

「そこは『この日からこの日の間で、ご都合のよろしい日はありますでしょうか』とか言わないと駄目でしょ。相手の都合に合わせないと」

「駄目だって言われたら別の日を提案しようと思ってたんですけど……。じゃあ、時間なんかも相手に決めてもらっちゃっていいんですか？」

白瀬のこの言い方だと、場所と時間をこっちが指定しておいた方が丁寧だと思っている節がある。失礼なわけではなく、気を遣う方向がずれているようだ。

その後もネットでビジネスマナーを調べたりあたしに助言を求めたりしながら、なんとか取材を申し込む際の文言を決めた二人は、再びインタビューのシナリオ作りに戻った。

「南条先輩、パンが売れてない理由って単刀直入に訊いて大丈夫だと思います？」

「実際にパン売ってる相手に訊ける度胸があるなら訊いてみたら？」

「赤羽さん、訊ける？」

「……勇気ない」

普通は訊けないだろうと思う。でもインタビューになったら、気まずいことも訊かなければいけないんじゃないか。みんなが聞きたくても聞けないことを掘り起こしてくるからこそ、多くの人が耳を傾けるような気もするのだが。

言おうか、やめようか、迷っていたら白瀬が机に突っ伏した。

「南条せんぱーい、実況やってください！」

「は？　何、急に」

「煮詰まってるときこそ先輩の実況が聞きたいんです！　ダーッと風が吹くみたいな」

「わかる、私も聞きたいです」

スズまで椅子の背もたれに寄り掛かり、力なく天井を仰いでしまった。もういろいろ考えるのに疲れたんだろう。

「晴天の中京競馬場に拍手が鳴り響きました。サマーマイルシリーズ第一戦、中京記念GⅢ。芝コース、出走馬十六頭、注目は……でいい？」

「相変わらず滑舌いいですね、本物のアナウンサーみたい」

スズが天井を見上げたまま溜息交じりに呟く。そういう自分だって真面目に発声練習に励んでいるだけあって滑舌は抜群にいいのに。そんな相手から褒められるのは、正直ちょっと気分がいい。

「僕、スタートの瞬間が好きです。馬の名前が次々出てくるところとか」

白瀬がわくわくした声で先を促してくる。変な奴。こんな空想競馬実況みたいなもの、喜んで聞く奴なんて今まで誰もいなかった。母や祖父母に至っては、あたしが競馬実況を聞くのを嫌がるくらいなのに。

放送部に興味はないけれど、ここは不思議と居心地がいい。

目を閉じて続きを待つ二人のために、スマホを見たまま実況を再開する。アプリはとっくに落ちていたけれど、二人の顔を見ながら実況するのはさすがに気恥ずかしい。真っ暗な画面に目を向けたまま、千六百メートルのレースを実況しきった。

夏休みに入るとすぐ、まずは白瀬がパン屋に取材依頼の電話をかけた。取材依頼の文面を考えているときは無茶苦茶だったものの、白瀬は台本があると落ち着いて話ができるタイプらしい。すらすらと用件を告げ、難なく店の了承を得ることができた。

店の定休日が水曜なので、インタビューは八月の第二水曜日に行われることになった。巌先輩は夏休みの間みっちり夏期講習に通うことになったらしく、インタビューはあたしたち三人で行うことが決まった。ぶっつけ本番でどうにかなるわけもなく、スズと白瀬は連日のように学校に来てインタビューの練習をしている。

あたしも一応放送室には顔を出したけれど、何も手伝いはしなかった。最初からそういう約束だ。とはいえ、本当に何もしないでぼーっとしているのも退屈で、ときどき二人のインタビュー練習につき合った。

「それでは、本日はよろしくお願いいたします」

放送室の窓際に置かれたテーブルの前で、スズと二人、椅子に座って互いに頭を下げる。

相手があたしだっていうのにスズは緊張した顔だ。「さ、早速お聞きしたいのですが」なんて声を震わせるので、ちょっと悪戯心が湧いてしまった。

「森杉パン屋さんは、いつからこちらでお店を開いているんですか？」

「いつ。いつだったかな、ちょっと忘れちゃった。いつだっけ？」

あたしの返答に、スズも、その後ろで本番さながらこちらにマイクを向けていた白瀬も驚いたような顔をした。あたしはにやにやしながら首を傾げる。

「十年前かな。二十年だったかも。あ、ちょっと昔の写真とか持ってこようか？」

「あ、い、いえ、大丈夫です。その、大体の年数で……」

「えぇ？　せっかくインタビューに来てくれたのにそんな適当なことでいいの？　もしかしてあんまりうちの店に興味ない？」

「そういうわけでは……！　あの、ちょっと、な、南条先輩……」

スズが本気で困り果てた顔をするので、おかしくなって声を立てて笑った。白瀬もマイクを下げ、「先輩、ちゃんとやってくださいよ」と眉を下げる。

笑いを引っ込め、「ちゃんとやってる」と真顔で返す。

「あんたたち、マジで台本通りの練習しかやってないんだもん。でも相手は生身の人間だし、こっちの質問にどんな回答よこしてくるかわかんないでしょ？　だったら練習では、一番やりにくい回答を想定した方がよくない？」

最初は戸惑った顔をしていた二人だが、こちらの言い分にも一理あると思ったらしい。互いに顔を見合わせて、覚悟を決めたように深く頷く。

「南条先輩、今の調子でお願いします」

「わかった。泣かせないように頑張る」

「あっ、ま、待ってください、そんなに怖いのでなくても……！」

あたふたするスズを笑い飛ばし、その後はご要望の通り全力で面倒くさくてやりにくい回答をしてやった。最終的に二人から感心されたくらいだ。何よりスズが「南条先輩と練習してたら、どんな回答も怖くなくなりそうです」と自信を持ってくれてよかった。

こんな調子で、夏休みはかなり頻繁に学校へ通った。家に帰る頃にはすっかり辺りが夕闇に染まり、通りの家々から夕飯の匂いが漏れてくる。

「ただいま」

自宅の玄関を開けると、家の奥からも甘辛い煮物の匂いが漂ってきた。階段の下にカバンを置き、まっすぐ台所へ向かう。

今日もダイニングテーブルには溢れんばかりにお菓子を詰められた菓子箱があって、その傍らでは祖母が夕食の支度をしていた。母はまだ仕事から帰っていなかったが、祖父が隣の居間でテレビを見ている。

ほとんど習慣に近い動きで菓子箱に手を伸ばしたところで、「おかえり」と祖母に声をかけられた。

「そうだ梓、お母さんがね、貴方の机の上に塾の資料を置いておいたって」

お母さん、というのはあたしの母のことだ。祖母にとっては娘のはずだが、家族の呼称はあたしを中心に変化して、今や母も祖母のことを「お祖母ちゃん」と呼ぶ。

「お母さん、勝手にあたしの部屋に入ったの？　塾もまだいいって言ったのに……」

なんであの人はこう、人の話を聞かないんだろう。母に向かって言葉を投げても、本人に届く前に全部その足元に墜落してしまうようで、とてつもない徒労感を覚えた。

祖母は手の上に載せた豆腐をさいの目に切りながら控えめに微笑む。

「お母さんもいろいろ考えてるんでしょう。自分は専門学校しか卒業できなかったから、貴方にはちゃんと大学に通ってほしいみたい」

「何それ」

自分にできなかったことを子供にやらせて、かりそめの満足感でも欲しいのか。気持ち悪い。あたしの人生を自分に重ねて、やり直した気になんてなってほしくない。

指先でざらざらと菓子箱の中を引っ掻き回してみたが、結局食べたいものなんて見つけられなくて、苛立ちごと手放すように箱から雑に手を抜いた。

ようやく迎えたインタビューの日。集合場所である学校の正門を目指して駅を出ると、頭上から八月の日差しが容赦なく照りつけてきた。インタビューの開始時間は午後一時。学校へ向かう緩い坂道を上がっているだけで顎先から汗が滴る。うだるような暑さに辟易するが、スズは今頃この暑さも気にならないくらいガチガチに緊張しているんだろうと思えば耐えられた。

インタビュアーはスズ。学校の備品である録音用マイクを持っていくのは白瀬。あたしは先輩として同行するだけでいいから気が楽だ。

なんて考えは、門の前にいたスズを見るなり吹っ飛んだ。

物陰に入ることも忘れて門の前に佇むスズは、夏の日差しのせいばかりでなく顔が真っ赤だ。その上、足元のアスファルトから立ち上る陽炎のように、ゆらゆらと体が前後に揺れている。

「ちょっと、何ふらふらしてんの」

声をかけると、スズが緩慢な動作で振り向いた。

「すみません……少し、風邪っぽくて」

その声が、普段とは別人のようにしゃがれていて硬直した。

いつものスズの声は高い。元演劇部なだけあって抑揚も豊かだし、滑舌もいい。小鳥が囀るようなあの声が、掠れてほとんど聞き取れない。

喋るだけで喉が痛むのか、スズは眉根を寄せて唾を飲む。

「夏風邪をひいたみたいで……熱とかはないんですけど、喉を痛めて……」

「なんでそんな状況で来たの、帰りなよ」

「でも、そうしたら、インタビューが……せっかく時間を、空けてもらったのに」

苦しそうに喋るスズを止めようとしたところで、校舎からマイクや機材を抱えた白瀬がやって来た。

白瀬もスズの異変に気づいたようだ。「どうしたのその声!?」とひとしきりスズを心配した後、途方に暮れたような顔でこちらを見る。

「南条先輩、今日のインタビューどうします……？」

この状態で無理やりスズに喋らせても相手は聞こえづらいだろうし、マイクが音を拾ってくれるかもわからない。黙りこくっていると、白瀬がおずおずと手を挙げた。

「ぼ、僕が……やりましょうか……？」

とっさにスズと顔を見合わせた。

白瀬は台本があれば案外喋れる。だが、今回の形式はインタビューだ。相手がどんな回答をするか予想がつかない。一度台本から外れたらたちまち白瀬は調子を崩すだろう。言葉がつっかえるくらいならいいが、うろたえて空気を読まない質問などされては取り返しがつかない。

スズは喋れない、白瀬も不安だ。こうなったらもう、選択肢などないに等しい。

「……あたしがやる」

途方に暮れたように俯く後輩二人の前で、他になんと言えばいい。

言ってしまったからには後にも引けず、スズに「髪留め貸して」と片手を差し出した。

自分の髪がやたらと明るい自覚はある。地毛だけれど、体育科の先生たちから何度「染めてるんじゃないか？」と疑われたかわからない。パン屋のおばあちゃんはあまりそういうことを気にするタイプではないかもしれないが、曲がりなりにも高校の名前を背負ってインタビューに向かうのだ。可能な限り身だしなみは整えておきたかった。

スズが自分の髪を結んでいたゴムをほどいてこちらに手渡してくる。礼を言って受け取り、ぎゅっと後ろで一本に髪を縛った。

「後は任せて、スズは帰っていいよ。具合悪いんでしょ？」

「だ、大丈夫です。喉が痛むだけで他はどこも悪くないんです。私も行きます、行かせてください。二人だけじゃ手が足りなくなるかもしれません」

スズは必死の形相で食い下がる。「たとえインタビューに参加できなくても、終わるまでお店の外で待ってます」とまで言われてしまえば断れず、具合が悪くなったらすぐに申し出ることを条件にスズにもついてきてもらうことにした。

インタビューで使う原稿は、一応あたしのカバンにも入っている。カバンにつけたピンクと黒のお守りの上から、確かめるように原稿を叩いた。

大丈夫、夏休みに入ってからずっとインタビューの練習につき合ってきた。大体の流れは頭に入っている。

それに、インタビューと実況には共通点もある。目の前で展開されるレースを素早く把握して言葉にするように、相手の声や顔つきから、言葉以上のことを見出してすくい上げればいい。必要な瞬発力は同じだ。数秒先に何が起こるかわからないところも。

俯くまい。弱音を漏らしたら後ろの二人が項垂れてしまう。

「よし、行こう」

無理やり胸を張り、大丈夫だと言い聞かせた。後ろからついてくるスズと白瀬と、自分自身に。

インタビューの時間は、大体一時間を想定していた。多少余裕を見てその時間だったのだが、人間は緊張すると早口になるらしい。実際には四十分程度でインタビューは終了した。

インタビューを終え、学校に機材を返しに行くと、張り詰めていた緊張が音を立てて切れた。まっすぐ帰るには疲れすぎていて、学校近くの公園に立ち寄る。ブランコとジャングルジム、藤棚の下に砂場があるばかりの小ぢんまりとした公園だ。周囲を囲むように植えられた木の葉が夏の日差しを遮って、地面に濃い影を落としていた。

公園のベンチで、白瀬は脱力したように座って天を仰いでいる。午後二時半。木々の作る陰なんてなんの役にも立たないくらい外は暑い。ぐったりする白瀬の喉元に、近くのコンビニで買ってきたペットボトルの麦茶を押しつけた。

情けない声を上げて飛び上がった白瀬の膝にペットボトルを投げる。その隣に腰を下ろし、もう一本買っておいたペットボトルの栓を開けた。

「南条先輩、これ……」

「おごり。今日はお疲れ」

「え、は、ご、ご馳走様です」

おずおずと頭を下げ、白瀬もペットボトルの蓋をひねった。

公園にスズの姿はない。やはり無理をしていたらしく、店を出た途端歩くこともままならなくなったので、スマホでスズの家族を呼んだのだ。とりあえず学校に戻って昇降口でスズを休ませ、白瀬に機材を片づけさせた。その間にスズの母親が車で迎えに来てくれて、事情を説明し連れ帰ってもらった。

「無理すんなって言ったのに……いつから具合悪かったんだろ」

「結構前から、無理はしてたと思いますけど……」

白瀬の言葉に眉を吊り上げ「は？」と凄む。

「あんたそれ気づいてたのに何も言わなかったの？」

「あ、いや、具合が悪いのは気がつかなかったんですけど、赤羽さん、高校に入ってからだいぶ頑張ってたんですよ。イメチェンというか、人が変わったみたいに」

「中学ではああいう感じじゃなかったってこと？」

「そうですね。中学のときは南条先輩より髪が長くて、喋り方もゆっくりで、もっと大人しい感じでした。最近大きな声を出しがちだったので、ちょっと喉に負担をかけてるんじゃないかな、とは思ってたんですけど」

大人しいなんて、スズメみたいにちょこまか動いて騒々しくおしゃべりするスズの姿からは想像ができない。今日だって体調不良を押してまでインタビューに来たのだ。大人しいどころか、かなりガッツのある人物のように思えるが。

「あの子のあの情熱はどこから来るわけ？」

さすがに呆れて呟くと、白瀬も「さあ」と首を傾げてしまった。

「そんなにNコンとやらに出たいの？　テレビドラマ部門だっけ？　演技がしたいなら手っ取り早く演劇部に入ればよかったのに。あんたたち元演劇部なんでしょ？　なんでわざわざ放送部に？」

矢継ぎ早に尋ねたせいか、白瀬は弱り顔で眉を下げてしまう。

「わかりません。僕も高校の入学式で赤羽さんに声をかけられて放送部に誘われただけなので」

「興味もないのに放送部に入ったの？　人がよすぎない？」

冷えたペットボトルから滴る水を指先で拭い、白瀬は微かな笑みをこぼす。

「僕、中学のとき赤羽さんにいろいろ助けてもらったんです。人間関係とかで悩んでるとき、話を聞いてもらって、凄く助けられました。だから、そのお礼みたいな気持ちで入部したんです。やってみたら案外楽しいですよ。想像してたのと全然違って」

白瀬の目元に浮かぶ笑みが深くなった。どうやら本気で言っているらしい。

そんななりゆきで放送部に入ったにもかかわらず、ちゃんと楽しめているのだから案外白瀬は凄い。あたしだったらそうはいかない。だって思ったより放送部はやることが多いし、基礎練なんかもきついし、こんなインタビューまでする羽目になったし。

思い返しても今日までの準備期間は大変だった。

大変だったんだけど、全部終わった後、夏空の下で飲む麦茶がやけに美味しい。

今日のインタビューに応対してくれたのは、いつも店番をしているおばあちゃんだ。定休日だからか白い調理服や三角巾はつけず、普段着で出迎えてくれた。お互い自己紹介をして、おばあちゃんの名前が菫さんだと知った。

最初の質問は「いつからこちらでお店を開いているんですか？」という無難なものだ。スズとも練習していたその問いに、菫さんが「いつだったかしらねぇ」と首を傾げたときはぎょっとした。

スズに対してちょっと意地悪な受け答えをした自分を反省した。覚えてないなんて言われたら本気で困る。あのときスズはなんて返していたっけ、なんて思っていたら、菫さんが懐かしそうに目を細めた。

「息子が生まれる前だから、もう四十年以上も前からここでお店をしてるわね」

初っ端から冷や汗をかいた。そこからの一時間弱、自分が何をどんなふうに喋ったのかよく覚えていない。

初対面の人と喋るのに苦手意識はないと思っていたが、傍らに電源の入ったマイクがあるといつになく緊張した。すべての言葉が記録されるのだと思うと舌がもつれる。

インタビューはまるで一問一答のようで、思ったように話題が広がらない。尋ね方が悪いのか、それとも相手の言葉を捕まえる技術が足りないのか。

練習中はスズに対してあんなに意地悪な回答をしていたくせに、本番で思いもよらない回答を返されると情けないくらい言葉に詰まった。相手の言葉を聞き洩らさないようにするのに必死で、声や表情を見ている余裕すらない。こんなにも準備が足りていない状況で、勢いのままインタビュアーを引き受けてしまったことをさすがに後悔したくらいだ。

それでも菫さんは、根気強くインタビューにつき合ってくれた。

あらかた質問を終えた後、菫さんが口にした言葉が印象に残っている。

「最近はあちこちにコンビニがあっていつでもパンが買えるし、駅前にも大きなスーパーができてしまって、なかなかパンだけ買いにこのお店まで来てくれる人はいないの。でも、近くの学生さんたちが立ち寄ってくれるから、なんとかお店を続けられてるのよ。ほとんど学生さん向けに作っているようなものでね、五月の連休中なんて、どうせ学校はお休みだからって、お店もずっと閉めてたの。だから今日、水野瀬高校の貴方たちが来てくれて嬉しかったわ。何十年も頑張ってたご褒美がもらえたみたい」

てんで的外れな質問ばかりしているのではないかと不安だっただけに、その一言がひどく嬉しかった。

スズも赤い顔をしながら感じ入ったように小さく頷いていたし、あの白瀬でさえ、まじまじと菫さんを見て動かなかった。よほど感動したのか、インタビューの最中だというのにあたしやスズに何か訴えるような目すら向けてきたほどだ。

「うちの学校の生徒も多少パン屋の売上に貢献してるんだったら嬉しいけど。五月の連休中は店閉めてたっていうし、よっぽど他にお客さんが来ないのかぁ」

さすがに心配になって呟いてみたが、白瀬からの反応がない。珍しく何か考え込むような顔で地面を見詰めている。「どうかした？」と尋ねるとようやく目の焦点が戻り、次いであたふたと顔を上げた。

「いえ、別に、なんでも」

「なんか隠してない？　まさかマイクのスイッチ入れ忘れてたとか？」

「ま、まさか！」

「じゃあ何？」

軽く睨みつけてやると、白瀬の黒目は磁石を近づけられた方位磁針のようにくるくる動く。ちょっと面白い。

「す、菫さんの様子が、様子というか、ちょっと、その……」

「菫さん？　もしかして、あたし何か失礼なことでも言った？」

　インタビュー中は緊張していたので、自分の言葉なんて正確に覚えていない。菫さんを不快にさせるようなことでも言ってしまったかと動揺したが、白瀬は慌てて「違います」と首を横に振った。

「いえ、先輩は何も。むしろよかったと思いますよ、いきなりインタビュアー任されたのに落ち着いて質問してましたし」

　そこで一度言葉を切り、小さく頷く。

「……うん、よかったです。凄く」

「本当？　変な発言してたらちゃんと編集でカットしといてよ」

「あ、そうですよね。これから編集作業も始めないと。夏休み中に終わるかな……。先輩も手伝ってくれるんですよね？」

「手伝うも何も、編集ソフトの使い方なんてわかんないし」

「僕だってよくわかんないですよ。一緒に練習しましょうよ」

　白瀬がぐいぐい身を乗り出してくるので、膝に載せていたカバンを互いの間に置いてバリケードを築いた。白瀬は互いを隔てるように置かれたカバンをしょげた顔で見下ろしたが、瞬き一つでその表情が変わった。

「前から思ってたんですけど、このお守り随分古いですよね」

カバンにつけたピンクと黒のお守りの、黒い方に白瀬が指を伸ばす。

「お守りって一年経ったら新しいのに替えた方がいいんですよ。ピンクの方はまだ新しいみたいですけど、黒い方は相当年季が……」

「それ、父親の遺品。死んだときに持ってたやつ」

瞬間、白瀬がぱっと手を引いた。熱したフライパンに間違って触れてしまったときのような俊敏(しゅんびん)さで。気安く触れてはいけないものだと気づいたのだろう。

しかしうろたえた顔は、すぐ好奇心を刺激された表情に取って代わる。不謹慎と知りつつ気になるようで、視線はお守りに注がれたままだ。

「……必勝祈願って書いてありますね」

「ギャンブラーだったからね」

「ギャンブルって、何してたんですか？」

「競馬。当たり馬券払い戻しに行く途中で事故って死んだ。あたしが六歳のとき」

父親の死に様に、さすがの白瀬もぎょっとした表情をした。それからあたしの顔をしげしげと見て、不思議でたまらないと言いたげに首を傾げる。

「遺品のお守りを持ち歩いてるなんて、お父さんのこと好きだったんですか？　僕どうしてもギャンブルっていいイメージないんですけど、競馬に夢中になってても、やっぱり好きだったんですか？」

白瀬はときどき、なんの悪気もない顔で凄いことを言う。聞きたい、知りたいが先行して、その質問が相手にどう受け止められるのか思いが及んでいないのだろう。子供みたいだ。でも実際はもう高校生だ。このまま大きくなって、こいつは大丈夫なのかと思う。と同時に、今日のインタビューを白瀬に任せなくてよかった、とも改めて思う。

「好きだったよ。数年とはいえ、あたしのこと一人で育ててくれたしね」

「一人で？　お母さんは……」

「うちの両親離婚してんの。あたしが三歳のとき」

こんな話を他人にするのは初めてだった。どうして口が滑ったのだろう。夏の暑さのせいかもしれないし、インタビューを終えた直後の興奮が多少残っていたせいかもしれない。

離婚後、あたしを引き取ったのは父だった。

親権争いの多くは母親が勝つものだけれど、うちは違った。あたしの母は出産から三カ月で職場に復帰し、いきなりフルタイムの仕事に戻った。代わりに育児休暇を取ったのは、オフィスの内装工事を仕事にしていた父だ。

当時はマンションの一室で、父と母とあたしの三人暮らし。父方の祖父母がすでに他界していたとはいえ、母方の祖父母の手を借りることもできたのに、父は一人であたしの面倒を見た。一年間の育休を終えた後も会社と交渉して時短勤務を獲得し、保育園の送り迎えを毎日してくれた。

「いいお父さんじゃないですか。なんで離婚したんですか?」

「父親が夏のボーナス全額競馬に突っ込んでぼろ負けしたから。あと、会社辞めた」

「離婚して正解だと思いますよ」

掌返しが恐ろしく早い。でも、それがまっとうな反応だろうと思う。

「そんな人が小さい娘と二人暮らしなんて、先輩のお母さん、心配だったんじゃないですか?」

「別に心配されるようなことなかったよ。父親は日雇いだけどちゃんと仕事してたし、毎週競馬に行くのも楽しかった。父親と二人で暮らしてたときは千葉に住んでたから、よく中山（なかやま）競馬場まで行ったなぁ」

当時はまだ子供だったせいもあるかもしれないが、父との暮らしで何か不便を感じたことは特にない。むしろ父の死後、母に引き取られた後の方が息苦しい思いをしたものだ。やれ箸の持ち方が違うだの、食べ物の好き嫌いをするなだの。鉛筆の持ち方が違う、椅子の座り方がおかしい、靴をしまえ、皺になるから上着をかけろ。逐一注意をした後で「お父さんは教えてくれなかったの」と呆れたように母が言うのが腹立たしかった。

箸の持ち方は教えてくれなかったが、父は毎日一緒にご飯を食べてくれた。いつも忙しくて不機嫌な母より、競馬場で一緒に豚汁を食べてくれた父の方がいいと思うのは当然だ。

父と一緒に食べるご飯は、どんなジャンクなものでも美味しかった。それはきっと、隣であたしを見守る父が楽しそうに笑っていたからだと思う。

「競馬に通い詰めるなんてどんなお父さんかと思いましたけど、二人とも本当に仲が良かったんですね」

話を聞くうちに父親に対する見方が変わったのか、白瀬が微笑ましそうな顔で言う。それを横目で捉え、小さく鼻を鳴らして笑った。

あたしは父のことが好きだったが、父の方はどうだろう。子供の頃は父親に大事にされていると疑いもしなかったが、今にして思えば自分が一方的に父を慕っていただけのような気もする。競馬場でソフトクリームを買ってくれた父の笑顔と同じくらい、レースが終わった後、あたしの存在を忘れたように立ち尽くす父の横顔が忘れられない。

「そろそろ行こうか」

空になったペットボトルを握りつぶしてベンチから立ち上がる。

飲んだばかりの麦茶がすべて汗になって流れ落ちそうな暑さの中、最寄り駅に向かって坂道を下りる。駅の改札を抜けようとしたら、白瀬が急にあたふたし始めた。肩から下げたカバンを引っ掻き回し、財布とスマホがないと言う。

「どっかで落とした？　いつまで持ってたか覚えてる？」

「確か……取材前まではありました。で、僕が機材を抱えてたので、赤羽さんがカバンを預かってくれて……あ、そうだ。今日は動きやすいようにと思って、財布とスマホだけは小さめのボディバッグに入れてたんです。取材中も手が空くように」

取材後、スズが本格的に体調を崩してドタバタしていたせいで、スズの荷物に白瀬の荷物が紛れ込んでしまったようだ。

「一応スズに連絡してみるけど、すぐに返事があるとは思えないよ」

「ですよね。まあ、しばらくなくてもそんなに困らないんですけど。それより、ボディバッグに定期も入れてたので電車に乗れない方が問題です」

「交番で事情を説明したらお金貸してもらえるらしいけど」

「先輩お金貸してください……」

「そう言われてもあたしも現金持ってないし」

取材をしたらすぐ帰るつもりだったので財布を持ってきていない。さっきの麦茶だってスマホの電子マネーで買ったのだ。

交番に行くのは嫌だと駄々をこねる白瀬に溜息をつき、カバンにつけたピンクのお守りの紐をほどく。中から取り出したのは、小さくたたんだ千円札だ。

「はい、これ使っていいよ」

差し出した千円札を、白瀬は目を丸くして両手で受け取った。お守りの紐を結び直すあたしを見て、えっ、と詰まった声を上げる。

「お守りの中に入ってるのって、普通五円玉じゃないんですか？　そもそもお守りって、開けちゃいけないんじゃ……？」

「そうなの？　うちの父親はいつもこうやってたよ。競馬場に行くと有り金全部つぎ込んじゃうから、帰りの電車賃だけは使い込まないようにお守りに入れてた」

「効果ありました？」

「全然。毎回お守りの中身も使い果たして、歩いて家まで帰った」

競馬場から自宅までは、一体どれくらいの距離があったのだろう。

当時の記憶はおぼろげで、父に手を引かれて歩く自分が何を思っていたのかすら、もう思い出すことはできなかった。

幸いにも、スズの夏風邪は長引かなかった。インタビューの翌日には熱が下がったと連絡が来たし、その翌日にはもう部活に顔を出し、白瀬にスマホと財布を返していた。

とはいえまだ声の掠れがひどい。無理はするなと言い含めたが、夏休み中にインタビューの編集をある程度終わらせておきたいのも事実だ。

病み上がりのスズに無理をさせるわけにもいかず、あたしも連日学校に通った。編集ソフトの使い方がわからないと半泣きになる白瀬と一緒にソフトを弄り、Nコンの優勝作品と自分たちのインタビューを聞き比べては「音が全然違う」「機材の性能の差では」「やっぱり部費は絶対必要ですよ」なんて騒ぎながら作業を進めた。

夏休み中、こんなに頻繁に学校へ顔を出したのは初めてだ。学校と自宅を往復しているだけなのに、日を追うごとに肌が黒くなっていく。

大変だけど、もう面倒くさいとは思わなかった。スズや白瀬と一緒になって編集ソフトの使い方を模索していると、あっという間に時間が過ぎる。声の調子が戻ったスズにナレーションを入れてもらうと、俄然それらしくなってテンションも上がった。

午前中に弁当持参で家を出て、放送室で編集作業を行い、日が暮れる頃家に帰る。そんなことを続けているうちに、八月も残り一週間を切った。

駅を出て、自宅までの道のりを歩いていると涼しい風が首筋を吹き抜けた。連日の熱帯夜で日が落ちてもなかなか気温が下がらなかったが、さすがに少し暑さが緩んだか。もう八月も終わりなのだと、カレンダーで月の残り日数を数えているときよりもはっきりと意識した。夏休みももうすぐ終わる。

自宅に到着し、カバンを階段下の定位置に置く。喉が渇いていたのでまっすぐ台所に向かうと、夕食前なのに珍しく母の姿があった。今日は仕事が休みだったようだ。祖母の姿はない。二階で洗濯物でも畳んでいるのだろう。

母はテーブルにノートパソコンを広げて仕事のメールを打っていた。

「お帰り。今日も部活？」

文芸部をやめて放送部に入ったことはさすがにもう伝えている。頷いて冷蔵庫のドアを開けようとしたら「手は洗った？」と声が飛んできた。回れ右して水道の蛇口をひねると今度は「手を洗うなら台所じゃなくて洗面所で洗いなさい」と言われる。

「お父さんはそんなことも教えてくれなかったの？」

パソコンから目も上げぬまま言われてむっとした。洗面所には行かずその場で手を洗い、無言で冷蔵庫から麦茶を出す。

「最近部活ばかりだけど、夏休みの宿題は終わってるの？　いくら休みだからって遊んでばかりじゃ駄目だからね。塾の夏期講習にも行ってないんだし」

「塾は三年になってからでいいって何度も言ったじゃん」

「のんびり構えてたら後れを取るわよ。明日も部活に行くの？　放送部なんてそんなに忙しいとも思えないけど、本当に学校行ってるの？」

「当たり前でしょ」

声が棘々しくなる。コップに注いだ麦茶と一緒に苛立ちを飲み下そうとするが上手くいかない。それどころか母は、こっちの苛立ちに追い打ちをかけるようなことさえ言う。

「本当に、勉強だけはちゃんとしておいて。お父さんみたいになったら困るから」

お父さんみたいに。あたしの悪い部分は全部父のせいだとでも言いたげだ。でも、本当に父だけのせいだろうか。母に非はないのか。あたしのそばにいてくれなかったくせに。あたしの話も聞いてくれなかったくせに。こっちを振り返りもしないで、あたしに何をさせたいのかわからない。一体あたしにどうなってほしいの。どんなあたしなら振り返ってくれるの。

気がついたときには、シンクの調理台に勢いよくコップの底を叩きつけていた。大きな音に母が肩をびくつかせる。ちょっと、と咎めるような顔で振り返った母に、耐えきれず怒鳴り声を浴びせた。

「お父さんとお祖母ちゃんにあたしのこと任せっきりにしてたくせに、こういうときだけ保護者面すんのやめてよ！」

もうずっと前から思っていたことが、いよいよ決壊して口からあふれた。

母が何か言おうと口を開きかけたのを見て、聞きたくもないと台所を飛び出した。

玄関先に置きっぱなしにしていたカバンを掴み、スニーカーをつっかけて外に出る。

駅に向かって走りながら思った。きっと母は、父に似ているあたしのことが好きじゃない。あたしのガサツな行動に父の姿を重ねては眉を顰(ひそ)めている。あたしを引き取ったのも嫌々だ。離婚をした後、父と親権争いをしたというのも本当かどうかわからない。仕事の方が楽しくて、手のかかる子供を父に押しつけたのではないか。

もしかしたら、父もあたしを引き取ったことを後悔していたかもしれない。

父は優しかった。でも、あたしより競馬の方が好きだった。でなかったらどうして事故に遭ったあの日、あたしのそばを離れ、一人で競馬場に戻ったのだろう。

父はあたしを置いてどこかに行こうとしていたのかもしれない。やっぱり子供の面倒なんて見きれないと。

父が優しかったというのも、自分の勝手な思い込みのような気がしてくる。もう確かめる術もないだけに否定できず、不安は年々大きくなるばかりだ。

突如胸からあふれたものを胸の奥にしまい直すこともできずに走り続け、闇雲(やみくも)に駅の改札を抜け電車に乗り込んだ。

飛び乗った車内は人が少なく、冷房が効きすぎていて少し寒い。入り口近くのポールに凭(もた)れて息を整える。額を伝う汗が目に入って痛み、俯いて乱暴に目元を拭った。

家を飛び出して路線を乗り継ぎ、電車を降りたのは府中(ふちゅう)駅だった。

自宅から一時間と離れていないこの駅に来るのは何度目だろう。初めて来たのは中学生のとき。目当ては駅から歩いて十五分ほどのところにある、東京競馬場だ。

駅ビルの間を歩き、大きな神社の脇を通り抜け、さらに歩くと東京競馬場西門に到着する。レースのある土日は入り口前の小さな飲食店が賑やかに営業しているのだが、今日はすべてシャッターが閉まっていた。

競馬場も閉まっているので人通りは少なく、とても静かだ。視線を上げると、二階の高さに細長い通路があった。府中本町(ふちゅうほんまち)駅から続く専用歩道橋だ。ここを通れば、駅から直接競馬場に入れる。

母に引き取られてから、一度も競馬場に入ったことはない。競馬に対していいイメージを持っていない母や祖父母が一緒に入ってくれるわけもない。でもときどき、無性(むしょう)にあのお祭りみたいな雰囲気が懐かしくなって、こうして競馬場の前まで足を運ぶ。

歩道橋に上がる階段に腰を下ろす。レースのない日にこの歩道橋を使う人は滅多にいないので、階段の途中に座り込んだところで誰の邪魔にもならない。

時刻は夜の八時近く。スマホを取り出してみると、母から何度か着信が入っていた。『どこにいるの』『いつ帰ってくるの』と尋ねるメッセージもきていたが、返事はせずにスマホをスカートのポケットに押し込んだ。

一生帰らないつもりはないが、どのくらい一人でいれば気が済むのかは自分でもわからない。だからなんとも返事のしようがなかった。

膝を抱えて溜息をついたら、ポケットの中でスマホが震えた。母親だろうと無視をするが、いつまでたっても鳴りやまない。あまりにしつこいので電源を落としてやろうかとポケットから取り出し、目を疑った。画面に表示されていたのは巌先輩の名だ。コールも途切れない。さすがに無視できなくなって電話を取った。

『南条さん？　今どこ』

あまり動じることのない巌先輩にしては珍しく、切迫した声で尋ねられた。

「今は、ちょっと、外ですけど……」

『知ってる、家に帰ってないんだろ』

「はっ？　なんでそんなこと知ってるんです」

『南条さんのお母さんが学校に連絡したらしい。福田先生から俺に連絡があった』

かぁっと耳が熱くなった。普段はこちらを見向きもしないくせに、こういうときだけ大騒ぎする母にまた苛立ちが募る。

「……気が済んだら帰るんで、放っておいてください」

『そういうわけには』

「母にはこっちから連絡しておきます」

ぶつりと電話を切って、苛々したまま母に「そのうち帰るから騒がないで」とメッセージを送る。直後、またしても着信があった。今度こそ母か、それとも巌先輩かと画面を睨んだが、表示されていたのはスズの名だ。

『南条先輩、今、巌先輩から連絡があったんですけど……！』

「なんであんたまで」

『どこにいるんですか？　あの、みんな心配してるので……』

「わかってる。すぐ帰る」

電話を切るが、立て続けに着信が入る。今度は白瀬だ。

『南条先輩、今巌先輩から連絡が――』

「しつこい！　帰るってば！　切るよ！」

『あっ！　待ってください、先輩もしかして、競馬場の近くにいます!?』

言い当てられて驚いた。通話を切るのも忘れ、なんで、と呟く。

『お母さんと喧嘩したって聞いたので、もしかして、お母さんが一番嫌いな場所に行ったんじゃないかと……』

何それ、と笑い飛ばそうとしたのに、顔が引きつった。もしかするとあたしがたびたび競馬場に足を向けていたのは、母に対する当てつけもあったのだろうか。

「……父親のこと思い出したから寄ってみただけだよ」

電話の向こうで白瀬が『やっぱり競馬場にいるんですね』とホッとしたような声で言った。

『すぐ行きます』

「…………ん？」

朗らかな声で、何を言われたのかすぐにはわからなかった。来なくていい、と言う前に、『それじゃ』と言い残して白瀬は一方的に電話を切ってしまう。

しばし呆然とスマホの画面を見詰めてしまった。なんでお前が来るんだ、意味がわからない。すぐに電話をかけ直したが、出ない。『来なくていい』とメッセージを送ってみたが、既読もつかない。ここで下手に移動したら白瀬と行き違いになるかもしれず、その場できつくスマホを握りしめた。

何をするでもなく座り込んでいると、白瀬の言葉が何度も耳の奥で蘇った。

母が一番嫌いな場所は、間違いなく競馬場だ。競馬にのめり込んでさえいなければ、父はそれほど悪い人じゃなかったから。

でもあたしは、父と一緒に競馬場に行くのが好きだった。競馬場にはアスレチック遊具やゴーカートなんかもあって、ちょっとしたテーマパークみたいだったのだ。父と手をつないでポニーを見たし、馬が曳（ひ）いてくれる馬車にも乗った。

あれ以上に楽しい時間を母が与えてくれたことはない。そのくせ父を悪く言う母を、この場でなら存分に貶（けな）せた。父の方がよかった。父の方があたしを大事にしてくれた、と。

だけどそれも、自分が勝手に過去を美化しているだけかもしれない。

それから三十分ほどして、ようやく白瀬から電話があった。

『今、府中駅について競馬場の方に向かってるんですけど、正面口に向かえばいいですか？　西口もあるみたいですけど』

ここまで来たらもう、来なくていいと言うのも馬鹿らしい。西口、と答えて待っていると、程なく白瀬がやって来た。だが、一人ではない。

放送部のメンバーが全員揃っている。

自分のことを棚に上げ、何やってんだ、と思った。巌先輩なんて受験生なのに、こんなことしてていいんだろうか。部長だからとはいえ義理堅いにも程がある。スズも泣きそうな顔で駆け寄ってきて、あたしの顔を見るなり心底ほっとした表情を浮かべた。

「南条先輩、帰りましょう。お母さん心配してましたよ」

男どもを押しのけ、スズがそろそろと階段を上がってくる。野良猫に近づくような慎重さで。後輩に何をやらせているんだろう。スズに反発してもしょうがないのに、居心地の悪さからついそっぽを向いてしまう。

「別に心配はしてないんじゃないの？　体面が気になるだけで」

「まさか。本当に凄く心配してましたよ」

白瀬も階段の下までやって来た。その後ろで、巌先輩も頷いている。

「離婚したときあたしのこと引き取らなかった母親だよ？　本当に心配してるかな」

驚いたように足を止めたスズの後ろで、うちの事情を知っている白瀬が「それは仕方ないじゃないですか」と声を上げた。

「仕方ないかな……わかんないや。親が本気であたしを取り合ったのかもわかんないし」

「なんでそんな、お父さんと仲良かったんですよね？」

「父親だってあたしのこと捨てようとして、一人でどっか行く途中に車に撥ねられて死んだ」

急に全部ぶちまけたくなった。ほとんど衝動に近い。膝に頬杖をつき、これまで誰にも打ち明けたことのなかったことを淡々と語る。

「事故に遭った日、父親が初めてあたしに馬券選ばせてくれたんだよね。今も覚えてる。『12-2-6』。十二月二十六日。十年前の有馬記念の日で、あたしの誕生日。レースが終わった途端、父親が『当たった、当たったぞ！』って大騒ぎしてた」

「えっ、凄いじゃないですか」

「でもそれ、実は当たってなかったんだよね」

三人の顔に、揃って意味を掴みかねたような表情が浮かんだ。

あたしも気がついたのは中学生のときだ。日曜にテレビをつけたら競馬中継が流れてきて、ふと父が恋しくなった。懐かしんで競馬中継を見るようになったが、当然家族はいい顔をしない。それで隠れてラジオで競馬実況を聞くようになった。こっそり東京競馬場に足を運ぶようになったのもこの頃だ。

そのうちネットで過去の競馬中継を見るようになった。探せばかなり昔の映像も残っている。

十年前の有馬記念の映像も探してみたら、ちゃんとあった。でもレース結果を見て目を疑った。それが自分の誕生日とは似ても似つかない数字の羅列だったからだ。

何かの間違いではと何度も中継を聞き直した。同日の別のレース結果も確認したが、どれも違う。年数を間違えているのではと前後の年の実況も聞いたが、一向に『12－2－6』という結果は出てこない。

あの日、父は珍しく馬券を一枚しか買わなかった。いつもなら流して何枚か買うのに。そのたった一枚をあたしに選ばせ、当たったと大喜びしていたのは嘘だったのか。

「今思うと、あの日はレースが始まる前から父親の行動がおかしかったんだよね。いつもだったら競馬場の中に入るのに、あの日は券だけ買って、観客席には入らなかった」

「今日は人が多すぎるから、外にいよう」と言って、父はあたしの手を引き近くの公園に入った。レースが始まると片耳にラジオのイヤホンを入れ、しばらくして急に勢いよく立ち上がり「当たったぞ！」と叫んだのだ。

「凄い、梓が当てたんだぞ！　三連単だよ！」

「当たったの？　いくら？」

「なんと一万円だ！」

父は馬券を握りしめ「払い戻ししてくるから、梓はここにいなさい」と言い残し公園を出て行った。しかし「すぐ戻る」と言った父はなかなか戻らず、そのうちすっかり日も落ちて、最後は周辺を見回っていた交番の警察官に発見されて保護された。

父は競馬場近くで車に撥ねられ、病院に搬送されて亡くなっていた。

当たってもいない馬券を握りしめ、父はどこへ行こうとしていたのだろう。まだ自分の住所も言えないような子供をあの場に置き去りにしようとしたのではないか。

でも、そんなこと誰にも言えなかった。母親にも、祖父母にも。父親の競馬狂いが理由で離婚したのだ。母親も祖父母も、父にいい感情は抱いていない。その上あたしを置き去りにしようとしていたなんて知ったら、きっと父を悪し様(あしざま)に罵(ののし)るに決まっている。

それは嫌だと思った。だって父はあたしと一緒にご飯を食べてくれて、保育園の送り迎えをしてくれて、競馬場で豚汁を食べて、優しくて——。

本当はもう、記憶もおぼろげだ。でも、優しかったと思う。そう思いたいのに、母や祖父母が父を否定したら、信じられなくなってしまう。

育休をとってまであたしの面倒を見て、離婚した後もあたしを引き取ってくれた父が信じられなくなったら、きっと足元に穴が開いたような気分になる。

本当のレース結果を見た瞬間から、すでに足元にはひびが入っているのだ。最後の一打を浴び、足場がすべて崩れ落ちるのだけは避けたかった。

「父親はあの日、あたしを捨てて、一人でどこかへ行こうとしてたんじゃないかな……。まあ、今となっては確かめることもできないけど」

言いながら立ち上がる。確証もない上に面白くもない話を聞かせてしまったお詫びに、大人しく帰ろう。肩を竦めて階段を下りると、スズの後ろに立っていた白瀬が口を開いた。

「馬券が当たったたって嘘をついたのには、何か理由があったんじゃないですか？」

「払い戻しに行くふりをしてあたしを置いていこうとしたっていう？」

苦笑しながらその傍らを通り過ぎると、引き留めるようにカバンを掴まれた。

「そうじゃなくて、単純に『馬券を当てた』っていうサプライズを先輩にプレゼントしたかったんじゃないですか？　だってその日、先輩の誕生日だったんですよね？」

カバンを掴む白瀬の手を振り払おうとして、動きを止めた。

まさか、と思わず呟くと、カバンにつけた黒いお守りに白瀬が手を伸ばす。

「ずっと気になってたんです。お父さんが持ってたこのお守りの中、先輩見ました？」

「え、見たことない、けど……まさかあんた見たの？」

いつの間に、と詰め寄ると、白瀬が慌てたように手を引いた。

「あの、お守り袋の端が擦り切れてて、ちらっと紙幣が見えたんです。だからこっちのお守りにもお金入れてるんだな、と思って……あ、袋は開けてませんよ、さすがに！」

白瀬の言い訳を聞き流し、父の遺品である黒いお守りの紐をほどく。スズと巌先輩も近づいてきて、みんなに見守られながら袋を開けた。

中から出てきたのは、小さく折りたたまれた一万円札だ。

なんでこんなものが、と万札を凝視していると、あの、と白瀬が声を上げた。

「先輩のお父さんって、帰りの電車賃を使い込まないようにお守りに入れてたんですよね？　電車賃のためだけなら、一万円ってちょっと額が大きすぎませんか？」

白瀬の言う通りだ。競馬場から自宅のアパートまではほんの数駅。電車賃だけなら千円もあれば十分足りる。

何よりも、父が車に撥ねられたとき、最終レースはすでに終わっていたのだ。それなのに、父の手元に紙幣が残っていること自体ほとんど奇跡に近い。

古びた一万円札を覗き込み、巌先輩がぼそっと言う。

「払い戻ししたふりして、この一万円札を持って南条さんの所に戻るつもりだったのかな。『これが当たったんだぞ！』って言いながら」

スズも一緒になって頷く。

「その日に限って競馬場に入らなかったのも、レース結果を先輩に見せないためだったのかもしれません。中にいたら、先輩の選んだ券が外れたことがばれちゃいますし」

そうなのだろうか。当たってもいない馬券を握りしめ「当たった！」と父が大騒ぎしていたのは、あたしを喜ばせるためだったのだろうか。白瀬の言う通り、サプライズを仕掛けようとしていただけなのか。帰りの電車賃さえ全額レースに突っ込む父が、年に一度の有馬記念を棒に振ってまで。

「先輩、袋にまだ何か入ってるみたいですけど……」

スズに言われて、お守り袋の中を覗き込んだ。小さくたたまれた紙が入っている。チラシの切れ端だろうその紙の裏に、一目で子供のものとわかる字で何か書いてあった。

『れいんこーとほしい　ぴんく』

拙（つたな）い字で書かれたそれは、プレゼントの催促だろうか。

もう覚えていない。記憶は遠い。でも、波間から何かが浮かび上がるように、脳裏にふっと当時の光景が浮かび上がる。

幼い頃、雨が嫌いだった。雨が降ると、濡れて風邪をひくからと言って父が競馬場に連れていってくれなかったから。留守番をさせられるのが淋しくて、体が濡れなければ連れていってもらえるのではとレインコートをねだった——ような気がする。

ひとつ記憶が蘇ると、ひとつ、またひとつと数珠つなぎに当時のことを思い出す。

父と競馬場に行くのが好きだった。天気のいい日は電車に乗って、ピクニックに行くような気分で。場内で食べる焼きそばやラーメンは美味しかった。ファンファーレの後に続く歓声に興奮した。レース終盤は大歓声に揉まれ、一緒になって大声を出した。

父親は帰りの電車賃まで使い込む駄目な人だったけれど、そんな日は必ず、疲れて眠るあたしを負ぶって家まで帰ってくれた。

自宅から競馬場まではほんの数駅。でも歩くとどれくらいかかるだろう。歩き疲れて嫌になった覚えはない。ただ安穏とした記憶が残るばかりだ。

ぼろぼろのメモと、一万円札から目を逸らせない。瞬きもできない。少しでも目を動かしたら、何かがあふれてしまいそうで。

「……先輩、帰りましょう。お母さん、本当に先輩のこと心配してましたよ」

スズがそっと背中に手を当ててくれる。弾みで目の縁から何かが落ちた。白瀬が何か言おうとしたが、巌先輩が「行こう」と白瀬の腕を掴む方が早い。ずんずん駅の方へ行ってしまう。

スズは急かすことなくあたしの背中を撫でてくれて、なんだよ、と思った。

あたしは適当に放送部に入っただけで、全然部活に貢献できてないのに。なんでこんな、仲間みたいに扱ってくれるんだろう。

背中に添えられたスズの手は優しい。息を整え、ぐっと目元を拭って前を向く。

「ありがと」

一言礼を言って、大股で駅に向かって歩き出す。夏の夜はまだ蒸し暑い。汗を拭うふりで目元をこするあたしの隣を、スズは何も言わずに歩き続けてくれた。

放送部のみんなと電車に乗り、自宅に戻ったときはすでに夜の十時近かった。

玄関に入ると三和土に母が座り込んでいた。

夜も遅いせいか口紅はすっかり落ち、眉の形も薄れ、ひどく疲れ果てて見える。怒るでもなくこちらを見上げてきた母に、まずは深く頭を下げた。

「ごめんなさい」

放送部のみんなに迎えに来てもらった後では、意地を張り続けることも難しい。

祖父母はすでに自室に戻っていて、母と二人で家に上がる。台所に入った母は「お腹減ってるでしょう」と言って、冷凍庫から作り置きの焼きおにぎりを取り出した。それをレンジにかけながら、ぽつりと言う。

「放送部、楽しい？」

尋ねたきり、母は何も言わない。あたしの返事を待っている。

「……楽しい。大変だけど」

「夏休み中は何をやってたの？」

「学校の近くのパン屋にインタビューしたり、その編集作業したり……」

電子音が鳴ってレンジが止まる。中から焼きおにぎりを取り出した母は、こちらに背を向けておにぎりに海苔を巻き始めた。

「部活が楽しいのなら、よかった。部員のみんなもいい子たちだし、これからも続けてもらいたい。でも、勉強を疎かにしないで。夏休みの宿題は早めに終わらせるように。できれば、三年生になる前に塾にも通ってほしい」

「お父さんみたいになると困るから？」

母は一瞬手を止め、どこともつかぬ宙を見詰めた。いつになく口数が少ない。

焼きおにぎりを載せた皿をテーブルに置いた母が、向かいの椅子に腰を下ろす。あたしの目を見て沈黙することしばし、覚悟を決めたように口を開いた。

「そうね。お父さんは優しかったけど、最後まで何かやりきることができない人だったから。悪口みたいに聞こえるかもしれないけど、本当にそうだった」

それは、これまで父について多くを語ることのなかった母が、初めて自ら口にした父の話だった。

父は仕事についても長く続かず、長くて一年、短いときは一ヵ月で職を変えたらしい。

ひとつのことを気にし始めると周りが見えなくなるところがあって、それが原因で職場の人間関係に亀裂が入ることが多かったそうだ。

「離婚を決めたときもそうだった。お父さん、『電気の勉強がしたいから専門学校に通わせてくれ』って言ったの」

オフィスの内装工事の仕事をしていたとき、同僚が「電気の配線ができると給料も上がる」と言っていたのを耳に挟んだらしい。学校に通うとなれば当然仕事は辞めざるをえないし、入学金や学費も必要になる。それでも、父が家族のことを考えてスキルアップを目指すのならと、母はなんとか入学金を工面した。

にもかかわらず、父はたった半年で学校をやめた。

黙々とおにぎりを食べながら話を聞いていたが、さすがに手が止まった。

「貴方には、こつこつ努力できる人になってほしい。結果じゃなくて、過程を大事にしてもらいたい。子供の頃に教えられなかったことを、今からでも身につけてほしい」

「箸の持ち方とか？」

「お父さんはちゃんと教えてくれなかったみたいだから」

「……その言い方、好きじゃない」

前々から思っていたことをぼそっと呟くと、母が軽く目を見開いた。予期せぬ場所から飛んできたボールがぶつかったような顔だ。

「箸の持ち方は教えてくれなかったけど、あたしのこと見てなかったわけじゃない。毎日一緒にご飯食べてくれたよ」

よほど思いがけぬ言葉だったらしい。母は何度か目を瞬かせ、そう、と気の抜けたような声を出した。

「……そうね。ごめん、もう言わない。あの人、ちゃんと父親だったのね」

何か思い出しでもしているのか、遠くを見詰めるような目をしてから、母はふっと我に返ったように会話を再開させる。

「貴方が小さい頃、そばにいてあげられなかったことは本当に悪かったと思ってる。でも、貴方の今後の人生のためにお金は絶対必要だった。だから仕事は辞められなかった。離婚した後も、貴方のために養育費を送らないといけなかったし」

母が父に養育費を送っていたなんて初耳だった。離婚して、父が亡くなるまで、あたしのことなんて忘れて仕事に没頭しているのだとばかり思っていたが、ずっとつながりは持っていてくれたのか。

返す言葉も見つからず二つ目のおにぎりを食べるあたしに母は言う。

「大人になったとき、できるだけ多くの選択肢を得られるように、勉強だけは疎かにしないで。私は働くことしかできないから。いつか貴方が何かを選び取ろうとしたとき、その後押しができるように。お金が理由で夢を諦めないでいられるように」

台所に、しょうゆの匂いが薄く広がる。

母は仕事が好きで、そちらにばかりやりがいを見出して、子供なんて好きではないんだと思っていた。でも、違ったんだろうか。父も母も、やり方は違えどもあたしを大事にしてくれていた。そう思っていいんだろうか。

喉の奥からぐぅっと何かがせり上がってきて、ごまかすように母の方へ皿を押し出した。皿の上にはまだ二つも焼きおにぎりが残っている。

「さすがにおにぎり四つは多すぎるから、一個は食べて」

「ええ？　おかずもないんだからちゃんと食べなさいよ」

先程までの神妙な顔から一転、母が片方の眉をはね上げる。ダイエットとか駄目よ、成長期なんだからちゃんと食べなさい、なんて続ける口調は普段通りだ。

なんだかんだ言いながら焼きおにぎりに手を伸ばした母をちらりと見遣り、思い切って口を開いた。

「あのさ……今日、部活の後輩に言われて気がついたんだけど、お父さん、あたしの誕生日にサプライズ仕掛けようとしてたっぽいんだよね」

母に向かって、父との思い出を語ったことはほとんどない。母は父を嫌っているだろうし、嫌な顔をされると思ったからだ。

しかし、意に反して母は面白そうに笑った。

「あの人、意外とサプライズとか好きなのよね。結構失敗するんだけど」

初耳だ。俄然白瀬の推理が信憑性を帯びてくる。お守りの中の一万円札と、プレゼントをねだる拙い字のメモ。

父は夫としては最低だったかもしれないけれど、父親としてはそう悪くなかった。おにぎりを食べ終わるまでに、そのことだけは母に伝えよう。

今夜だけでも十二分にわかった。言葉にしなければ伝わらない感情があり、言葉にして初めて光が当たる事実もある。

お守りに隠されていた父のサプライズみたいに。言葉より行動であたしを導こうとしていた母の胸の内みたいに。どちらもずっとそこにあったのに。

だから言おう。母との会話はまだちょっとぎこちないけれど、ちゃんと話をしよう。そう決めて、おにぎりの最後の一口を口に放り込んだ。

翌日は、改めて放送部のみんなと福田先生に謝罪をした。昨日の気づきを糧にするつもりで言葉を尽くし、殊勝に頭を下げたらだいぶ驚かれたけれど。

その後は森杉パン屋のインタビュー編集に残りの休みをすべて費やし、二学期が始まった直後の昼休み、満を持してインタビューを校内に流した。

『水野瀬高校の近くにある、小さなパン屋。森杉パン屋を知っていますか？』

そんなスズのナレーションから始まる放送を、各教室の生徒たちはどんな顔で聞いたのだろう。あいにくあたしは教室にいなかったのでわからない。二学期からは、あたしもお昼の放送に参加するようになったからだ。

直接生徒たちの反応が見られないだけに放送中は緊張したが、その日の放課後、スズや白瀬が「クラスのみんなに感想聞いてみました」「最初は何が始まったんだって感じでざわざわしてたみたいですけど、最後まで聞いてくれた人も結構いました」と報告してくれて、まずは耳を傾けてもらえたことにほっとした。

さらに後日、森杉パン屋の菫さんから学校に手紙が届いた。夏休み以降、店を訪れるうちの生徒が増えたらしい。生徒の一人に理由を尋ねてみたら、放送部のインタビューを聞いたから来てみたのだと言われたそうだ。手紙はそのお礼だった。

こういう目に見える反応は嬉しかったし、スズも「近隣のお店からお礼が来るなんて、これって立派な実績では……!?」と目を輝かせていた。

校内で、放送部の認知度も少しずつ上がってきたらしい。九月の半ばに行われる体育祭では、放送委員会から「仕事を手伝ってくれないか」と声をかけられた。

放送委員会と放送部の違いは、学校行事に関わっているかどうかだ。体育祭や入学式、マイクを使うような行事のときはかならず放送委員会が駆り出され、機材のセッティングを行っている。行事によってはアナウンスなんかも行っているので、普段から放送部みたいに発声練習もしているんだろう。

放送部が学校行事に関わる機会なんてそうないので、一年生二人は喜び勇んで承諾した。巌先輩も文句はなかったみたいだし、あたしも大人しく従った。面倒くさい、は封印だ。やるからには中途半端にはすまい。そう決めた。

「小、中学校の運動会も九月とか十月とかだったけどさ、もうちょっと後ろにずらせないもんかね？」

校庭の隅に設置された本部テントの下、暑さに耐えかね体育着の袖を肩までまくり上げる。テントの下には長テーブルと椅子が並び、放送委員会が入れ代わり立ち代わりやってきてはなにがしかの作業をしていた。今日は水野瀬高校の体育祭だ。

九月の残暑はまだまだ厳しい。トラックを挟んだ向かい側に椅子を並べて観戦する他の生徒に比べたら日陰の下にいるだけましだが、それでも暑いものは暑い。

「もうすぐ閉会式ですから、頑張りましょう」

額の汗を拭いながらスズが励ましてくれる。その向こうで白瀬は完全にグロッキーだ。テーブルに突っ伏して動かない。他の生徒より早く登校して、テントの組み立てや機材の搬入を行っていたため、すでに体力が尽きてしまったらしい。

さっきまで巌先輩もここにいたのだが、そろそろ出場種目だからとテントを出て行ってしまった。白瀬より断然働いていたくせに全くばてていないのは、さすが元運動部といったところか。

競技が終わり、退場の音楽が流れる。続けて放送委員のアナウンスが入った。

『プログラム十一番、次は三年生男子による騎馬戦です』

体育祭の最中に放送部ができる仕事は基本的にない。音楽を流すのも、アナウンスをするのも放送委員だ。放送部に求められるのは、機材の搬入と片づけという肉体労働ばかりである。だから体育祭の最中はテントの下にいる必要もないのだが、スズが「いずれ放送部も学校行事に関われるよう、放送委員会の仕事ぶりを間近で見ておきたいです！」と熱烈に訴えてくれたおかげでこの場にいる。

三年生の騎馬戦を眺めていると、白瀬がのろのろと顔を上げた。

「うちの高校って、実況とかしないんですね」

「そうだね。種目の説明はあるけど、競技中はマイク切ったままだね」

ちらりとマイク席を見る。マイクの前には放送委員の女子が座っているが、試合経過を実況する様子はない。

「一年の全員リレーのときも、静かだなぁって思ってたんです。実況とかあった方が盛り上がりそうなのに」

確かに、と頷いたところでピストルの音が鳴り響いた。体育委員が残った騎馬の数を数えてテントまで報告に来る。放送委員はその結果を淡々と読み上げ、生徒席からぱらぱらと拍手が上がった。あまり盛り上がっていない。

「次は最終種目の、色別リレーですね」

水野瀬高校の体育祭は、学年ごちゃまぜで生徒を赤組、青組、緑組、黄組の四グループに分け、競技ごとに獲得した総合得点を競い合う。先程の騎馬戦も四色に分かれて戦っていた。

色別リレーは男女混合だ。女子はトラック半周百メートル、男子はその倍の二百メートルを走る。各学年から男女ともに一人ずつ選ばれ、総勢二十四人が参加する。

リレーに出るのだろう生徒たちがトラックの中央に集まってきて、チームカラーの鉢巻きを額に巻き始めた。その中には巌先輩の姿もある。

「あっ、巌先輩もリレー出るんですね。でも……青組かぁ」

白瀬が落胆したような声を上げるのも無理はない。青組は総合得点最下位で、一等をとったところで総合順位がひっくり返るような点差ではない。

そもそも今年はかなり早い段階から赤組の圧勝ムードで、結果は見えたとばかり赤組以外の生徒席には白けたムードが漂っている。

色別リレーに参加する青組のメンバーなんて消化試合のような顔をしているが、巌先輩はしっかり靴紐を結び直していた。真剣な横顔を見るに、一切手を抜く気はなさそうだ。

ゼッケンをつけているところを見ると巌先輩がアンカーか。青組のメンバーを手招きして、何をするのかと思ったら円陣を組んでいる。赤組でさえやってないのに。青組のメンバーも戸惑い顔だ。

そもそも色別リレーの選手なんて、どこのクラスも面倒くさがって気のいい運動部に選手を押しつけているのが実情だ。これだけ点差もついてるし適当に手を抜けばいいのに、巌先輩はそうしない。

きっと万事においてああなんだろう。部活でもそうだ。元野球部がなんで放送部に入ったんだか知らないけど、受験生にもかかわらず律儀に部活に参加してるし、無茶なことばっかり言う一年生に振り回されて、あたしの家出騒ぎにまで駆けつけてくれて。馬鹿真面目な人だ。ちょっと不器用なくらいに。でも、物事に真剣に取り組む熱意は周りに伝わる。呆れて見ていたつもりが、うっかり引きずられる。円陣を組んでいた青組メンバーの顔が変わった。少し遠くからそれを見ていた、あたしまで。

無言で椅子から立ち上がり、きょとんとするスズと白瀬を残して放送委員たちがいる席へ向かう。

マイクの前に座っていたのは、同じクラスの男子だ。一応顔見知りなので「お疲れ」と声をかけると、相手も同じような挨拶を返してくれた。

「あのさ、色別リレーのメンバー表とかある？」

「あるよ。名前と学年ぐらいしか書いてないけど」

手渡された紙にざっと目を通す。女子、男子と交互に走るが、各走者の学年はばらばらだ。アンカーは、巌先輩以外全員が二年生だった。

「アンカーはほぼ二年だね……」

「そりゃね、三年はもう現役じゃないし」

そう言ったクラスメイトの声には、ちょっとあざけるような色が滲んでいる。

「三年は敵じゃないってこと？」

ハヤカワ文庫の最新刊

●表示の価格は税込価格です。
＊価格は変更になる場合があります。
＊発売日は地域によって変わる場合があります。

7
2021

SF2331,2332

主要SF3賞受賞の『宇宙（そら）へ』続篇！

火星へ（上・下）

メアリ・ロビネット・コワル／酒井昭伸訳

eb7月

一九六一年、月面基地を建設した人類は、つぎは初の火星有人探査を計画していた。女性宇宙飛行士エルマはそのクルーに選ばれるが……

定価各1144円［14日発売］

NF576

世界的ベストセラー『樹木たちの知られざる生活』続篇

後悔するイヌ、嘘をつくニワトリ

動物たちは何を考えているのか？

eb7月

動物も幸福や悲しみをかみしめる――その内面は実に奥深い。ドイツの森林管理官が長年の体験と科学的知見をもとに綴ったエッセイ

定価990円［絶賛発売中］

ゴンクール賞最優秀新人賞受賞！

ベケット氏の最期の時間

マイリス・ベスリー／堀切克洋訳

eb7月

パリにある引退者が暮らす施設「ティエル＝タン」。静寂の中、記憶をたゆたいつつ人生の最期を待つ一人の老人がいた――事実に即して、ノーベル賞作家サミュエル・ベケットの強烈な個性を再現しながらも、死を待つ人間の普遍的な姿を浮き彫りにした小説。

四六判上製　定価2860円［14日発売］

『ぼくらが漁師だったころ』著者による壮大な物語

小さきものたちのオーケストラ

チゴズィエ・オビオマ／粟飯原文子訳

eb7月

ナイジェリアの貧しい養鶏家の青年チノンソは、富裕層の女性と恋に落ちた。彼女と結婚するため全財産をなげうってキプロスに向かうが、そこで待ちうけていた運命とは――。チノンソの守り神は天界の法廷で神々に彼の人生を語りはじめる。ブッカー賞最終候補作

四六判上製　定価3960円［14日発売］

二人の少女のかけがえのない友愛に捧げられた、ボーヴォワール未発表小説

離れがたき二人

eb7月

二十世紀初頭のパリ。少女シルヴィーは、厳格なブルジョワ家庭で育ちながらも自由を求めて反抗して生きる、ある少女と出会った。たがいに強く惹かれ合う二人の友愛は、永遠に続くはずだった――。一九五四年に執筆されるも、発表されることのなかった幻の小説

「運動部の先輩たちはもう部活引退してるしね。夏前に引退しちゃう先輩もいるし、そんなの相手にならないでしょ」

クラスメイトは一般論を口にしているつもりで、別に巌先輩を名指しで馬鹿にしてるわけではないのだろうけれど、ちょっとカチンときた。

野球部をやめた今だって、先輩は放送部でゴリゴリに筋トレを続けている。ロングトーンなんかびっくりするほど長く続くし、あんなに無口なくせに早口言葉だって流暢（りゅうちょう）だ。でも入部した当初は白瀬より息が続かなくて、外郎売りもろくに読めなかったのだと、スズと白瀬がこっそり教えてくれた。

その努力と根性を知りもしないで。

クラスメイトの言葉に腹を立ててみて、初めて気づく。ストイックすぎてとっつきにくいと思っていた巌先輩のことを、いつの間にかあたしはちょっと尊敬していたらしい。

剣呑（けんのん）になったこっちの視線には気づかず、クラスメイトはマイクのスイッチを入れ『プログラム十二番、各チームの代表選手による色別リレーです』とアナウンスをする。

「位置について、よーい、ドン。って言ったらあんたの仕事はもう終わり？」

声をかけると、クラスメイトが慌ててマイクのスイッチを切った。「マイクの近くで喋るなよ」とあたふたしている。目の端で選手たちがコースに入ったのが見えて、やるなら今だとクラスメイトの腕を掴んだ。

「――ちょっと立って」

「え、何？」

「足元にゴキブリ」

「嘘!?」

慌ただしく席を立ったクラスメイトを押しのけてマイクの前に座り、止められる前にスイッチを入れた。

『水野瀬高校体育祭、いよいよ最終種目となりました』

校庭にあたしの声が響き渡る。テントの端でスズと白瀬がぎょっとしたようにこちらを見たのがわかった。厳先輩は――どうだろう、さすがに確認している余裕はない。傍らではあたしに席を奪われたクラスメイトが右往左往している。

リアルな実況はやったことがないけど、まあどうにかなるだろう。十年前の有馬記念は繰り返し聞いて完コピ済みだ。九〇年代の名実況も結構頭に入っている。手元にメンバー表を置き、堂々とアナウンスを続けた。

『まずは第一走者の枠入り。内側から赤組一年鈴木洋子、青組一年相沢遥、緑組二年西野綾子、黄組一年山根未来の順に並びました』

さすがにテント内の放送委員たちはざわつき始めたが、意外にも先生たちは異変に気づいていない。スタート地点にいた先生がピストルを天に向ける。

『位置について……スタートです！』

選手が走り出した。これでもう誰にも止められない。後はあたしが声を途切れさせなければいいだけだ。一言でも詰まったら、多分マイクの前から離される。

『赤組、好スタートから早くも先頭です。外から緑、青、黄色と続きます。先頭はなおも赤、総合得点暫定（ざんてい）一位の勢いそのまま、赤組トップでバトンを渡しました』

ここまでの競技になかった実況に気がついたのか、テント正面の生徒席がざわつき始めた。スズと白瀬もマイクの近くに駆け寄ってくる。

『第二走者、赤組軽快に駆けていきますが、おっとここで外から、外から青組が突き抜けた。先頭変わって青組、青組です！』

総合得点最下位のまさかの力走に、青組の生徒席にざわめきが広がった。

『青組の後に赤組、緑組と続きます。男子はトラック一周二百メートル、ペース配分が難しいところですが、青組このまま逃げ切れるか？　逃げ切れるか？』

観戦していた青組の生徒たちがガタガタと椅子から立ち上がった。これまではたまに拍手をするくらいで声も出さなかったのに。思うより先に体が動いた、そんな雰囲気だ。

トラックを走る選手の動きに合わせ、生徒たちの目が、顔が動く。さっきまでとは明らかに身の入り方が違って、こっちも声に熱がこもった。

『第二走者コーナー回って直線、後続との差は——開いています！　これは恐ろしい一年生だ！　青組トップでバトンを渡し、赤、緑、そして黄色の順にバトンが渡りました！』

言うが早いか、黄色いバトンを受け取った女子がぐんと身を低くした。

『おっと今度は大外から黄色が来ました！　これは他とはまるで走りが違う！』

陸上部か何かだろうか。選手たちの間を切り裂くような走りっぷりに、観客席からどよめきが上がった。

『黄色先頭に立つ勢いだ！　最後尾から駆け上がり、緑組赤組を鮮やかに抜き去った！　これは強い！』

青組の生徒に触発されたように、黄組の生徒たちも続々と席を立った。

校庭に、スタートのピストルが鳴る前とは違う空気が流れ始める。グラウンドの上、遮るもののない青空に、生徒たちの期待と興奮が上昇気流みたいに集まっていく。

青組と黄組、ほとんど同時にバトンが渡って、正面の生徒席からわっと歓声が上がった。行け行け行け！　と選手を駆り立てる声が切れ切れにテントの下まで届いて、競馬場の熱気を思い出す。先生たちもさすがに実況に気づいてテントのそばまで来ているが、レースが盛り上がっているため止めるに止められない状態だ。

『第四走者、青組と黄組がほとんど同時にバトンを受け取りましたが、黄組がじわじわとリードを広げていきます。青組ちょっと苦しいか。後方集団、ここで緑組が赤組を抜きました！　緑組が青組に迫る、青組逃げる、逃げる！　苦しい！　ここで緑組、青組を抜き去る、トップは黄色、今バトンが第五走者に渡ります！』

次々とバトンが選手の手を渡り、波のような歓声が正面から迫る。各組の一進一退を生徒たちの声援が後押しするようだ。

テントの下にいる放送部も放送委員も、もうあたしじゃなくてレースしか見ていない。

校庭に集まったみんながレースの行方を目で追って、声を限りに叫んでいる。選手の耳に届くのは豪雨のような歓声ばかりだ。誰が誰を応援しているのかなんて関係ない。熱を帯びた声が選手たちの背中を押す。

『先頭から黄色、緑、青、赤、ここで外から緑組が襲い掛かってくる！　外から緑組、しかし、しかし――黄色の影は踏めない！　ここでバトンが渡って黄組、依然先頭のままアンカーに突入！　緑、青、赤と続きます！』

いよいよアンカー。巌先輩がバトンを受けた。アンカーの中で唯一の三年生だ。実況者は公平であるべきで、たった一人を応援できない。せめて声を限りにレースを実況する。

『大歓声沸き上がる水野瀬高校グラウンド！　最終走者はグラウンド半周ほぼ百メートルを過ぎたところです。おっとここで、ここで黄組の逃げが鈍った！　後続が追い込んでくる！　ラスト半周、黄色、緑、青、一気に三人が抜けだした！　トップは――』

　ゼッケンの色を見て、息が詰まりそうになった。

『青！　青組です！　トップに青組が躍り出た！』

　贔屓しないつもりだったけれど、さすがに声が上擦った。

　青組の席からもひと際大きな声が上がる。身をよじるようにして、声を限りに叫ぶ生徒たちが遠く見える。

『外から赤組と緑組も上がってくる！　最内青組苦しくなったか、赤組と緑組が上がってきました！　赤か、緑か、大接戦、大接戦ですが――あぁっと、ここで⁉　内からもう一度青組が来る！　差し返すか、差し返すか⁉』

　行け、走れ。

　耳の奥がわんわんとうるさい。生徒たちの大歓声と自分の心臓の音が混じり合う。

　競馬場と違って最後の直線は一瞬で、ほとんど体ごと倒れ込むように先頭ランナーがゴールテープを切る。翻ったハチマキの色は、青。巌先輩だ。

　大番狂わせだ。総合得点最下位のチームが一位をかっさらった。絶叫みたいな声が校庭を包んで、気がついたら自分まで一緒に叫んでいた。

『一位は青、青組です！　大歓声に送られまして、見たか巌泰司！　最上級生の意地を見せつけました！』

巌先輩が拳を空に突き上げて、生徒席から喝采が飛ぶ。自分がどの色の鉢巻きを巻いているのかなんて関係なく、惜しみない拍手と歓声が校庭を包む。

マイクをオフにしたときは、あたしも肩で息をしていた。脱力して椅子の背もたれに体を預けると、テントの下に先生たちが飛び込んでくる。

「なんだ今の実況は、競馬でもあるまいし……！」

「放送委員じゃないのか？　勝手にマイクを使うんじゃない！」

当然ながら怒られたが、やりきった後なので悔いはない。スズと白瀬がおろおろした顔でこちらを見ているが、気にすんな、とばかり軽く頷く。

トラックに目を向けると、遠くから巌先輩がこちらを見ていた。せっかくレースに勝ったのに、なんとも微妙な表情だ。最後にフルネームを叫ばれて、さすがに気恥ずかしかったのかもしれない。でもあたしと目が合うと、実況をたたえるように拍手をしてくれた。

巌先輩の近くにいた青組のメンバーも気づいて手を叩いてくれる。その隣にいたメンバーも。お調子者が頭の上で大きく手を叩いて、生徒席の生徒たちもそれに倣う。

惜しみない拍手は、誰に対するものだろう。実況はレースを盛り上げるけれど、実況者に拍手が送られることはほとんどない。

でも、実況がつくことによってスポットライトが当たるものもある。競馬なんて最たる例だ。実況者の興奮した声が観客席を沸騰させる。競馬場全体を揺るがすような、あの歓声を作る一役を担っているのは間違いない。

父だって、レース終盤は雨に打たれるような歓声を全身に浴びて、レース後もしばらく身じろぎしなかった。そうやって青空の下で立ち尽くし、気のすむまであの余韻を味わった後、ようやくあたしを振り返るのだ。

梓、凄かったな。そう言って笑う父の顔を、なんで今思い出したのかわかんないけど。

放送は華やかなようでいて裏方仕事だ。手間も多い。

でも、惜しみなく降る拍手の音を聞きながら思った。

放送部、おもしろいじゃん。

第三話　舞台袖から遠くの君へ

「突然ですが皆さん、フリートークって知ってますか？」

放課後の放送室で、ちょっとわざとらしいくらい明るい声を出す。目の前にはストップウォッチを手にした赤羽さんと、真顔で僕の話に耳を傾ける巌先輩と南条先輩。僕は手元に原稿も何も持たず、向かい合って座った三人を見回して続けた。

「これって、自由にお喋りすること、ではないんですよ」

赤羽さんが小さく頷く。フリートークのフリーって、何を喋ってもいいから自由って意味じゃなくて、手元に原稿がない、原稿から解放されてるって意味のフリーらしい。でも、僕が喋ろうとしているのはそちらのフリートークの話じゃない。

「今回お話しするのは、一九八五年に北海道で生まれた牝馬。フリートークの名を持つ競走馬についてです」

おっ、と南条先輩が身を乗り出すのがわかった。他の二人も意表を突かれた顔をしている。よしよし、摑みは成功だ。

最近、部活の練習メニューにフリートークが加わった。お昼の放送の冒頭でフリートークを流してみたらどうかと福田先生が提案してくれたのがきっかけだ。

夏休みが明けてすぐに森杉パン屋のインタビューをお昼の放送で流し、その反応が案外よかったのでまた何か新しいことをやってみたいね、なんて赤羽さんと話をしていた矢先だったので、喜んでその提案に飛びついた。

フリートークの内容は個々人に委ねられるが、話し方の型はあるらしい。九十秒の中で起・承・転・結を作って喋るのが基本だそうだ。

「起」はいわゆる摑み。ここでどれだけ聞き手の関心を引けるかが勝負なのだけれど、みんなの反応を見るに、今回は成功じゃないか？

そんなことを思っていたのだけれど……。

「——で、結局なんの話だったわけ？」

消化不良でも起こしたような顔で首を傾げたのは南条先輩だ。

体育祭で放送委員からマイクを奪って怒濤のリレー実況をした南条先輩は、今やすっかり「放送部の実況の人」として校内でも有名だ。そのせいなのか知らないが、体育祭を境にお昼の放送や放課後の部活に参加してくれるようになった。

思っていたのとは違う反応にうろたえ、「競走馬の名前の話です」とおずおず答える。

「それはわかるんだけど、最初フリートークって名前の馬の話だって言ってたでしょ？　その割に、なんでその馬がそんな名前なのかわかんないまんまだし。すぐに他にもこんな面白い名前の馬がいるんですよって話に流れたけど、フリートークはどうしたよ。フリートークの話をしろって」

次々繰り出される駄目出しに怯んでいたら、赤羽さんが慌ててフォローを入れてくれた。

「でも、白瀬君の話ちゃんと九十秒に収まってましたよ！　前回は大幅にオーバーしてたんですから大進歩です。それに内容も面白かったと思います。モグモグパクパクとか、ネコパンチとか、競走馬って変わった名前が多いんですね」

「モチって名前の競走馬も本当にいるのか？」

横からぼそっと巌先輩も会話に参加してきた。即座に南条先輩が反応する。

「いますね、モチ。実況が面白いことになってましたよ。ゴール直前で『ここでモチが伸びてきた！　モチが伸びる、モチが伸びる！』って」

くっと巌先輩が喉の奥で笑った。あ、珍しい、なんて思っていたら、南条先輩が「そうじゃなくて」と床を叩く。

「結局なんの話だかわかんないんだって。競走馬の面白い名前並べただけじゃん。白瀬はこの話の中で、何を伝えたかったわけ？」

ギクッとして背中が強張った。

「な、何をっていうか……面白いかな、と思って」

「確かに面白かったけどさ、あんたの話って身内ネタが多いよね。この前のフリートークの内容はバックパッカーだったけど、あれって福田先生狙って考えた話でしょ」

先週、僕らは福田先生の前で初めてフリートークを披露した。南条先輩の言う通り、僕は先生が面白がってくれそうなネタを選んだ。先生は学生の頃一人旅をしていたと授業中に言っていたから。

案の定、福田先生は興味深そうに話を聞いてくれたが「ちょっと話題がとっ散らかってたな」と苦笑もしていた。あのときは、主題がはっきりしない、と言われたのだったか。

「伝えたいことがはっきりしてないんだよ」

南条先輩に繰り返されて、心臓が脈を飛ばしたようになる。

伝えたいこと。伝えたいことって、なんだろう。

「白瀬君は、フリートークの話題を選ぶとき何を基準にしてるの？」

赤羽さんが助け舟を出してくれる。

「放送部のみんなが面白がってくれるかな、と思って……」

「だから、範囲が狭いんだって。あたしたちだけじゃなくて、全校生徒、放送を聞いてるみんなにウケる話じゃないと」

「全校生徒にウケる話なんて想像もつかないんですが……」

「面白くなくても、共感してもらえる話でもいいいんじゃないか？　さっきの赤羽さんみたいに」

巌先輩も助言をしてくれる。

赤羽さんが披露したフリートークは言葉に関するものだ。メールやメッセージアプリで絵文字を多用しがちなことから始まり、言葉の重みが薄れつつあることの危惧を口にしていた。クラスメイトとメールでやり取りをするとき適当なスタンプで済ませたり、予測変換に出てくる言葉を使ったりしがちな僕にとっても、ちょっとドキッとする内容だった。

他人の話を聞いている分には、なるほど、と思うのだけれど、いざ自分の中から伝えたいことを探し出そうとすると難しい。真っ白な紙の上に立たされている気分になる。

「白瀬は何を伝えるかが課題だな」

巌先輩はぽんと放り投げるようなぞんざいさで口にしたが、僕にとってはかなりの難題だ。伝えたいことってなんだろう。

帰り支度を始めた先輩たちを横目に考え込んでいたら、隣にいた赤羽さんが勢いよく挙手した。

「帰る前に、少し文化祭の話をしませんか」

水野瀬高校の文化祭は、文化の日にちなんで十一月三日から四日にかけて行われる。今は九月の終わりだから、当日までもうあと二ヵ月を切っている。クラスのホームルームでも文化祭でどんな出し物をやるかなんて議題が出てきたところだ。

「放送部も、文化祭に参加しませんか?」

思いもかけない言葉に目を見開いて、赤羽さんの横顔を凝視してしまった。先輩たちもさぞ驚いただろうと目を向けたが、二人は平然とした顔でその場に座り直した。

「……まあ、スズだったらそろそろそんなこと言い出しそうだと思ったけどさ」

「文化祭って言われた時点で、いよいよか……とは思ったけどな」

赤羽さんが何を言い出す気かわかっていなかったのは、どうも僕だけだったらしい。厳先輩は赤羽さんを止めるでもなく、いつもの淡々とした口調で尋ねる。

「放送部はまだ正式に部として認められてないけど、文化祭に参加できるの?」

「はい、福田先生に確認を取りました。もともと文化祭には同好会の参加も認められているので、私たちも参加していいそうです」

「でも、放送部が文化祭で何やるわけ？」

　南条先輩の問いかけに、待ってましたとばかり赤羽さんが身を乗り出した。

「ラジオドラマとかどうでしょう」

　言われてもピンとこない。また僕だけわかっていなかったらどうしようと思ったが、今度は先輩たちもよくわかっていない顔をしていたのでホッとした。僕は率先して質問する。

「それって、音だけのドラマってこと？」

「そう、声だけで演技するの」

　演技、と聞いてちょっと腰が引けた。黙り込んだ僕に代わって南条先輩が質問を続ける。

「セリフの合間にナレーションとか入れて状況説明する感じ？」

「そういうパターンもありますが、効果音を使って聞く人に情景を想像してもらうのが多いと思います。Ｎコンの優勝作品もネットに上がってるので参考にできればと」

「脚本は？」

「私が書きます」

　堂々とした赤羽さんの宣言に、三人揃って「おぉ……」と気圧されたような声を出してしまった。

「中学のときにいくつか脚本を作ったことがあるので、多分どうにかなります。文化祭の二週間前までに書き上げてきますから。大まかな内容はみんなで考えましょう」

南条先輩は胡坐をかいて、長い髪を煩わしげに後ろへかき上げた。

「脚本をどうにかしても、やっぱり手が足りなくない？　効果音とかもつけるんでしょ？　インタビューのときはＢＧＭとかつけなかったけど、それでもめちゃくちゃ時間かかったじゃん。文化祭まであと二ヵ月もないし」

「でも！　インタビューの編集作業をしたおかげで私たちもだいぶ編集ソフトの使い方がわかってきましたし！　あのときより作業効率は上がってるんじゃないでしょうか！」

「演技する人間だって足りなくない？　あたしとスズと白瀬の三人でしょ？　さすがにこんな時期まで巌先輩に手伝ってもらうわけにもいかないし」

南条先輩が当たり前みたいに僕も頭数に入れているのでぎょっとした。

もしかして、僕も演技をしなくちゃいけないんだろうか。台本を持って、セリフを読む。

——そんな、演劇部みたいなことをここでもするのか。

やめようよ、と口にしようとしたが、隣にいた巌先輩が声を出す方が早かった。

「俺も手伝おうか？」

赤羽さんだけでなく、南条先輩も一緒に「えっ」と声を上げた。

声が出せなかったのは僕だけだ。口に出しかけた言葉が中途半端に喉で絡まっている。

「でも先輩、受験勉強で忙しいんじゃ？」

うん、と頷いて、巌先輩は内緒話でもするように少し声を潜める。

「まだ確定じゃないけど、指定校推薦の校内選考が通りそうなんだ」

僕と赤羽さんは指定校推薦という言葉にぴんと来なかったが、南条先輩は違ったらしい。

「指定校かぁ」と羨ましそうな声を上げる。

「南条先輩、指定校推薦って……？」

「大学が、指定した高校に入学枠を与えるやつ。それに立候補して、校内選考が通ったらほぼ入学内定。数枠しかないから、よっぽど内申よくないと校内選考もしてもらえないけどね」

指定校推薦の面接が行われるのは十一月で、結果が出るのは十二月。それまでは念のため受験勉強も続けるが、文化祭の手伝いくらいならできる、と巌先輩は言ってくれた。

「巌先輩も手伝ってくれるなら、ラジオドラマ作れそうじゃないですか⁉」

赤羽さんが声を弾ませる。こうなるとますます、やめよう、なんて言い出しにくい。南条先輩も、半分諦めたような表情だ。

「前から思ってたんだけどさ、スズはなんで放送部に入ったの？　ドラマとかやりたいんだったら、演劇部に入ればよかったんじゃない？」

巌先輩が赤羽さんに視線を向けた。もちろん僕も。南条先輩が口にした言葉は、この場にいる全員が思っていただろう疑問だ。

みんなの視線を集め、赤羽さんは思わずといったふうに正座をする。言葉を探すように目を伏せた赤羽さんの横顔は真剣だ。胸に漂う言葉を一息で掴み取るように、鋭く息を吸って答える。

「演技をするなら、舞台の上ではない方がいいと思ったからです」

南条先輩は自身の膝に頬杖をつき、不可解そうに首を傾げる。

「舞台の上は嫌なの？」

「嫌というか、怖いというか……逃げ場がないというか」

先輩たちは要領を得ない顔をしている。でも、僕はわかった。

舞台は幕が開いたら、もうどこにも逃げられない。すべてが一発勝負で緊張の連続だ。舞台に立つ役者も、裏方も、公演中は一瞬も気を抜けない。

あの張り詰めた空気を思い出すと今も息が詰まる。いつの間にか呼吸が浅くなっていたらしい。背中に赤羽さんの手が触れ、ハッと息を吸った。

「白瀬君、大丈夫？」

「あ、うん……平気」

「なんで白瀬までそんな青い顔してんの？」

「ちょっと、中学の演劇部を思い出してしまって。厳しい部活だったので……」

顧問の先生が熱心だったこともあり、練習中も本番と同じくらいの集中を要求された。役者がミスをするのはもちろん、効果音のタイミングがずれたり、ライトがぶれただけでも稽古が止まる。台本の読み合わせのときも厳しい言葉が飛び交っていたのを思い出す。

「――赤羽さん、僕は演技なんてできない」

赤羽さんだって、僕が中学の演劇部で何をしてきたか知っているはずだ。

これまで熱烈にラジオドラマをやろうと言葉を尽くしてきた赤羽さんの声が途切れた。迷うように目が揺れている。そうだよ、僕にできるはずもない。

「そんな深刻にならなくても、セリフ読むくらい問題ないでしょ。うちは演劇部じゃないんだし、あんたがへっぽこな芝居したって構わないよ。心配しすぎ」

南条先輩があっけらかんと笑う。まるで赤羽さんの後押しをするように。巌先輩も僕を見てゆっくりと頷いた。

「放送に関してはここにいる全員が素人なんだし、失敗してもお互い様だ。誰も怒らない。むしろ素人ばっかりなのにここまでやってこられたことが凄いと思う。かなり破れかぶれだったけど、案外上手くいってる。今回も思い切ってやってみていいんじゃないか」

先輩たちは赤羽さんの味方らしい。そうだよ、と赤羽さんも言葉を重ねる。

「脚本、白瀬君も一緒に考えよう。自分で作ったセリフなら読みやすいかもしれないし」

気がついたら三対一だ。

こんなところで多数決の理不尽さを嘆いてみても事態は変わらず、力なく頷くことしかできなかった。こうなったら、ひとつでもセリフの少ない脇役に立候補するばかりだ。

「ところで、スズたちはクラスの出し物決まってんの？　そっちが忙しかったら放送部の準備もあんまり時間が取れないんじゃない？」

「私たちのクラスは模擬喫茶になりそうです。他のクラスとの兼ね合いもあるのでまだ確定ではないんですけど」

「お、あたしも一年のときは模擬喫茶だったよ。調理とか接客係だったら当日以外はあんまり忙しくないかもね」

「そういえば先輩のクラス、森杉パン屋から食パン仕入れたって言ってましたよね。私たちも森杉さんからパン仕入れられないかな。インタビューではお世話になったし」

「なんか最近、あのパン屋から出てくる生徒ちょくちょく見かけない？」

和気あいあいとしたお喋りに漫然と耳を傾け、ふと視線を横に向けると、険しい顔をした巌先輩の姿が目に飛び込んできた。何事かと、そっと先輩に耳打ちする。

「巌先輩、どうしました。お腹でも痛くなりました？」

「いや、違う。そうじゃなくて……」

赤羽さんと南条先輩も巌先輩の異変に気づいたようだ。みんなの視線を受け、先輩は少し言いよどんでから口を開いた。

「……森杉パン屋、近いうちに閉店するらしい」

それはまさに、寝耳に水、青天の霹靂（へきれき）、足元から鳥が立つような唐突さで、僕も赤羽さんも南条先輩も、すぐには口を開くことができなかった。


いやいや、まさか、嘘でしょう、とかなんとか軽い口調で言いながら、でも表情は目に見えて強張らせて、部活終わりにみんなで森杉パン屋の前を通ってみた。

その日は金曜日で、定休日ではなかったはずなのに、パン屋は店を閉めていた。

森杉パン屋にシャッターはない。代わりに店が休みの日は、ガラスの引き戸の内側に薄緑色のカーテンを引いている。

「定休日以外はあんまり休んでなかった気がするけど……どうしたんだろ」

さすがに南条先輩の表情が曇った。誰もその言葉に答えられず、パン屋の前を通り過ぎてぞろぞろと駅へ向かう。

「パン屋が閉まるって、巌先輩のクラスメイトが言ってたんですよね？」

「ああ。パン屋に寄ったとき、菫さんから言われたらしい。『近いうちに店を閉めるから淋しくなる』って」

小柄な赤羽さんが、小走りに僕らを追いかけながら呟く。

「お店、お客さんが増えてたわけじゃなかったんでしょうか……」

「もともと経営が厳しくて、うちの生徒の出入りがちょっと増えたくらいじゃ焼け石に水だった、とか……」

巌先輩の声は重々しく、あり得るだけにみんなして口をつぐんでしまった。

お店をもり立てられるよう精一杯インタビューしたつもりだったのに、こんな結末になってしまうなんて。

言葉少なに駅まで来る。九月の後半ともなるとすっかり日も短くなって、空は暗い赤紫色だ。明かりの灯ったホームが白々として見える。

電車を待ちながら、南条先輩が気持ちを切り替えるように声の調子を変えた。

「まあ、お店が閉まるかもしれないっていうのは噂でしかないんだし。まだ落ち込むのは早いよね」

「俺も来週、クラスの奴に詳しい話を聞いてみる」

上りと下りの電車がほぼ同時にホームに入ってくる。巌先輩は一人逆方向の電車に乗って、じゃあ、と軽く僕らに手を上げた。

巌先輩の乗った電車のドアが閉まると同時に、こちらの電車のドアが開く。赤羽さんと南条さんは電車に乗り込んだが、僕はホームから動けなかった。

「白瀬君？　どうしたの？」

「本当にパン屋が閉まるのか、気になって」

南条先輩が「だからそれは来週……」と言いかけたが、大きく首を横に振った。

僕は今知りたい。今、どうしても知りたい。

早く乗って、と先輩に急かされて電車に乗り込んだが、ドアが閉まり始めたのを見た瞬間、僕はまた外へ飛び出していた。

「あんた何がしたいの⁉」

南条先輩の絶叫がドアの向こうに吸い込まれる。完全にドアが閉まるとすぐに電車が動き出し、愕然とした顔をする二人の顔が遠ざかった。

ホームを駆け抜け改札を出た。店に行けば何かわかるかもしれない。緩い坂道を駆け上がり、息を乱してパン屋の近くまで戻ってくる。

肩で息をしながら店の前に立つ。戸口に張り紙がしてあった。だが、そこに書かれていたのは思っていたのと違う内容だ。

『店に並ばれるお客様は、道の端に寄ってお待ちください』

カレンダーの裏に油性ペンで走り書きされていたのはその一文だけだ。閉店のへの字もない。目を瞬かせていると、後ろから三人組の女子がぞろぞろやってきた。うちの高校の制服を着た三人はカーテンの閉まった店を見て「今日休み？」と首を傾げている。

店の前の道は狭く、三人が一斉に立ち止まると歩行の妨げになってしまう。道の向こうから自転車に乗ったおばさんがやってきて、邪魔そうに女子三人――だけじゃなく近くにいた僕にも、自転車のベルを鳴らした。

僕らを一睨みしておばさんがペダルを踏み込む。女子三人も「残念だね」などと言いながら駅の方へ行ってしまった。

一人その場に残った僕は、もう一度張り紙を見た。

こんな注意書きがあるということは、店の前にはちょくちょく列ができているということだ。四人も入れば一杯になってしまうくらい狭い店だからそれは不思議でもない。

でも、それだけお客が来ているのに、どうして店を閉める必要があるのだろう。

風が吹いて、引き戸の張り紙が小さくはためいた。張り紙を留めている右隅のテープが取れかけているのが気になって、そっと手を伸ばしたところで低い声がした。

「何してんだ」

不穏な声に驚いて慌てて手を引く。声のした方を向くと、道の向こうから五十がらみのおじさんが大股でこちらにやって来るのが見えた。四角張った顔に固く唇を引き結んだ顔は、お世辞にも愛想のいいタイプには見えない。

「またうちの店に悪戯か？」

うちの、ということは森杉パン屋の関係者か。無実を証明するように、慌てて両手を顔の前まで上げた。

「いえ、あの、僕は近くの高校の生徒で、以前あの、菫さんから手紙をもらった……」

「母から？」

僕まであと数歩というところでおじさんが足を止める。菫さんの息子らしい。

「お、お店の人、ですよね？　このパン屋さんの……」

へどもどしながら尋ねると、おじさんは僕の全身に視線を走らせ「店長です」と答えてくれた。口調を改めてくれたところを見ると、悪戯目的ではないとわかってもらえたか。

「僕、水野瀬高校の放送部なんですけど、以前菫さんにインタビューをさせてもらったことがあるんです。菫さんからも『お客さんが増えた』って手紙をもらってよかったなって思ってたんですけど、お店が閉店するって聞いて、本当かどうかお聞きしたくて……」

話が進むにつれ、おじさんの表情が変化した。だがそれは、期待していた和やかな表情ではなく、砂でも嚙んだような苦々しい顔だ。

おろおろしていると、おじさんが盛大な溜息をついた。

「……店は、遅くとも年内に閉めるつもりです」

「本当ですか⁉ どうして——」

じろりと睨まれ、続く言葉が引っ込んだ。おじさんは大きく足を踏み出すと、立ち尽くす僕の傍らを通り過ぎざま呟く。

「……インタビューなんて、受けなければよかった」

耳を疑う。なぜ今そんなことを言われるのかと思ったが、通り過ぎて行ったおじさんの背中は頑なで、声をかけることすらできない。

校内でインタビューを流した後、うちの学校の生徒がパン屋に入っていく姿をたびたび見かけるようになった。学校の近くにこれほど豊富な種類を揃えたパン屋があるなんてみんな知らなかったのだろう。インタビューを流さなければ、店に足を運ぶことなく卒業していく人も多かったのではないだろうか。

自分たちの言葉は、必要な人に正しく届いたのだと思っていた。でも、違うのか。

急にわからなくなった。こうして一人でこの場所まで来てしまったことを今更ながら後悔する。

あんた何がしたいの、と叫んだ南条先輩の声が耳の奥で蘇る。

返す言葉もなく、僕はその場に突っ立ったまましばらく動けなかった。


中学で演劇部に入った当初、僕は確かにわくわくしていた。

舞台袖から先輩たちの演技を見ているだけでもあれこれとアイデアが湧いてきた。あのシーンはこんな効果音を使ったらどうか、あんな小物を使えないか、ライトを敢えて外してはどうか、役者の立ち位置を変えたらどうか。

思いつくまま、全部口にした。誰かに聞いてほしくて、実際やってみたくて、夢中で行動した。いつの間にか、周りのみんなが疲れ切った顔をしていることにも気づかずに。

そのうち先輩たちから「何がしたいの」と問われるようになった。観客に何を伝えたくてそれをしているのか、と。

何を伝えたいの、と問われると、未だに崖際に立たされるような気分になる。伝えたいことなんて何もない。ただやりたいことがあるだけだ。

こっちの方が面白そうだから、派手だから。それじゃ駄目なのか。

――伝えたいことがないのは、お前が何を見ても、何も感じないからだろう、と先輩に言われたことがある。何かを見て、伝わった、と思ったことがないからその逆もできないのだと。

反発するよりも先に、そうなのかもしれない、と思ってしまった。

普通の人がごく当たり前に気づくこと――今はそれを言わない方がいい、とか、ここは詳しく聞くところじゃない、とか、いわゆる空気を読むようなことが僕は苦手で、相手の思いを汲み取れないことの方が多い。

だから誰かに伝えたいことが思いつかないんだろうか。放送部でも、身内ネタではなくもっと多くの人に伝わる話題を選ぶよう注意されたばかりだ。

でも、観客席にいるたくさんの人とか、お昼休みに放送を聞いてくれている校内のみんなとか、そんなたくさんの人たちに伝えたいことなんて思いつかない。観客席に並ぶ人たちはのっぺらぼうのようで、相手が何を考えているのかもわからない。

伝えたいことのない人間が、何かを表現しちゃいけないんだろうか。

多分、いけなかったんだろう。だからいつも僕は相手の真意を取りこぼして、返しそこねて、誰にも言葉が届かない。

こうすべきじゃなかったのにと気づくのは、いつだって何か取り返しがつかないことが起こってからだ。

月曜日、重い足取りで教室に入るとすぐ赤羽さんが僕の席までやってきた。

おはよう、と声をかけられても、すぐに返事ができなかった。金曜日に赤羽さんや南条先輩から「本当にパン屋に行ったの？」という旨のメッセージが届いていたが、それにも返信していない。そんな僕に、赤羽さんは気遣わしげに言う。

「よかったら今日、放課後に一緒に森杉パン屋さん行ってみない？　私もあの噂が本当なのか気になるし……」

「……そのことなんだけど」

迷いつつもパン屋の主人からかけられた言葉を伝えようとすると、後ろの席の伊勢が僕らの会話に割って入ってきた。

「森杉パン屋って、あのパン屋？」

「あ、伊勢も知ってる？　学校の近くの……」

「知ってる知ってる。話盛りすぎ、森杉パン屋！」

伊勢の笑い声が教室中に飛び散って、近くの席に座っていた生徒もちらりとこちらを見る。僕と赤羽さんは何がおかしいのかわからず顔を見合わせた。

「……何？　話盛りすぎって」

「お昼の放送でインタビューに答えてたおばちゃんが随分話盛ってたから。みんな言ってるけど。だよな？」

伊勢が後ろの席の男子に声をかける。相手も「盛りすぎパン屋ね」と薄く笑った。

「五月の連休中はうちの学校の生徒が来ないから店閉めてたって話でしょ。でも、連休中も普通にあの店開いてたから。俺、部活あったから休みの間も店の前通ってたんだよ」

「他の運動部にも同じようなこと言ってる奴いたよな」

絶句する僕らの前で、二人は呆れたような顔で言う。

「いくら店の売り上げが苦しいからって、嘘までつくのはどうよ？」

「ネットにも『盛りすぎパン屋』って上がってるし」

まさかと思いながらも慌ててスマホを取り出す。「SNSで検索してみ」と伊勢に言われ、震える指で「盛りすぎパン屋」と検索してみた。

検索結果が次々出てくる。すでに「盛りすぎパン屋」というハッシュタグが存在するらしい。「話盛りすぎ」「嘘は良くない」「おばあちゃん必死か」などの言葉が並んでいる。

中には森杉パン屋の写真まで上がっていた。道路を挟んだ向かいの歩道から撮ったのだろう。「これが噂の盛りすぎパン屋」などとコメントがついていた。店が特定できてしまうような写真までネットに上がっているなんてと目を疑う。

「これ……福田先生と先輩に言わないと」

赤羽さんが青い顔でこちらを見上げてくるが、すぐには返事ができなかった。

話盛りすぎ。

それは、インタビュー中、僕が菫さんに対して思っていたのと全く同じことだったからだ。

放課後、放送室に集まった先輩たちと福田先生に、SNS上に『盛りすぎパン屋』という言葉が流れていることを報告した。それから、パン屋の主人から僕が言われた言葉も。

SNSを確認した先生と先輩たちは、揃って険しい顔だった。特に福田先生は急ぎ職員室にこの件を報告に行って、翌日にはもう臨時の全校集会が開かれた。

学校側が異例の速さで応対をしたのは、店を誹謗中傷(ひぼうちゅうしょう)しているのがあのインタビューを聞いた者——つまりうちの生徒であることが間違いなかったからだろう。

翌日の全校集会ではSNSの利用方法についての注意喚起と、学校周辺の特定店舗をSNSで誹謗中傷することがないようにと通達があった。

場合によっては名誉棄損とみなされ警察に通報される可能性もある、という言葉はインパクトがあったようで、集会が終わる頃にはすでに森杉パン屋に関するコメントの大半が削除されていた。一番気になっていた店の写真も消えている。

放送部も、森杉パン屋へ謝罪に向かうことになった。福田先生を筆頭に、僕と赤羽さん、南条先輩の四人で店へ向かう。巌先輩も部長として同行しようとしたが、店が狭いので五人全員は入りきらない。先輩はインタビューにも参加していないので、今回は学校で待機してもらうことになった。

店に向かう途中は緊張で足ががくがく震えたが、実際店に滞在していた時間はほんの三十分ほどだ。謝罪を済ませて学校に戻ると、放送室で巌先輩が待ってくれていた。

「お疲れさま」

僕らを出迎えた巌先輩は何を尋ねるより先にそう言ってくれて、無意識に力を入れていた肩がゆっくりと下がった。多分、赤羽さんや南条先輩も同じだったと思う。

「福田先生は？」

「職員室に報告に行きました。後でこっちにも来ると思います……」

「そうか。部長なのに一緒に行けなくて申し訳ない。それで、どうだった？　菫さんだっけ？　あのおばあちゃんと話できた？」

「いえ、応対してくれたのは菫さんの息子さんですね」

誰が言い出すともなく部屋の中心に集まって座る。僕と赤羽さんはすっかり気が抜けて口を開く余力もなく、自然と南条先輩が謝罪の結果を報告する形になった。

「思ったより冷静に応対してくれました。インタビューの後、うちの生徒がお店に来てくれるようになったことは感謝してるとも言ってくれましたし」

しかし、SNS上に『盛りすぎパン屋』なんて言葉が流れ始めると、妙な客まで店にやってくるようになったらしい。パンを買いがてら「嘘は良くないよねぇ」なんて聞こえよがしに言ってくる者、店先で掃除をしている菫さんに「おたく、テレビのインタビューで嘘ついたんだって？」と凄んでくる者、夜中に店の戸に『嘘つきは泥棒の始まり』なんて張り紙を張っていく者もいたそうだ。

噂が回り回って、いつの間にかテレビのインタビューに答えたのだと勘違いする人も現れ、ネットに写真が上がったこともあり、見ず知らずの人から執拗に攻撃されたらしい。

「あと、うちの生徒が店の前に並ぶのも、お店はちょっと困ってたみたいです」

店の前に列ができるなんて繁盛している証拠なのだからいいことのように思えたが、現実はそんなに簡単な話ではなかった。

森杉パン屋は狭いので、入りきれない生徒が外に並ぶ。だが、店の前の道もまた狭い。生徒が道をふさぐ形になって、自転車が通れないとか、お喋りがうるさいとか、近所の人たちから苦情が来ていたらしい。

「店の前に並んでる生徒を通りすがりに怒鳴りつける人もいたみたいで、そういうことが続いたものだから、最近菫さんが心労で倒れてしまったらしくて……」

巌先輩が息を呑む。僕らも店長からその話を聞いたときは驚いた。

最近、定休日以外も店を閉めていたのは菫さんが体調を崩したからららしい。けれどあまり店を閉めておくと戸口に嫌がらせじみた張り紙をする輩がいるので、たまに店長が様子を見に来ていたようだ。先日僕と会ったときは、まさに不審者が店の周りにいないかパトロールしている最中だったらしい。

ただただ頭を下げることしかできない僕らに、最後に店長はこう言った。

「まあ、近所からの苦情については、放送部の皆さんのせいではないんで……。もとはといえば母が大げさにものを言ったのが悪かったんですし、こうして謝罪もしていただきましたから、もう結構ですよ」

言葉とは裏腹に、店長は苦いものを噛み潰したような顔をしていた。

南条先輩の報告が終わると、放送室に沈黙が落ちた。それぞれが何か考える顔で虚空を見詰める中、赤羽さんがぽつりと呟く。

「私、お昼の放送が学校内に流れるってこと、軽く考えてたのかもしれません」

赤羽さんの顔は真っ青だ。相当疲弊しているらしく、両手を床についてなんとか上体を支えている様子だった。

「みんなそんなに真面目に放送を聞いてないんじゃないかって思って、事実確認を疎かにしました。だって、これまでは曲のリクエストを募ってもなんの反応もなかったし……」

放送部では、二学期から司書の先生にお願いして、図書室に放送部のリクエストボックスを置かせてもらっている。毎日放送の終わりに、曲のリクエストはリクエストボックスへ、と言っているのだが、未だ一件のリクエストもない。

それなのに、今回の件で意外なほどたくさんの人がお昼の放送に耳を傾けていたことがわかってしまった。反応がなくとも、僕らの声は多くの生徒に届いているのだ。

「興味がないことに対しては無反応だけど、間違いを指摘するときは素早いってこともよくわかったよね」

そう言って、南条先輩は少し考えるように口を閉ざした。

「あたしは……インタビューするって決まったとき、単純に店のことがみんなに知れ渡ればいいと思った。今にして思うと、インタビューっていうより店の宣伝をしようとしてたんじゃないかなって思って……その点は、反省してます」

後半は巌先輩に対する報告のつもりだったのか口調が改まった。

「店のことをみんなに知ってもらいたいっていう動機自体はよかったんじゃないか。俺のクラスメイトも『あんな穴場があったなんて』って喜んでたし」

「でも、森杉パン屋さんがそれを望んでたわけじゃないんですよね。お店のキャパを考えたら、むしろお客なんて増えない方がよかったのかも」

　再び沈黙が落ちる。みんなそれぞれ考えて、反省している。

　僕も何か言わなくちゃ。でも、何よりも先に、伝えなければいけないことがある。口の中がからからに乾いていたが、無理やり唾を飲んで口を開いた。

「ぼ……僕、知ってました。連休中に、森杉パン屋が開いてたこと……」

　言葉を発すると同時に放送室のドアが開いて、福田先生が室内に入ってきた。僕の言葉が耳に入ったのか、先生は入り口に立ったまま中に入ってこようとしない。他の三人も息を詰めて続きを待っているのがわかって、途端に顔を上げられなくなる。目を伏せたまま、怖気づきそうになる心を奮い立たせて言葉をつないだ。

「五月の連休の初日、一度だけ学校に行ったんです。教室に弁当箱を忘れて、カビが生えると困るから取ってこいって親に言われて……その時に店の前を通ったんです」

　だからインタビュー中、菫さんの言葉を聞いて「あれ？」と思った。でもインタビューの最中にインタビュアーでもない自分が口を挟んでいいのかわからない。それに後に続いた菫さんの言葉は結構感動的で、できればそのまま使いたかった。

それでつい、まあいいか、と思ってしまったのだ。

連休中にパン屋が店を開けていたかどうかなんて、放送を聞いている生徒の大部分はわからない。こちらの方がインタビューとしても盛り上がるだろう。そう思ったから勝手に間違いを見逃した。他の誰に相談することもなく。

「……あのとき、せめてインタビューが終わった後でも、菫さんに事実確認をしておけばこんなことにならなかったと思います。……すみませんでした」

先生や部員のみんなに向かって深く頭を下げ、それきり顔を上げられなくなった。みんなからどんな目で見られるのか、想像するだけで怖くて逃げ出したくなる。

じっとしていると、肩にそっと誰かの手が置かれた。恐る恐る顔を上げると、福田先生が傍らに膝をついていた。

「わかった。ちゃんと話してくれてありがとう」

そう言って、僕の隣に腰を下ろす。

「いろいろ意見も出揃った頃だろうけど、顧問として俺からもいくつか注意事項を言っておく」

福田先生は、インタビューをする際は事前準備をしっかりと行うこと、相手の言葉に違和感を覚えたら臆することなく事実確認を行うこと、どんな小さな疑問点も放置せず、必ず解消すべく徹底するようみんなに再確認して、最後にこう言った。

「インタビューにしろ、ドキュメンタリーにしろ、情報を集めて、つなぎ合わせて、伝えたいことをどうやってそこに込めるか苦心することは大切だ。でもそれ以上に、その情報がどう視聴者に受け止められるのかも、これからはよく考えてほしい」

それから、僕らに頭を下げた。

「俺も事前にチェックをしていたのに、こんなことになってしまって申し訳ない」

僕たちは何も言えずにただ項垂れる。本当は全部僕たちの——僕の責任なのに。

部活が終わると、四人全員で駅へ向かった。

さすがにみんな口数が少ない。すでにカーテンを閉めている森杉パン屋の前を無言で通り過ぎ、四人揃って駅の改札を抜け電車に乗る。

先に上りの電車がホームに滑り込んできた。巌先輩は「お疲れさま」といつもと変わりない言葉を残し電車に乗り込む。

間を置かずにやってきた下りの電車に三人で乗ったが、電車に揺られながらも後悔はやまない。

「……それじゃあ、私はここで」

悶々と考えているうちに赤羽さんが電車を降りた。電車の入り口に近い場所に立ち、おざなりに別れの挨拶をしてぼんやり窓の外を見ていると、それまで黙りこくっていた南条先輩が口を開いた。

「あのさ、今回の件はあんたのせいばっかりじゃないんだから、あんまり落ち込まないでよ」

のろのろと顔を上げた僕に、南条先輩は窓の外に目を向けたまま言う。

「でも、僕が菫さんの言葉を指摘していれば……」

「まあそうだけどさ。あたしとスズは菫さんが話盛ってることに気づいてすらいなかったんだから、どっちもどっちでしょ。事前の準備が足りてなかったってことだし」

南条先輩はすっかり日の落ちた窓の外を見詰め、短く沈黙してからまた口を開いた。

「福田先生の前でちゃんと本当のこと言ったの、偉かったと思うよ。あの場で言わなければ隠し通すこともできたのに、そうしなかったんだから」

電車がゆっくりと減速する。先輩は「あたしここで降りるから」と言ってカバンを肩にかけ直した。持ち手には、相変わらずピンクと黒のお守りが揺れている。

電車から降りる直前、先輩がようやくこちらを見た。

「あんたのこと、見直した」

言うだけ言って電車を降り、振り返ることもなく改札へ行ってしまった。

ドアが閉まり、再び電車が走り出す。

南条先輩に慰めてもらって驚いたり、嬉しかったり、そういう気持ちも確かにあるのだが、罪悪感の方が勝ってしまって上手く受け止めきれない。

電車に揺られていると、昔の自分の声が耳の奥で蘇って顔を歪めた。

『こっちの方がいいと思ったんです。どうして駄目なんです？　だって、こうした方が絶対面白いのに——』

あのときも、ああしたい、こうしたいと自分のやりたいことばかり優先して、最後は演劇部を退部することになったのに。

森杉パン屋に謝罪に行った翌々日。いつものように赤羽さんと部活に出た。まだパン屋のことを消化しきれず言葉少なに基礎練をしていると、遅れて南条先輩がやって来る。

「あ、お疲れ様です……」

声に覇気がない僕らを見て、南条先輩が片方の眉を上げた。その顔に、面倒くさいな、という表情が浮かぶ。まだ落ち込んでいるのかとでも言いたげだ。

先輩は蹴るようにして上履きを脱ぐと大股で室内を横切り、校庭に面した窓を開けた。

「文化祭、どうする？」

よく、空気を変える、なんて言葉を聞くが、物理的に窓を開けて空気を動かそうとする人を初めて見た。乱暴だけれど手っ取り早く、赤羽さんの顔つきが少し変わった。

「福田先生は、当初の予定通り参加して構わないって言ってました。森杉パン屋さんにも謝罪に行きましたし、活動を停止する必要はないからと」

そっか、と呟いて南条先輩はカバンを部屋の隅に投げ置いた。

「そろそろどういう脚本にするか決まった？」

「それはまだ……」

あんなことがあった後だ。脚本なんて考えている暇もなかっただろう。菫さんにはまだ直接謝罪ができていないし、校内にうっすら残る森杉パン屋への嘲笑もすべて消えたわけではない。この上脚本を作るなんて大問題、いっそ他の問題と一緒に丸めて一つにしてしまいたいくらいだ——と、そこまで考えたところで「あっ！」と大きな声が出た。

「今回のこと、ドラマにしたらどうでしょうか！」

赤羽さんと南条先輩がこちらを向いて「今回のことって？」と口を揃えて問う。

「今回の、森杉パン屋に関する一連のことです。活動を始めたばかりの放送部が、学校の近くのパン屋にインタビューに行って、失敗して、トラブルが起きたこと、全部を」

「ドキュメンタリーってこと？」

「いえ、ドキュメンタリー風のドラマというか……。とにかくどうにかして、菫さんのお店に対する悪い印象を減らしたいんです」

だからと言って、僕らがお昼の放送でお詫びと訂正を流してもまともに聞いてくれる人は少ないだろう。面白くもなんともないからだ。

ならばドラマという体裁で相手の気を惹き、その中にこっそり真実を紛れ込ませてみたらどうだ。あまり耳馴染みのないラジオドラマを文化祭で流せば、なんだろう、と興味を持ってくれる人もいるかもしれない。

話が動き出したところで巌先輩もやってきた。

「『発足したばかりの放送部の苦悩』みたいな内容にしたらどうですか？　部活に関することならみんなにとっても身近な内容ですし……」

赤羽さんはすぐ「いいかも」と賛同してくれたが、南条先輩は難しい顔だ。

「そんなの、ドラマとして面白い？　オチとかもなさそうだけど」

そんな南条先輩の懸念を一蹴してくれたのは、発案者の僕ではなくて赤羽さんだった。

「面白さって、笑えたり泣けたりすることだけじゃないと思います。去年のＮコンのドラマ部門だって、部活でレギュラーに選ばれようと必死になる主人公の話が優勝作品になってました。突飛な設定でなくても、聞く人にいろいろなことを考えてもらえる内容なら、それだけで十分面白いと思います」

「俺も」と低く声を上げたのは、途中から話に参加していた巌先輩だ。

「野球部ではレギュラーから漏れてくさくさしてたから、そういう主人公には共感が湧く。迷ってるときこそ、そういう物語が背中を支えてくれるような気もするし」

誰かに支えられるまでもなく、いつだって自分の両足でどっしりと立っているようにしか見えない巌先輩がそんなことを言うなんて意外だった。

笑えなくても、苦々しい話でも、その物語を必要としてくれる人がいるかもしれない。

南条先輩もそれ以上食い下がることなく「わかった」と頷いた。

「だったら全部スズに任せる。あたし脚本とか全然書けないし。でも、一応福田先生に相談した方がいいんじゃない？」

南条先輩に促され、早速赤羽さんと職員室へ向かった。

僕たちからラジオドラマの内容を聞いた福田先生は、それを否定しない代わりに、真剣な顔でこう言った。

「今回は全校集会も開いたし、森杉パン屋のことは学校内でも話題になってる。パン屋と放送部の話となったら、少なからず森杉パン屋を連想する生徒は多いと思う。こっちはフィクションのつもりでも、聞く方がどう捉えるかはわからん。そのことを念頭に置いて、間違っても森杉さんたちのご迷惑になるような内容にはしないよう、十分注意して脚本を作るように」

すでに多大な迷惑をかけた後だ。福田先生の言葉を重々肝に銘じ、僕と赤羽さんは脚本作りを始めた。

舞台は放送部。登場人物は、右も左もわからぬまま活動を始めた、まるで僕たちそのままの放送部員たちだ。

その日を境に、部活のある日はもちろん、ない日も放課後の教室で赤羽さんと脚本を考えるようになった。といっても、大枠はすでに決まっている。活動を始めたばかりの放送部に素人が四人集まって、学校近くのパン屋にインタビューへ向かう。まだ放送部員としての心構えが足りていなかった部員たちは、気づかぬうちに間違った情報を校内に流し、それがきっかけでインタビューを受けたパン屋が誹謗中傷に晒される、という、ほとんど事実のままの内容だ。

放課後の教室で、僕と赤羽さんは机を挟んで額を突き合わせる。

「着地点が難しいねぇ……」

指先でペンを回していた赤羽さんがしばらくぶりに口を開き、全方位に向け音を拾っていた僕の耳がぎゅっと赤羽さんの方を向いた。

「この、誹謗中傷の発端になったパン屋の女将さんのセリフがさ、悪気はなかったとはいえ、嘘になるわけでしょう？　それをその場で指摘できなかった放送部員にも問題はあるけど、結局女将さんが嘘をついたのが悪いっていうところに着地しちゃいそうで」

この話の主人公は、パン屋の女将さんがインタビューで誇張発言をしたことに気づきながらも、それを指摘できなかった放送部員――現実でいうところの、僕だ。

主人公は僕と同じく悩むわけだが、その悩みにどんな決着をつけるかが難しい。周りの放送部員たちに「貴方が悪かったわけではない」と慰めてもらう方向でまとめようとすると、『だってもとはと言えば女将さんが嘘をついたのがいけなかったのだから』という結論に行きついてしまう。

「女将さんを責めたいわけじゃないんだけど、そこに全く触れず『女将さんは悪くない』っていうのも聞いている人がもやもやするんじゃないかな……。白瀬君、どう思う？」

尋ねられ、う、と声を詰まらせてしまった。

さっきから、僕は赤羽さんに相槌を打つばかりで何も意見が言えていない。どうしたの、と赤羽さんに顔を覗き込まれ、視線から逃げるように顔を伏せてしまった。

「演劇部にいた頃も、この前のインタビューも、僕が口を挟むとろくなことにならないから……。今更だけど、脚本にあれこれ意見していいのかなぁって、不安になって」

「えぇ？　白瀬君も一緒に考えてくれなかったら脚本完成しないよ。先輩たち全然手伝ってくれないんだもん」

南条先輩は最初から「スズに全部任せる」と言っていたし、巌先輩も「俺は脳筋だから」とかなんとか言って脚本作りには参加してくれない。頼みの綱は赤羽さんだけで、ますます余計なことなんて言わない方がいいんじゃないかと思ってしまう。

「ラストが難しいね。フリートークで言うところの結の部分。要は何を伝えたいかってことなんだけど」

「それ、僕が一番苦手なやつだよ。中学のときも全然わからなかった」

『貴方たちは観客に何を伝えたいの』と、先輩たちから何度も問われた。

伝えたいこと。菫さんが凄く感じのいいおばあちゃんだってこと。個人的には一番それを伝えたいが、みんなの言う『伝えたいこと』はそういうものじゃないんだろう。

パン屋と放送部の話を通して、僕が伝えたいことはなんだろう。面白くなくてもいいから、広く共感してもらえるような、誰かの背中を支えるような――。

「……あのさ、嘘って絶対にいけないものかな？」

　全く予想していない方向から飛んできた質問だったのか、赤羽さんが面食らったような顔をする。やっぱりおかしなことを言ってしまったかと慌てて口をつぐんだが「続けて」と身を乗り出された。

「菫さんがついた嘘には、悪意なんてなかったんだろうなぁって思うから……。ただちょっと、話を盛り上げようとして口が滑ったというか」

　机の角を人差し指でこすりながら、インタビューの日のことを振り返る。

「あの話ってさ、思ったより早くインタビューが終わっちゃって僕らがおろおろしてたら、菫さんの方からしてくれたんだよね。あれって、放送部にネタをくれたつもりだったんじゃないかな」

　ネタ、と赤羽さんは真剣な顔で繰り返す。思いつきで喋っているだけだけど、赤羽さんがちゃんと聞いてくれているから、弱気にならず先を続けられる。

「高校で流すインタビューなら、高校生の話もしなくちゃって思ってくれたのかもしれない。菫さんは話題を提供してくれただけで、結果として話が大げさになったけど、それって悪意のない嘘だよね」

　嘘は嘘だ。いいか悪いかと問われたら、当然よくはない。でも、その言葉がどんな意図で発せられたかを考えもせず、一緒くたに糾弾するのはどうなのだろう。

赤羽さんは僕の言葉を反芻するようにじっくりと黙り込んで、そうだね、と頷いた。

「正論で、誰かの小さな優しさが押しつぶされちゃうのは淋しいね」

正論は強い。反論を許さない。だから僕らはしばしば、正論の前になす術もなく立ち尽くす。

SNSではその風潮が顕著だ。正しくない、の一言で切り捨てられたコメントには、石を投げるように心無い言葉をぶつけられる。

「どんな経緯でその言葉が出てきたのかも知らないのに、上っ面だけで否定してくるのもどうなんだろうって……。放送部として情報を発信するなら、絶対に嘘はあっちゃいけないと思うよ？　でも、どんな言葉だって切り取り方次第で意味が変わってくるよね。インタビューの編集作業をするときだって、前後のつながりがわかりやすくなるように話の順番を入れ替えたり、長い言葉の途中だけ使ったりしたし。その辺のさじ加減は放送部に委ねられてるわけで……」

編集と改変に、一体どれほどの差があるのだろう。

「……正しさって、なんだろう。加工するうちに、どんどん最初の言葉から離れていく気がする——」

最後はほとんど独り言のようになってしまい、我に返って顔を上げた。

「ごめん、なんだか話が横に逸れたけど」

「大丈夫、ちゃんとメモ取ってるから。今のセリフも脚本に入れよう。やっぱり難しいんだよ、誰かの言葉を別の誰かに伝えるってことは。加工しないと聞いてもらえないけど、加工しすぎると別物になる。受け止め方は人それぞれで、どう受け止めてほしいかなんてこちらから強制することもできないし」

赤羽さんは難しい顔でルーズリーフにあれこれ書き込んでいる。一緒に脚本を作っているとは言うものの、実際に僕の言葉を物語に落とし込んでいるのは赤羽さんだ。凄いな、と感心してその手元を見ていたら、ふいに赤羽さんのペンが止まった。

「ちなみに、白瀬君だったら許せる？　優しい嘘。もしも自分がつかれたら、どう？」

目を上げると、赤羽さんがじっとこちらを見ていた。答えを待つその顔が思いがけず真剣で、即答はせずにじっくりと想像する。面と向かって嘘をつかれるのはさすがに抵抗があるが、それが自分のための嘘で、根底に優しさがあるなら、どうだろう。

「……許しちゃうんじゃないかな。僕のためを思ってついた嘘だったら」

嘘の内容にもよるけれど、と続けようとしたが、見る間に赤羽さんの頰が緩んで言葉を切った。ちょっとびっくりするほど嬉しそうな顔だ。なんだろう、脚本の展開を考える上で、何か必要な質問だったのだろうか。

どうしたの、と尋ねてみたが赤羽さんからは生返事しか返ってこず、ルーズリーフの上にもの凄い勢いで文字が書き連ねられていく。邪魔をするのも悪いので口をつぐんだ。

嘘はいいことでしょうか、悪いことでしょうか、なんて小学校の道徳で勉強するようなことを、高校生にもなって改めて考え直すことになるとは夢にも思わなかった。案外、小学校の道徳は侮れないのかもしれない。一生ついて回る難題だ。

ぼんやりとそんなことを考える僕を置き去りに、赤羽さんがペンを走らせる軽快な音は止まることなく教室に響き続けた。

ラジオドラマの大まかな方針が決まってから一週間後。急ピッチで仕上げた脚本が完成した。

「これが新しい脚本です」

放課後の放送室。部員全員が集まるのを待って、赤羽さんが緊張した面持ちで脚本を差し出す。赤羽さんと一緒に作業をしていた僕は大体の内容を知っているけれど、清書して製本された脚本を手に取るとやはり感慨深い。

一方で、中学の演劇部を思い出してちょっと憂鬱な気分になった——なんてことは口が裂けても赤羽さんに言えないけれど、やっぱり本はズシリと重い。

主な登場人物は、放送部の男子生徒と、パン屋の女将さん、放送部顧問だ。

南条先輩がぱらぱらと脚本をめくりながら「配役は？」と赤羽さんに尋ねる。

僕は一言二言しかセリフのない放送部員と、パン屋を誹謗中傷する生徒に立候補するつもりで手を上げかけたが、赤羽さんが声を上げる方が早かった。

「まず、白瀬君」

突然名前を呼ばれ、反射的に「はい」と返事をする。

「主役です」

「はい……はい!?」

「今回のお話の主役は、白瀬君にやってもらいます」

呆然と立ち尽くしていると、南条先輩が裏返った声を上げた。

「待って、白瀬に主役やらせるの？　マジで？」

「そのつもりで、主役は白瀬君をイメージして書きました」

「赤羽さん、待った。でも、白瀬はその、大丈夫なのか……？」

珍しく巌先輩まで焦った様子だ。南条先輩は「なんでそんな無茶苦茶すんの？」と途方に暮れたような顔すらしている。

なんとか赤羽さんの決定を覆そうと必死になっている二人の様子を見て、胸を釘で引っ搔かれたような痛みが走った。

先輩たちは、僕に主役なんて務まりっこないと思ってる。僕自身そう思う。

「――ぼ、僕も無理だと思います！」

先輩たちの物言いからかなり遅れて僕も声を上げたが、赤羽さんは譲らなかった。

「まずは読んでみましょう。実際に声を出してみてから決めても遅くないと思います」

いつになく強い口調でそう言ってのけ、次々と配役を発表する。

パン屋の女将さんは南条先輩、顧問は巌先輩。一言二言セリフのあるその他放送部員や、誹謗中傷してくる生徒は赤羽さんと先輩たちが二役を演じることになり、早速読み合わせが始まる。最初のセリフは、僕のモノローグだ。

「ほ……、放送部で、僕は何を……伝えられるだろう……。ぼ、僕は……」

セリフを読み始めるや、先輩二人がひどくもの言いたげな顔でこちらを見てきた。

指摘されるまでもなく、自分の声が小さくて、弱々しく震えていることはわかっていた。

大きな声を出そうとしても、喉の奥に空気の塊が詰まったようになって上手くいかない。

脚本を持つ手に汗をかき、本の端が水気を帯びて波打っていく。

先輩たちに止められることこそなかったが、最初の本読みはひどいものだった。

赤羽さんもそれはわかっているだろうに、僕の演技に触れることはせず「脚本の仕上がり、どうでしたか？」と先輩たちに感想を求める。

先輩たちは苦しげな表情で面を伏せていたが、まず南条先輩が顔を上げた。

「内容はいいんじゃない？　森杉パン屋の名前とかは変えてあるけど、大体の生徒はあのパン屋だって気がつくだろうし、菫さんに悪意がなかったことも伝わると思う。ただ、主役は白瀬で大丈夫なの？」

先輩の言葉にびくりと肩先が跳ねた。

俯いて何も言い返さない僕を無視して、先輩は赤羽さんに詰め寄る。

「いっそ主役はスズがやれば？　ちょっと口調変えれば女子生徒でもいけるよ」

「私は脚本の完成度を高める方に集中したいんです」

赤羽さんはほぼ一人で脚本を作っているし、演出や監督といった役割を担う部分が多い。さらに役まで演じるのはさすがに荷が重いと悟ったのか、南条先輩も渋々引き下がる。

「……白瀬は？　できそうなの？」

溜息交じりの声で南条先輩に問われて体を強張らせた。

できない、と言ってしまいたいところだが、元はと言えば、僕がインタビュー中に菫さんの言葉を訂正できなかったのが悪い。責任を取るつもりで、きつく脚本を握りしめた。

「や、やってみます……」

先輩たちは何も言わない。その沈黙の意味はわからず、だからといって先輩たちの顔を見ることもできず、僕は不安ごとねじり潰すように脚本を握りしめた。

その後、脚本は細かく手を入れられた。

先輩たちと読み合わせをしながら、不自然なセリフを修正したり、キャラクターの性格が出やすいよう言葉尻を直したりする。

モノローグとセリフ、それから効果音だけで話が進むので、わかりにくい個所に補足を入れ、説明臭くならないように苦心しながらセリフを整えた。

修正した脚本を通しで読むこともあったが、先輩たちを前にするとどうしても声が小さくなった。

演劇部の先輩たちと違い、巌先輩も南条先輩もダメ出しこそしてこないが、練習が終わると二人して難しい顔で、何かぼそぼそと相談をしているようだった。僕はなるべくその姿を視界に収めまいと思うのだが、二人がちらりとこちらを見るのがどうしても目の端に映ってしまって、そのたび放送室から逃げ出したくなった。

それでも、逃げ出さなかったのは、ひとえに赤羽さんがいたからだ。

演劇部にいたとき、赤羽さんはじっと僕の隣にいてくれた。あのときのお礼がしたい。その想いだけに導かれ、なんとか放送室に通い続けた。

練習を始めて一週間。一度ブースで通し稽古を録音してみることになった。

「本当だったらシーンごとに録るんですが、一度大まかな流れを摑んでおきたいので。時間配分はあまり気にしなくて大丈夫です。失敗してもそのまま録り続けます」

赤羽さんの指示に頷き、マイクの前に立って脚本を手に取る。ページをめくる音が入らないように、マイクに息がかからないように。基本的な注意事項を頭の中に思い浮かべながら呼吸を繰り返す。

しかし、いざ録音ボタンが押された瞬間、自分でも信じられないことが起こった。

貧血を起こして膝が抜けたのだ。

目の前が真っ白になって、ふらふらと隣にいた巌先輩の方に倒れ込んだ。とっさに先輩が支えてくれたので事なきを得たが、下手をしたらそのまま床に倒れて頭を打つところだった。

録音ボタンを押すのを見た瞬間、舞台に開演のブザーが鳴り響くあの緊張感を思い出してしまったらしい。気を取り直して録音を再開したものの、当然のことながら僕の声は小さく震えていて、とても聞ける代物ではなかった。

収録後、録ったばかりの音源を聞いた南条先輩が我慢できなくなった様子で言い放った。

「やっぱ白瀬に主役は無理じゃない？　なんでこんな重要な役を白瀬にやらせるの？　これだったら巌先輩に頼んだ方がよくない？」

「でも南条さん、俺は主役のキャラクターに声が合ってないから」

「だとしても白瀬にやらせるよりはずっといいですよ。この調子じゃ文化祭に間に合わないじゃないですか。スズだってわかってるでしょ？」

十月も半ばを過ぎたというのに、編集どころかまだ録音も終わらないので南条先輩も焦っているようだ。語調がいつもより荒い。

しかし赤羽さんは南条先輩の剣幕にも怯まなかった。

「まだ一回目の録音じゃないですか。白瀬君はちょっと緊張してるだけです。最初の本読みのときよりずっとよくなってますし、練習すればもっと上手くなります」

「だとしても時間が足りないんだって。そもそも白瀬は別に主役なんてやりたがってないでしょ？　スズがやらせたがってるだけで」

「そうです、主役は白瀬君しか考えられません。そのつもりで脚本も書いてます」

「だからそれはあんたの願望であって、白瀬がやりたいかどうかは別でしょうが。客観的に見て、あたしは白瀬に主役は無理だと思う」

「私はそうは思いません」

きっぱりと南条先輩の言葉を退ける。仲のいい二人が対立する姿を初めて見た。

また自分のせいで、と思ったら息が浅くなって、とっさに胸元を握りしめていた。前屈みになった僕に気づいて、巌先輩が「大丈夫か」と声をかけてくれる。

「……すみません、水、飲んできます」

せっかく声をかけてくれたのに、巌先輩の顔すら見返すことができずふらふらと放送室を後にした。

職員室前の長い廊下を蛇行しながら進み、昇降口までやってくる。外から涼しい風が吹いてきて、上履きのまま表に出た。

昇降口から校庭に降りるコンクリートの階段に腰を下ろす。吹く風はもう秋のそれだ。日増しに日が短くなって、空はすっかり薄暗い。

暑くもないのに額に汗がにじんでいた。冷や汗だ。汗を拭う指先も震えている。耳の奥にはまだ赤羽さんと南条先輩が口論する声がこびりついていて、思い出すだけで手足から血の気が引いていくようだった。

自分を落ち着かせようと深呼吸を繰り返していたら、後ろからぽんと肩を叩かれた。

ひぇっ、と情けない声を上げてしまった。あたふたと振り返ると、背後に巌先輩が立っている。慌てて立ち上がろうとしたが、片手で制される。

「気分悪いなら、座ってた方がいい」

先輩も階段を下り、僕が座っている場所より一段上に腰を下ろした。

心臓がバクバクと音を立て、その振動が全身に伝わって体が揺れるようだ。

何を言われるだろう。演技を酷評されるのは当然として、放送部から出て行け、なんて言われたら——。

先輩は夕闇に包まれ始めた校庭を眺めて何も言わない。校庭の至る所でまだ運動部が活動をしていて、遠くから掛け声やホイッスルの鳴る音が聞こえてくる。

「主役、俺がやろうか？」

どこかで野球のバットがボールを打つ音がして、先輩の言葉に反応するのが遅れた。驚いて振り返ると、真顔でこちらを見る先輩と視線がかち合う。

巌先輩の表情が乏しいのはいつものことだが、今日は一段と何を考えているのかわからない。

自分に主役なんて無理なことくらい最初からわかっていた。でも、いざ役を取り上げられそうになったら、大事なものを手の中から抜き取られたような気分になった。

「で……でも、先輩、受験が……」

「校内選考は通ったから。後は書類提出して面接受けるだけだし、ここまで来たらよっぽどのことがない限り大丈夫だと思う」

「よっぽどのことが起きたら、どうするんですか。野球部のときみたいに……」

食い下がるようなことを言ってしまってからハッとする。

先輩の眉が小さく動いた。それは湖面にさざ波が立つような微かな変化で、そこにどんな感情が浮かんだのかまではわからない。でも、自分の言葉が先輩の胸に一石を投じてしまったことはわかった。言う必要のなかったことだと気がつくのは、いつだって言葉を発したその後だ。

先輩は眉の辺りを手の甲で拭う仕草をして、そうだな、と頷く。

「確かに、何が起こるかわからないな。あんまり油断はしないでおく」

「……すみません、変なこと言いました」

「本当のことだ。で、どうする。主役替わるか？　無理はしない方がいいぞ」

空気の読めない僕でもわかった。これはつまり、「やめておけ」という意味だ。

最初から先輩たちは僕に主役なんてやらせたくなかったみたいだし、練習の後は南条先輩と二人でこそこそ何か話し合っていた。あれはきっと、僕を主役から降ろすための算段を立てていたのだろう。

　項垂れて、はい、と返すのがやっとだった。

　演技をしていると中学時代を思い出して辛いのに、今日なんて貧血まで起こしかけたのに、いざ役を降ろされるとなったら声も出ないほど打ちのめされるのはなぜだろう。

　巌先輩は自身の後頭部をざらりと撫で、溜息を含ませた声で言った。

「いくら元演劇部とはいえ、白瀬は裏方担当だったんだろ？　それをいきなり主役なんて、さすがにきついだろ」

　先輩の声が思いがけず優しくて、俯けていた顔を勢いよく上げてしまった。

「福田先生から話は聞いてる。表舞台に立つのが苦手でも、編集とか、いくらでもドラマ作りに関わる機会はある。そっちで頑張るのもいいんじゃないか」

　巌先輩の声は穏やかだった。僕を励ますような響きすらあった。横顔にも怒ったような表情は浮かんでいない。てっきりうんざりした表情をされていると思って、だからずっとその顔が見られなかったのに。

　だが、僕が驚いたのはそこではなかった。

「あの、巌先輩……僕、裏方じゃないです」

　ん、と先輩がこちらを向く。表情のないその顔に、重ねて言った。

「中学の演劇部では裏方じゃなくて、役者をやってました」

夕闇を切り裂くホイッスルの音が空に響く。

巌先輩は石のように固まって僕を見ていたが、しばらくするとその眉が波立つような動きを見せた。さっきは湖面にさざ波が立ったくらいの表情の変化だったのに、今度は間欠泉でも噴き出したように大きく表情が動く。巌先輩にしては珍しい、驚愕の表情だ。

「……役者って、白瀬が？」

「はい、中学のときはずっと……」

「赤羽さんじゃなく？　だって福田先生、二人のうち片方は裏方だって言ってたぞ」

「裏方をやってたのは赤羽さんです。音響とか、照明とか」

先輩は驚きの表情そのままま、ゆるゆると額に手を当てた。

「初めて放送室で顔を合わせたとき、機材の説明をしてくれたのは白瀬だったのに？」

「あのときは、先輩が来るまで赤羽さんに機材の使い方をレクチャーしてもらってたんです。多分赤羽さんは、先輩に教えがてら僕に復習させたかったんだと思いますが……」

中学時代、僕らが演劇部でどんな役割を担っていたかについては事前に福田先生に伝えておいたはずなのだが、どこかで情報が錯綜してしまったようだ。

巌先輩はしばらく黙り込んだ後、額に当てていた手をずるりと下ろして顔の半面を覆った。緩く背を曲げ、なんだ、と呟く。

「裏方の人間がいきなり主役に抜擢(ばってき)されて、とんでもなく困ってるんじゃないかって南条さんも心配してたのに……」

「南条先輩まで僕が裏方だと思ってたんですか？」

うん、とくぐもった声で応えて、先輩はまたゆっくりと背を伸ばす。

「だからてっきり、あんまり表舞台に出るのは得意じゃないのかと……。本読むときも苦しそうだったし、無理させない方がいいんじゃないかって南条さんと相談してたんだ。最近は白瀬の顔色も悪かったし、さすがに心配で」

「心配……じゃあ、本読みの後、先輩たちがこそこそ相談してたのは……」

「白瀬がひどい顔で台本読んでるのを見てられなくて、南条さんから『先輩が主役やるって言ってくださいよ！』って迫られてたんだよ。多少キャラが合わなくても、白瀬に無理させるよりましだって。だから俺も、覚悟を決めてここまで来たんだけど……」

口元を掌で覆い、先輩がちらりとこちらを見る。

「中学のとき役者やってたなら、このまま主役を続けてほしい。俺はちょっと、さすがに、白瀬をモデルにしてるあのキャラは、きつい……」

本当に心配されていたのか。

黙り込む僕を見て、先輩が軽く首を傾げる。

「白瀬は演劇部で役者だったんだよな？　それなのに、なんで台本読むときあんなに苦しそうな顔するんだ？　好きで役者をやってたわけじゃなかったとか、そういう話か？　だったらやっぱり、俺が主役、やるか……？」

眉間に皺を寄せた先輩はとんでもなく嫌そうな顔だ。

中学の先輩たちみたいに僕から役を奪い取ろうとしているわけじゃない。嫌だけど、僕が苦しそうだから引き受けようとしてくれている。

他人の表情を読むのは苦手だが、多分今回は間違ってない。僕もちゃんと応えようと、ここ数日まともに目も合わせていなかった先輩の顔をまっすぐ見返した。

「演劇部に入部したときは、確かに演技するのが好きだったんです。舞台に立つのも」

舞台の面白さを初めて知ったのは小学校の学芸会だ。『ブレーメンの音楽隊』で主役のロバを演じ、予想外に周囲から高評価を得て味をしめた。中学の演劇部に入れたときも嬉しくて、毎日嬉々として部活に励んだ。

でもそれも、二年生になるまでの話だ。

「演劇部は結構な大所帯で、文化部の中では吹奏楽部に次いで人が多かったんです。部員は三十人ぐらいいたのかな。結構スパルタで、部内にも派閥みたいなのがあって。でも、そういう空気みたいなのが、僕は壊滅的に読めなくて。だけど台本さえあれば大丈夫なんです。台本に書かれたセリフなら、いくら口にしても周りの雰囲気がおかしくなることもないし、筋書きも決まってますから」

現実より、舞台の上の方が呼吸しやすかった。だから稽古にのめり込んだ。

「二年生のとき、文化祭で準主役に選ばれました。例年だったら大きな役は全部三年生が担当するので、本当に、大抜擢でした」

嬉しくて嬉しくて、すぐに台本を覚え込んだ。練習中は楽しくて仕方がなかった。こんなふうに演じたらどうだろうとたくさん提案もした。やりたいことがいっぱいあって、舞台の上からいつまでも降りたくなかったくらいだ。

練習を欠かしたことはないし、誰より熱心に演じていたつもりだった。けれど現実には、先輩たちから駄目出しの嵐を食らった。

何度演じてもやり直しを要求された。それもまた楽しかったのでめげずに演じたが、一向にオーケーが出ない。最後は後輩たちまで一緒になって自分の演技を腐(くさ)してきた。

「詰まる話が、僕の演技は下手くそだったんです。ただ、やる気があったから抜擢されただけで。自分ではそんなことにも気づかずいろんな演技を提案して、小道具とか照明にまで口を出したりしていたから、最後はみんなに呆れられてしまって……」

なんで白瀬にやらせるの？　と、苛立った様子で口走った演劇部の先輩たちの顔が忘れられない。

「あの頃、唯一の味方は赤羽さんだけでした。さすがに練習が辛くなってきて、部活の後に用具室の隅で膝を抱えていたら、いつのまにか隣に赤羽さんがいたんです」

——先輩たち、ひどいね。言いすぎだと思う。

それまで赤羽さんとは同じクラスになったこともなく、部活では役者と裏方、それぞれの役割も違いあまり会話をすることもなかったが、その日を境に用具室でぽつぽつと言葉を交わすようになった。あのとき赤羽さんが寄り添ってくれなければ、部活どころか学校に通うことすら危うくなっていただろう。

「文化祭ではなんとか舞台に上がったんですが、幕が下りた途端過呼吸を起こしてしまって……。なんかもう、限界だったんでしょうね。それ以来、舞台に立つと息が苦しくなって、まともに立っていることもできなくて、それで演劇部をやめたんです」

「じゃあ、台本を読むとき辛そうにしてたのも？」

事態を把握したのか、巌先輩の表情が見る間に張り詰めた。

「舞台の上でなければ大丈夫かと思ったんですが……やっぱり、台本を読むと中学の頃を思い出して緊張します。こういうふうに演じたいって思う気持ちが先走ってしまうのかもしれません。舞台に立つと周りが見えなくなってしまうんです。演劇部の部長にもよく言われました。『貴方が舞台を壊してるんだ』って」

パン屋にインタビューをしたときも、同じことをしてしまった。少しでも放送を聞いてくれるみんなの気を惹く内容にしたくて、菫さんが口にした小さな嘘を見過ごした。文化祭のラジオドラマで今回の件を題材にしようと提案したのも、自分自身の罪悪感を軽くしたかっただけかもしれない。

俯いて黙り込んでいたら、巌先輩がぽつりと言った。

「前も言ったけど、俺たち全員放送に関しては素人だから。演劇のことも知らないし、白瀬がどんな演技をしても怒らないし、責めない」

「……でも、南条先輩が」

「南条さんは、白瀬が辛そうだから心配してるだけだと思う。白瀬さえ嫌じゃなければ、もう少し頑張ってみたらどうだろう」

「……僕にまともな演技とか、できますかね」

不安を呑み込み切れずに口にしたら、あっさり「できるんじゃないか」という言葉が返ってきた。先輩にしては珍しく気楽な口調で、こっちが驚いたくらいだ。

「演技って、思うほど特別なことじゃない。マイクの前でさぁ演じてくださいって言われるとさすがに照れるけど、普段からやってるだろ。俺だって放送部では先輩面してるし」

「それは、巌先輩は本当に先輩ですから、演じてるわけじゃ……」

「演じてる。クラスメイトの前ではもっと馬鹿やってるからな。人によって見せる面が違うんだよ。それって演じてることにならないか？」

巌先輩の声にはあまり起伏がない。舞台の上でこんなふうに喋ったら絶対駄目出しされる。それなのに、励まそうとする気持ちがきちんと伝わってくるから不思議だった。

「まあ、どうしても白瀬が嫌なら、考えるけど……」

全く気乗りしない様子でそんなことを言われ、慌てて首を横に振る。

「いえ、僕は……ちゃんと演じられる自信なんて全然ないんですけど、でも」

未だに台本を開くと中学の演劇部を思い出す。どれだけ演じても受け入れられず、演技の稚拙さを責められ、何度も息ができなくなった。

でも、先輩が主役を代わってくれると言ったとき、とっさにお願いしますと言えなかった。そのことに、自分自身驚いた。

「主役を降りるんだと思ったら、ちょっとだけ、がっかりしたんです……」

「あんなに青い顔してたのに？　全然そんなふうに見えなかったぞ」

目を丸くして問われ、ぎくしゃくと頷く。我ながら未練がましいかと思ったが、巌先輩は呆れるでもなく、目元に微かな笑みを浮かべた。

「白瀬は案外、演技派だな」

演技の下手な僕に演技派なんて、そぐわないにも程がある。でも、先輩の顔を見たら嫌味じゃないことはわかった。これは励ましの言葉だ。

へこたれそうになっていた心に、小さな火を灯された気分だった。

文化祭まであと二週間。ここのところ、放課後はずっと忙しい。

僕たちのクラスは第一希望通り模擬喫茶をすることになった。和風喫茶と銘打って、緑茶やコーヒーの他、どら焼き、草餅などの和菓子を出す予定だ。火を使うような調理はないので当日の準備は楽だが、店内をどうやって和風にするかで内装係は頭を悩ませている。

僕は接客を担当するので事前準備はあまり必要ないのだが、放課後に接客の練習ぐらいはしている。

一通りマニュアルを作り、実際にやってみよう、という段になったとき、僕は手を上げて他の接客担当者たちに尋ねた。

「これって、どういう店員をイメージしてやればいいのかな？」

「どういうって？」

「お店によって店員さんの応対って違うから。ファミレスっぽくした方がいいのか、高級レストランっぽくした方がいいのか気になって……」

あんまり違いがないのでは、とクラスメイトたちが首を傾げるので、実際にみんなの前で二通りの接客をやってみた。

ファミレス店員は「いらっしゃいませ！」の声が大きく、案内をするときも大股だ。

「ごゆっくりどうぞ」というときも満面の笑みでさっとその場からいなくなる。

高級レストランは、実際行ったことがないのでイメージに頼る部分も多かったが、声はそんなに大きくなくて、客席に案内するときも速足にならない。全体的に動作はゆったりとして、笑顔も口元に微笑を浮かべる感じだ。

二つの接客を見たクラスメイトは感心した様子で、「白瀬って演じ分け上手いな」と言った。演技というより、物まねをしたような気分だっただけにちょっと驚いた。

こういうのも演じることの一種なのか。巌先輩が言っていた、「演技って、思うほど特別なことじゃない」という言葉がすとんと腑に落ちた。

もしかしたら、もっと肩の力を抜いて演じてみてもいいのかもしれない。少し光明が差した気がして早速赤羽さんに報告しようとしたが、内装を担当している赤羽さんは今日も忙しそうだ。

部活もないし、本読みにつき合ってもらうのは諦めて先に帰ることにした。

駅に続く緩やかな坂を下っていると、車道を挟んだ向かいに森杉パン屋が見えてくる。

ここのところ、店番はずっと強面の店長だ。菫さんはどうしているのだろう。心労で倒れたと聞いたけれど。

だんだんと店が近づいてきて、引き戸の内側に緑のカーテンが引かれていることに気づいた。今日も休みか。引き戸に張り紙がしてある。店の前に並ぶときの注意事項かな、と思ったが、以前見たときと文字の密度が違う気がして足を止めた。

遠くの字はよく見えない。でも、不穏な気配を感じて店に駆け寄った。引き戸に張られた紙を見上げる。カレンダーの裏側に油性ペンで手描きの文字が書かれているのは以前と変わらないが、やはり内容が違った。

張り紙には『閉店のお知らせ』と書かれていた。

『誠に勝手ではありますが、森杉パン屋は閉店いたしました。長らくのご愛顧ありがとうございました』という文章は簡潔で、閉店の理由は一切書かれていない。

なんで、と声が出た。

こうならないように今まで必死にやってきたのに。文化祭でラジオドラマを流し、店に対する悪いイメージが払拭できれば店を閉めずに済むのではと期待したのに。

もう少し待ってくれれば——と思ったが、ラジオドラマを流すのだって菫さんたちに頼まれたわけではない。僕らが勝手にやったことで、菫さんたちはそんなこと望んでいなかったのかもしれない。

また空回りしたのだろうか。

徒労感に呑まれていたら、背後で「あら」と女性の声がした。聞き覚えのあるそれに振り返って、目を瞠る。店の近くに止まったタクシーから降りてきたのは、菫さんだ。

菫さんは小さなバッグに財布をしまいながら、「あらあら」と目を丸くした。

「貴方確か、放送部の……？」

「は……はい、以前お世話になりました、白瀬です」

挨拶もそこそこに、「それより、あれは」と張り紙を指さした。

「お店、やめちゃったんですか」

憔悴（しょうすい）する僕とは対照的に、菫さんはのんびりと笑う。

「そうなの。本当は十月いっぱいは開けておくつもりだったんだけど、息子が風邪をひいたものだから。しばらくお店に立てそうもないし、このタイミングで閉めてしまおうと思って。今日はちょっと忘れ物を取りにきたのよ」

菫さんはにこにこしている。インタビューがきっかけで嫌な目にも遭っただろうに。

そうだ、まずは謝らなければと、菫さんに向かって頭を下げた。

「あの、すみませんでした。僕らのインタビューでお店に迷惑をかけてしまって。本当に、こんな、こんなことになってしまって……」

謝っても済む問題ではないとわかっているだけに言葉がもつれる。せめて頭を下げ続けることしかできない僕に、菫さんは軽やかな口調で言った。

「謝る必要なんてないわ。あのインタビューを受ける前から、お店は年内で閉めるつもりだったの」

驚いて顔を上げた僕に「もともと、あまり体調がよくなかったのよ」と菫さんは笑いかける。先日倒れたというのも、心労以上に持病が悪化したことが大きかったそうだ。

僕らのインタビューだけが原因で店を閉めるわけではないのだと知りホッとした反面、疑問もよぎった。

「だったら、どうしてインタビューに応じてくれたんですか？　僕たち電話で『水野瀬高校の生徒にお店の存在をもっと知ってもらいたい』『お店を盛り上げるお手伝いをしたい』ってお話ししましたよね。お店を閉めるつもりならそんなインタビュー受ける必要もなかったんじゃ？　それなのに、どうして……」

菫さんは口元に笑みを浮かべると、立ち話もなんだから、と店の引き戸を開けてくれた。

カーテンを抜け、久々に足を踏み入れた店内は、商品棚にパンが並んでいないせいか、ひどくがらんとして見えた。カーテンが夕日を透かし、全体が薄い緑に染まっている。

菫さんはレジカウンターに手をついて、猫の子でも撫でるように台を撫でる。

「インタビューの連絡を受けたとき、とっても嬉しかったの。だってわざわざ声をかけてきてくれたってことは、この店のパンが好きで、お客さんが少ないことを心配してくれた学生さんがいたってことでしょう」

ふふ、と柔らかな声を立てて菫さんは笑う。

「古くなったお店を直すより、パンの種類を増やしたくて一生懸命パンを作ってるとね、たまに来るのよ。今にも潰れちゃいそうなうちの店を心配してくれる学生さんが。たくさんお友達を連れてきて『また来ます！』って言ってくれる子とか、毎日毎日ひとつだけパンを買っていってくれる子とか……。卒業すると顔を見なくなっちゃうんだけど、でもまたしばらくすると来るの。同じ制服を着た学生さんが」

最初は恐る恐る店に足を踏み入れ、店内を見て驚いたような顔をして、それから足しげく通うようになってくれるらしい。南条先輩も、もしかしたらそうだったのだろうか。

「でも、学校全体にうちのお店を紹介しようとしてくれたのは今回が初めてだったの。インタビューに来てくれたみんなは熱心で、どうすれば店にお客さんが来てくれるか一生懸命考えて、この店のいい所がアピールできるような質問をたくさんしてくれたじゃない？

それを見たら、もうすぐお店を閉めるなんて言い出せなくて」

がっかりさせてしまいそうだったから、と、菫さんは申し訳なさそうな顔で言う。

「インタビューで嘘ついちゃったのも、ごめんなさいね。せっかくだから、何か凄いお話をしてあげたかったんだけど、こんな小さなお店でしょう？　特に変わった話もできなくて……。学生さんたちにはたくさんお世話になったから、最後に何か役に立ちたかったんだけど」

ごめんなさい、と再三謝られてしまい、必死で首を横に振った。

そんなのちっとも、謝られるようなことではない。むしろ謝るべきは僕たちだ。

僕たちは全員、初めてのインタビューで舞い上がって、店のことを学校のみんなに知ってもらうのはいいことだと思い込んで、とにかく店に客が集まるようなインタビューを心掛けた。店の成り立ちや、どれほどパン作りに情熱を注いでいるのか、客足が遠のいている現状の苦労など。人が来なくて困っていることが伝われば、きっと学校のみんなも店に足を運んでくれる。そう考えて、知らず知らずのうちに菫さんに、困っている話をするよう仕向けてはいなかったか。

きっと菫さんは、僕らが期待する回答を敏感に察知した。それでつい、僕らの要望に応えて話を大きくしてしまったのだ。

だとしたら、菫さんに嘘をつかせたのは僕たちではないか。

言葉もなく立ち尽くしていたら、菫さんに「大丈夫？」と声をかけられた。

僕はもう一度菫さんに謝ろうとしたが、直前で思い直して別の言葉に変えた。

「来月の文化祭で、放送部のラジオドラマを作ることになったんです。できれば今聞いたお話も脚本に盛り込みたいのですが、構いませんか？」

きょとんとした顔をする菫さんに、森杉パン屋と放送部の間で起きた一連のできごとをドラマ仕立てで流すのだと説明する。そうしながら、伝えなければ、と強く思った。

他人に期待をすること。その期待に応えようとすること。そこで生まれる齟齬(そご)。

きっとこういうことは、日常生活でも起こり得る。振り返れば自分にだって覚えがあった。親や友達から期待されて、調子よく返事をしてしまって、後々自分で自分の首を絞めることとなんて珍しくもない。

実例を伴った言葉は、きっと聞く人の心に残る。

今度こそ、嘘も飾りもなく届けたい。実直にパン屋を営み続けた菫さんが、最後まで高校生たちのことを考えてインタビューに応じてくれたことも、僕たち放送部が未熟だったせいでトラブルを起こしてしまったことも。

――伝えたいことって、こういうことか。

菫さんに一通りの説明を終え、僕は体の脇で固く拳を握った。

「誰かと喋っているとき、相手の言葉に違和感を覚えることってあると思います。勢いで口にした自分の言葉が、本心から少し離れてしまうことも。でも、テンポよく流れてる会話を止めるのって難しいです。下手に会話を止めると、空気を読まないって言われてしまうこともあるし。だけどやっぱり、言葉はすれ違ったままにしておかない方がいいんだって今回のことでわかりました」

菫さんは僕を見上げ、そうね、と穏やかな声で相槌を打ってくれる。それに背中を押され、懸命に言葉を続けた。

「誰かが同じような状況に立ったとき、勇気を出して尋ね返したり、言い直したりする、そういうきっかけにこのドラマがなってくれればいいと思ってます」

僕の言葉に菫さんは何度も小さく頷いて、目元に柔らかな笑い皺を寄せた。

「文化祭って、私たちも見に行けるのよね？」

「は、はい。確か、二日目だったら誰でも……」

「だったら、私も是非そのドラマを聞きに行きたいわ」

店にまつわる話はどんなことでも全部脚本に盛り込んでくれて構わない、と快諾して、菫さんは軽く僕の腕を叩く。

「楽しみにしてるから、頑張って」

ごく軽い力だったのに、腕を叩かれた振動が全身に伝わったようだった。体の芯がぶるりと震える。自然と背筋がまっすぐ伸び、僕は菫さんの目を見て「頑張ります」と応じた。


翌日の部活の時間、僕は早速菫さんと話してきたことを放送部のみんなに伝えた。

焦って早口になる僕の言葉を、三人は身じろぎもせず聞いてくれた。

「今回のこと、脚本に盛り込んだ方がいいと思います。内容はかなり変わっちゃうかもしれないんですけど、菫さんがどんな気持ちで事実と異なることを言ったのかは絶対に入れたいんです。菫さんにそう言わせてしまった僕らのことも含めて」

気が急いて何度も話が前後したが、それでもなんとか最後まで言い切った。だが、僕が話を終えても誰も口を開かない。

「あの、あんまり上手く、伝わらないかもしれませんが……」

自分の伝え方が悪いのか、そもそも根本的な考え方が間違っているのか、判断がつかずに口ごもると、南条先輩が「違う」と鋭く僕の言葉を遮った。

「あんたの言ってることはわかる。そうじゃなくて、ちょっと考えてただけ。菫さんにそんなこと言わせちゃうなんて、あたしのインタビューの仕方が悪かったのかなって……」

珍しく肩を落とした南条先輩に、すかさず赤羽さんがフォローを入れる。

「質問内容を考えたのは私たちですから、南条先輩が気に病むことないと思います」

赤羽さんの言う通りだ。この件に関しては誰がどれだけ悪かったかなんて決めようがない。南条先輩も頷いて、まっすぐ僕の方を見る。

「伝わってるから、続けて」

巌先輩も頷く。赤羽さんも真剣な顔で耳を傾けてくれている。

三人の顔を見ていたら、ふいにわかった。

僕は伝えたいことがなかったわけじゃない。どうせ伝わらないだろうと諦めていただけだ。

何を伝えたいの、と問われたとき、ふっと頭に浮かぶ言葉があっても深追いしなかった。だってどうせ否定されるし、撥ねつけられる。演劇部の先輩たちにそうされたみたいに。それが怖くて、嫌で、だからきちんと自分の胸の底を探って、考えたことを言葉にするのを躊躇した。その場でウケれば十分だと、わかりやすい身内ネタに走った。

伝えたいことを問われるたび真っ白な紙の上に立たされたような気分になったが、紙の裏にはたくさんの言葉が走り書きされていた。それを裏返して、誰かに見せるのが怖かっただけだ。

体の脇で拳を握って、僕の言葉を待っている三人に思いの丈を伝えた。

言葉も考えもすれ違うけど、どうかみんなが立ち止まって、振り返って、相手の言葉を受け止められますように。そのやり取りを、他の誰かが貶めることがありませんように。

「それが、僕の伝えたいことだと思います」

胸の内に浮かんだ気持ちを言葉にするのは怖い。否定されるかもしれないと思うとなおさらだ。でも、赤羽さんも、巌先輩も、南条先輩も、僕の言葉を退けなかった。

返ってきたのは、三者三様の深い頷きだった。


いよいよ迎えた文化祭当日。初日は朝から学校全体が浮ついて、校舎のどこを歩いても廊下は生徒の姿でいっぱいだった。

初日は学校内の生徒だけで行われる。僕たちの和風喫茶にやって来るのも校内の生徒ばかりで、不手際があってもちょっとのことなら許される緩い空気が流れている。むしろ本番は一般参加のある明日。そんな雰囲気だ。

「いらっしゃいませ、お席にご案内します」

教室の外に並んでいる生徒に声をかけ、店の中へと案内する。朝からずっとこんな調子で声を出しているので、そろそろ声が掠れてきた。

店員の衣装は簡素なもので、制服の上に紺色のカフェエプロンと、同色の三角巾を巻いている。エプロンと三角巾にはクラスの女子が刺し子の刺繍を入れていて、それがぎりぎり和風っぽさを演出していた。

普段教室で使っている机を寄せてテーブルを作り、その上から緋毛氈（ひもうせん）をイメージした赤い布を敷いたり、窓際にすだれをかけてみたり、教室の入り口に笹を飾ったりと、いかにも手作り感が漂う店だが客入りは上々だ。

「二番テーブル、どら焼き二つとお茶二つです」

「あ、お茶切れたからちょっと待って！　今買い出しに行ってる！」

オーダーを受け、調理室として使っている隣の教室に顔を出すと、調理係が慌ただしく室内を出入りしていた。ちょっと待ってて、と言われたのでその場で待つ。そろそろ休憩時間なのだが、この様子では抜けられないかもしれない。ちらちらと時計を見ていると、僕と同じくオーダーを取ってきたクラスメイトに声をかけられた。

「どうした、そわそわして。そろそろ休憩の時間？」

「うん、それにもうすぐ体育館で放送部がラジオドラマ流すんだ。できればそれに間に合うように抜けたいんだけど」

「白瀬って放送部だっけ？　ラジオドラマなんて作ってたんだ」

「そうなんだけど、時間が全然足りなかったからいろいろ心配で……」

言葉に誇張はない。何しろ完パケができたのが昨日のことだ。

僕が菫さんと話をした後、赤羽さんは三日と掛からず脚本を修正した。それをみんなで読み合わせ、細かなセリフの調整をして、いよいよ録音をしたのが一週間前だ。

「ドラマって白瀬も出てるの？　どんな役？」

照れくささを感じつつ、小さな声で「主役」と答えた。

「意外。白瀬ってあんまり前に出るタイプじゃないし。明日俺も聞きに行こうかな」

「あ、でも、う、上手くはないから……！　がっかりしないで」

クラスメイトは笑っているが、本当のことなので一緒に笑えない。

脚本を修正し、通し稽古を録音する段階に至り、僕はようやく覚悟を決めた。

また演技を否定されるかもしれないという怖気を振り払い、伝われ、伝わってくれ、と祈るような気持ちで、久々に腹から声を出しマイクに向かって声を吹きこんだ。

そこからの約八分間、最初から最後まで全力で声を出した。演技の良し悪しはわからないが、終わった瞬間、赤羽さんが「凄くよかったよ！」と駆け寄ってきてくれたので、これまでの演技と比べれば多少変化はあったのだろう。

先輩たちはどう思っただろう。目を向けた先にあったのは、先輩たちの呆気にとられたような顔だ。

いつも歯に衣着せぬ物言いの南条先輩も、このときばかりは何か言おうと口を開いては閉じるの繰り返しで、フォローの言葉も見つからない様子だった。巌先輩に至っては、地蔵のように固まって身じろぎすらできなかった有様だ。

声が大きくなった分、今まで隠してきた演技の稚拙さが浮き彫りになってしまったのだろう。落ち込んだがそれ以上に、ならばなんとかしなければ、という決意が強くなった。

録音した自分の声を聞いて、先輩たちと自分の声の響きが全く違うことに打ちのめされることもあったが、誰一人僕の演技を否定しなかったのが救いだった。

先輩たちはきちんと僕のセリフを受けて、返してくれる。その感覚は久々で、楽しかった。それに演技に迷ったら、赤羽さんが指示を出してくれる。僕らも一緒に考えて前に進める。

自分は演技をするのが好きで、架空の世界にみんなで飛び込むあの時間が楽しくて仕方なくて中学の演劇部に入ったのだったと、数年ぶりに思い出した。

録音が終わった後は土日も返上して編集作業を進めた。機材の使い方がわからないなんて泣き言を言っている暇もなく、ネットで情報をかき集め、福田先生にも手伝ってもらって、なんとかかんとか形にしたのが昨日の夕方だ。

あれが観客の居並ぶ体育館で流されるのかと思うと落ち着かない。そわそわしていたらようやく近くのコンビニで緑茶を買った調理係が戻ってきて、再び接客の仕事に戻った。

その後、僕の後にシフトに入る予定だったクラスメイトの到着が遅れ、教室を飛び出したときはすでに放送部のラジオドラマが流れる時間になっていた。

ラジオドラマは演劇部の舞台やコーラス部の合唱と違って、圧倒的に時間が短い。何しろ八分しかないので早く行かないと終わってしまう。教室から体育館までは五分もかからないが、今日はどの廊下も生徒でごった返しているので走れないのがもどかしい。

人波を押しのけ、どうにかこうにか体育館に辿り着く。校舎と体育館をつなぐ渡り廊下の先に体育館の入り口があるが、そちらは素通りして舞台裏に直接上がり込める関係者専用の扉から中に入った。

暗幕を上げて中に入った瞬間、舞台からドラマの最後のセリフが流れてきた。

『――これが、僕の伝えたいことです』

自分の声に、ぶわっと顔が赤くなった。やっぱり拙い。思わず耳をふさぎそうになったが、すぐに客席から雨音が響いてきて動けなくなった。

いや、ざぁざぁと響くそれは、雨じゃない。拍手の音だ。

舞台袖から南条先輩が飛び出してくる。

「白瀬！　あー、ちょっと遅かったか！　今終わったところ」

そう言って、僕の背中を手加減なく叩く。後ろから巌先輩も顔を出したが、赤羽さんの姿がない。

「スズだったらあんたのこと呼びに教室行ったよ。白瀬はお客さんの反応を絶対見ておくべきだからって。でも入れ違いだったか」

「あ、あの、お客さんの反応、どうでしたか？」

急いた口調で尋ねると、舞台袖に戻った巌先輩に手招きされた。短い階段を上がって袖に立ち、幕の陰からそっと顔を出してみる。緑のシートの上にパイプ椅子を並べた客席には、まだたくさんの生徒が残っていた。

ざわざわとした空気に包まれる体育館内を眺め、背後の二人を振り返る。

「あの、それで、観客の反応は……」

「詳しい反応はアンケートでわかるだろうけど、去年まで影も形もなかった放送部の出し物にこれだけ人が集まっただけで十分の成果じゃないか？」

「じゃあ、先輩たちはどうです？　改めて聞いてみて、どうでした？」

「よかったと思うよ」

南条先輩がさらりと言う。巌先輩も頷いているが、どうしたって不安は拭えない。

「本当ですか……？」

「本当だって。嘘ついてるように見える？」

「わかんないですよ……！　そんなあっさり言われても」

「白瀬は相変わらず絶望的に他人の顔色が読めないね」

僕たちのやり取りを眺めていた巌先輩が、ああ、と何かに気づいたような顔で言った。

「俺たちの顔色が読めないなら、客席の反応なんてもっとわからないかもな」

わからない。もうずっと前から、客席に並ぶのは顔のないのっぺらぼうで、舞台の下に広がるのは暗い海のような闇ばかりだ。相手が何を考えているのかわからないし、何が伝わったのかもわからない。そんな風に思うのは僕がまだ心のどこかで、どうせ観客に伝わらないと思っているからだろうか。

俯きかけた額を、南条先輩に指で弾かれた。

「だったらせめて、手の届く距離にいるあたしたちの言葉くらいは受け止められるようになんなよ」

強烈なデコピンに悲鳴を上げ、涙目で先輩たちを見遣る。しっかりとこちらを見ている二人に、最後にもう一度だけ尋ねてみた。

「……僕らの作ったドラマ、どうでしたか？」

次に舞台を使う軽音部が慌ただしく背後を行き来する中、先輩たちは静かな声で言った。

「自画自賛になっちゃうけど、よかったと思うよ」

「うん。凄くよかった」

二人とも真顔だ。短い言葉にはどれほどの感情がこもっているのかわからない。わからないけど、疑うべきじゃないな、と思った。その直感を信じよう。

「……嬉しいです」

誉め言葉を素直に受け取り、気の抜けた顔でへらりと笑う。演劇部で舞台に上がったときには味わえなかった達成感に、指先まで痺れそうだ。

「あ、スズだ」

南条先輩が客席を指さす。

各演目の間には必ず五分間の休憩があるので、客席は人の入れ替わりが激しい。南条先輩が指さしたのは体育館の入り口だ。赤羽さんがきょろきょろと辺りを見回している。

「白瀬のこと探してるんじゃないか?」

巌先輩に言われ、舞台袖に寄せられた幕の裏から飛び出した。

「おーい！　赤羽さーん！」

体育館は休憩中の喧騒で満ちていて、赤羽さんを呼ぶ声が呑み込まれる。それでもめげずに声を張った。赤羽さんめがけて、まっすぐに。

「おーい！」

体育館の入り口。客席の一番後ろ。これだけ距離があるのだから見えるはずもないのに、赤羽さんの表情がわかる気がする。おろおろと僕を探している。

客席にいる大勢の人も、あんなふうにいろんな顔をして舞台を見ているんだな、とふいに思った。

舞台から客席に向かって声を出すときもこんなふうに、遠くにいる近い人に呼び掛けるつもりでいればよかったのかもしれない。

おーい、ともう一度声を張る。

赤羽さんの顔がこっちを向いた。その視線を引き寄せるようにもう一度。何度でも。

届くかな。届くといいな。

第四話　消えない言葉

ウサギ小屋でウサギが死んだ。

小学校の片隅に深く掘った穴に灰色のウサギが横たえられる。飼育委員だった私はその様子を見詰め、他の飼育委員の子たちと同じように両手を合わせた。

冬の朝、冷たく湿った土の匂いが鼻をつく。

校庭にはまだ登校したばかりの生徒たちもいた。いつもと違う雰囲気を珍しがって、近くまで来て、またすぐ遠くへ逃げる子もいた。鬼ごっこでもしてるみたいに笑いながら。

でも私たちは笑わなかった。このウサギの面倒を見てきたのは私たちだから。

ウサギに土がかぶせられる。

その姿が完全に見えなくなって、そこだけ色が違う土が平らにならされるまで、私たちは物も言わず、表情も作らず、ウサギの死を悼んでいることを全身で訴えるようにそこに立ち続けた。

一日の授業が終わった後、部活がある日は必ず女子トイレの鏡の前で髪を結い直す。鎖骨まで伸びていた髪を年末にまた肩先まで切りそろえたので、結ぶにはかなりきつく引っ詰めないといけない。年明け早々「それじゃ頭痛くならない？」と南条先輩に心配顔で言われたが、この髪型でないと調子が出ないのだ。鏡に向かって、イーッと口を横に伸ばすような笑顔を作る。

中学のときとは違う髪型、違う表情。最初は違和感があったけど、昔の自分っぽくない方が動きやすい。気合いを入れるように軽く頬をはたいてトイレを出る。

教室を覗き込み、クラスの男子とお喋りをしていた白瀬君に声をかけた。

「白瀬君、お待たせ。部活行こう」

私の声に反応して振り返った彼は、お散歩行こう、と言われた柴犬みたいな満面の笑みだ。

部活に誘うとき、白瀬君がこんな笑顔を見せてくれるようになったのは最近のことだ。正確に言うと文化祭の後から。それまでは私が部活に行くから仕方なくついてくるようなところがあったけれど、ラジオドラマを録ってからというもの、明らかに部活に対する積極性が増した。すこぶるいい傾向だ。

　教室を出て、お喋りしながら職員室前の廊下を歩き、放送室のドアを開ける。

　私たちが一番乗りになることが多いのだが、今日は珍しく南条先輩の姿があった。放送室には暖房器具がないのでコートを羽織ったままだ。窓際のテーブルに腰かけていた先輩は「お疲れー」と片手を上げ、テーブルの上を指さした。

「これ、沖縄のお土産。黒糖キャラメルとちんすこう」

「あ、先週修学旅行だったんですよね。どうでした？」

　尋ねたら、しかめっ面を向けられた。

「沖縄だからそんなに着込んでく必要ないと思ってたのに、信じらんないくらい寒かった。何あれ、沖縄のくせに」

「そりゃ、さすがに一月は寒いですよ……」

「せっかく海にも行ったのに全然泳げないしね」

　白瀬君が「でも一月に北海道行くよりいいじゃないですか」と口を挟んで南条先輩に睨まれている。

　益体（やくたい）もないお喋りをしていたら巌先輩もやって来た。

「いいところに。巌先輩も沖縄のお土産どうぞ」

「ああ、修学旅行？　ありがとう」

「大学合格のお祝いも兼ねて」

さらりと南条先輩が口にした言葉に、私と白瀬君は顔を見合わせる。そうか、もう指定校推薦の合否が出たのか。白瀬君が、恐る恐るといった様子で巌先輩に尋ねる。

「……受かったんですか？」

「ついこの間大学から連絡がきて——受かってた」

お祝いの準備を何もしていなかった私と白瀬君は、せめてもとばかり盛大な拍手を送る。

巌先輩は少しだけ面映ゆそうな顔をして、ありがとう、と小さな声で礼を述べた。

「よし、こんなめでたい日にきつい練習はやめよう。祝賀会ということで」

早速南条先輩がお菓子を手に床に座り込む。巌先輩は「サボるのはよくない」と生真面目に返したが、私たち一年は南条先輩に賛成だ。揃って先輩の隣に腰を下ろす。

「今日は今後の放送部の活動について相談する日にしませんか？　私からもご報告があるので」

報告という言葉が利いたのか、先輩も黙って南条先輩の隣に座ってくれた。

「それで、報告っていうのは……」

「せめてちんすこう食べてからにしましょうよ」

巌先輩の言葉を遮って、白瀬君がちんすこうと黒糖キャラメルを先輩の手に押しつける。なんだかんだ巌先輩は白瀬君の押しに弱い。言われるままポリポリとちんすこうを食べ始めたが、視線で話を促してくるので、私も封を開けたキャラメルを口に入れるのは後回しにして話を進めた。

「来年度は放送部も、新一年生の前で部活紹介をしようって話を前にしたじゃないですか」

部活紹介は入学式の数日後に体育館で行われる。各部の代表がステージに上がり、部活名と活動日、簡単な活動内容を紹介するのだ。淡々と必要事項を喋るだけの部もあれば、ミニコント形式で活動内容を紹介する部もあって、去年は相当盛り上がった。

去年の放送部は部活一覧表に名前を載せていただけでステージには上がらなかったが、今年はぜひとも壇上に立ちましょう、なんて話を年の瀬にみんなとしていたのだ。

「ステージの上で何か出し物でもすることにしたの？」

「いいえ、もっといい方法を思いつきました」

モグモグと口を動かしながら、三人が揃ってこちらを見る。その顔を見回し、ここに来る前に鏡の前で練習したように口を真横に開いて笑ってみせた。

「部活紹介だけじゃなく、司会進行も放送部でやらせてもらったらどうでしょう？」

こういう提案に真っ先に反応するのは、いつだって南条先輩だ。今もぎゅっと眉間に皺を寄せ、まだ口の中のものを飲み込まないままぼそぼそと呟く。

「スズは本当に……次から次へとネタが尽きないね……」

「だってうちなんてまだ活動を始めたばかりの部ですから！　ステージの上の十分くらいじゃ放送部を印象づけるのに足りないと思うんです。だったらいっそ、ステージに出ずっぱりでいられるよう司会進行を担当しようと……！」

「でも、部活紹介の司会はこれまで先生たちがやってたのに、いきなり放送部に任せてもらえるか？」

巌先輩の懸念はもっともだ。わかっていますとばかり頷き返す。

「福田先生には確認済みです。先生方としても仕事が減るのはありがたいって話でした。もともと部活紹介の場ですし、放送部が仕切ってくれて構わないと」

「でもさ、放送委員会は？　僕らよりずっと放送のことをわかってる放送委員会を差しおいて、勝手に放送部が司会しちゃっていいの……？」

白瀬君が心配顔で身を乗り出してきたが、その質問も想定内だ。

「先に放送委員の委員長に聞いてきた。委員長から放送委員のみんなにも確認してくれて、好きにやってもらって構わないって了承もらってる。むしろ面倒くさいからやりたくないって意見が大半だったみたい」

「……だろうね」

南条先輩が溜息交じりに呟く。

「つまり外堀はすっかり埋まってて、あとはあたしたちが頷くだけってわけ？」

「そういうことですね！」

こういうときは怯まず頷くに限る。

片手で額を押さえる南条先輩の横で、巌先輩は困ったような顔をしている。

「俺はその頃もうここにいないから、白瀬と南条さんで決めてくれ」

「僕はやりたいです！　人が集まらないことには部費も出ませんし！」

「最近白瀬までスズみたいなこと言うようになったよね……」

「だって僕もNコン出たいですし、いずれはテレビドラマ部門にも挑みたいので！」

文化祭でラジオドラマを録ったことがきっかけで、白瀬君は演技に対してかなり前向きになってくれた。先輩たちと一緒に一つの作品を演じきれたことだけでもかなり自信がついたようだが、それ以上に、文化祭で実施されたアンケート結果も白瀬君の背中を押してくれている。

文化祭は在校生向けと一般参加者向けの二日にわたって開催されるが、基本的にプログラムは変わらない。アンケート用紙は両日ともに配られ、その結果を集計した小冊子が文化祭実行委員から配布されるのだが、放送部のラジオドラマは見事『面白かった文化部の出し物』ランキングの上位に食い込んでいた。ラジオドラマという、それまで文化祭で扱われたことのなかったジャンルに対する目新しさもあったのかもしれないが、主役を演じた白瀬君にとってはかなり自信になったようだ。

冊子には、一般参加者から寄せられたコメント用紙がそのままコピーされたページもある。その中には、放送部に向けて書かれたものもあった。『たくさんのことを考えさせられるお話でした』とたった一言。アンケートなので誰が書いたのかはわからない。でも、年配の人を思わせる達筆を見て、菫さんだったらいいな、と思った。

南条先輩はぐしゃぐしゃと髪を掻きむしって、やけくそじみた仕草で新しいちんすこうの袋を破った。

「わかった、やるよ！　もー、思いつきで放送部になんて入るんじゃなかった」

リスみたいに頬を膨らませ、先輩はわしわしとちんすこうを噛み砕く。私も封を開けたままにしていた黒糖キャラメルを口に入れ、改めて放送室を見回した。

去年の春、たった一人で放送部を始動させた巌先輩と、そんなこととは知らず放送部に飛び込んだ私と白瀬君。それから無理やりこの部活に引きずり込まれた南条先輩。イレギュラーにイレギュラーが重なったような出発だったが、幸い今年度の放送部は誰一人部員が欠けることなく季節を一巡しようとしている。

当初覚悟していたよりずっと和気あいあいとした雰囲気だ。白瀬君が先輩たちと笑い合う光景を眺め、よかった、と思う。

これだけで、放送部に入った目的の半分はもう達成したようなものだ。

結局その日は部活らしい部活もせず、南条先輩がお土産に買ってきてくれたお菓子を食べて終わってしまった。とはいえ、新入生向けの部活紹介で放送部も早口言葉をやろうとか、今年こそポスターを作ろうとか、来年度に向けた建設的な話し合いもできたと思う。

部活を終え、揃って校舎の外に出る。一月の風は切りつけるような冷たさだ。マフラーに顔を埋める私の横で、南条先輩も両手をコートのポケットに入れ、「やっぱ沖縄の方がまだ暖かかったわ」と肩を縮めている。

校門を出るところまでは四人で固まって歩いていたが、少し経つと白瀬君と巌先輩から距離を置かれてしまった。私は足が遅いので、どうしても男子の歩幅に追いつけない。

小走りで必死についていった時期もあったが、南条先輩が「いいよ、無理に追いかけなくて」とのんびり隣を歩いてくれるようになってから、帰り道は南条先輩とお喋りしながら歩く時間が格段に増えた。

「部活紹介、問題なく放送部が司会担当することになりそうだね」

白い息を吐きながら先輩が呟く。部活を終えて職員室の前を通るついでに、福田先生に改めて部活紹介の司会を担当させてもらえるか確認したのだ。あっさりオーケーが出たことを思い出しているのか、先輩の口からひっきりなしに真っ白な溜息が漏れている。

「それはもう、事前にしっかり根回ししておきましたから！」

「スズは本当にそういうところ、優等生だよね。今までの人生で失敗とかしたことないでしょ」

「まさか。失敗ばっかりですよ。ただ隠すのが上手かっただけで」

またまた、と先輩が笑う。本当のことなのに。

十字路の歩行者信号が赤になって、ようやく白瀬君たちに追いついた。信号を待つ間、なんとなくみんなの口数が少なくなるのは、車道を挟んだ向こう側に森杉パン屋が見えるからだろうか。

パン屋は去年店を閉め、ずっと店の内側に緑のカーテンが閉まったままだ。店の引き戸に張られた閉店のお知らせは雨風に晒され、店の古びた外観も相まってもう何年も放置されているかのように見える。

「……菫さんのクリームパン、美味しかったのになぁ」

白瀬君が本当に残念そうに呟いて、巌先輩に背中を叩かれている。お前が言うな、みたいな感じじゃなくて、そうだな、と同意するような叩き方だった。

森杉パン屋の件で、白瀬君はだいぶ消沈していた。軽はずみな言動をしてしまったと悔いてもいたようだが、ああしてちゃんと周りに謝罪して、反省している。

白瀬君のそういうところを尊敬する。だって私は、同じことができなかった。

SNS上で森杉パン屋が炎上していることを、私だって知っていたのに。

信号が青になって横断歩道を渡る。南条先輩が最近はまっているというお菓子の話に相槌を打ちながら、私は失敗しないわけじゃない、ともう一度思った。ただ、それを明るみに出さないだけだ。

クラスメイトがSNSに『盛りすぎパン屋』と書き込んでいることを知ったのは、白瀬君よりも私の方が先だった。とはいえすぐに鎮火するだろうと静観していたのだけれど、運悪く白瀬君もそれに気づいてしまって、それで仕方なく火消しに奔走したのだ。だって白瀬君はこういうことを見過ごせる人じゃない。気になったらすぐ行動するに決まってい

る。

前を行く白瀬君の少したわんだ背中を見詰め、白瀬君は凄いな、と改めて思った。連休中にお店が開いていたことも、インタビュー中に自分がそれに気づいていたことも、ちゃんとみんなの前で口にした。

私だったら言わない。謝ったところで許してもらえないだろうと思ってしまうから。だから隠す。結果として失敗が少なく見えるだけのことだ。

「ごめんなさい」という言葉の効力を、私は未だに信じられない。でも周りのみんなが当たり前に使って許されている姿を見ると、その言葉には私だけが使えない魔法でもかかっているんじゃないかとさえ思ってしまう。

緩やかな坂道を下り、巌先輩や白瀬君とだいぶ距離を離されながらも駅前までやってきたとき、車道を走っていた車がすぅっと私たちの方へ寄ってきた。

「スズ、お帰り」

運転席のウィンドウが下がり、中から顔を出したのは母だった。

森杉パン屋のインタビュー後に体調を崩したとき私を迎えに来てくれたのも母で、その顔を覚えていたらしい南条先輩がすぐにコートのポケットから両手を出して、ぺこりと会釈をした。

路肩に車を止めた母に「乗ってく?」と声をかけられ、頷いて助手席へ回る。

「よかったら、貴方も近くまで乗っていく？」と母に声をかけられた南条先輩は、普段私たちに見せるのとは違うよそ行きの笑顔を浮かべ「いえ、結構です」と断った。こういう態度もできるのに、普段は面倒くさがってやらないのだ。

　先を歩いていた白瀬君と巌先輩がこちらを振り返ったので、頭の上で大きく手を振った。二人も手を振り返してくれて、南条先輩を待つようにその場に立ち止まる。

「それじゃあ先輩、お先に失礼します」

「うん。またね」

　私に手を振り、母には一礼をして、南条先輩は白瀬君たちの方へ歩いていった。母は早速アクセルを踏み込み「しっかりした子ねぇ」と感心した様子で呟く。

　車が動くと、後部座席で何かが崩れる音がした。振り返らなくてもわかる。買い物袋だ。車に乗り込んだ瞬間から長ネギの青臭い匂いが充満していたので、きっとパートの帰りにスーパーで買い物でもしていたのだろう。

「あの子、スズのお友達？」

「ううん、部活の先輩」

「前にいた男の子たちも先輩なの？」

「一人は三年生だけど、もう一人はクラスメイトだよ。白瀬君」

ウィンカーを出しながら、白瀬君、と呟いた母が勢いよく眉を上げた。

「あの子ね。小学校の学芸会でロバの役をやった子」

さすが、舞台のことになると記憶力が冴えわたる。

母は観劇が趣味で、贔屓の役者が舞台に立つとなれば地方公演まで追いかけていく。私も小学生のときから母と一緒に舞台を見て回り、すっかり舞台の魅力にはまった。中学のとき演劇部に入ったのも、それがきっかけだ。

もう何年も前の、しかも学芸会の舞台を母はしっかり覚えていた。それだけ白瀬君の演技が印象に残っていたのだろう。周りの子たちとは明らかに違う。それは今も変わらず、ラジオドラマを録るときも、先輩たちの演技と白瀬君の演技がどうにか馴染むよう相当苦労をしたものだ。

「部活、お友達も一緒でよかったわね」

「白瀬君はクラスメイトだよ」

「友達じゃないの？」

友達だろうか。今は、友達かもしれない。でもわからない。友達でい続けることは難しいし、どこから友達と呼ぶのかも曖昧だ。

「貴方絶対、友達って言わないわよね。家に誰か連れてくることもないし。小学校のときはよく美乃梨(みのり)ちゃんが来てくれたけど」

「ああ……美乃梨ちゃんとは友達だったね」

足元のエアコンから温かな空気が漏れ、寒風に叩かれて冷え切っていた足に熱が戻る。車の振動は電車のそれとは違う心地よさがあって、瞬きのたびに瞼が重くなった。

うとうとしながら思い出す。美乃梨ちゃんは転校生だった。小学四年生の五月という、ちょっと中途半端な時期にやってきた彼女と、クラスで最初に友達になったのは私だった。

当時の私は飼育委員をしていて、学校の隅にある飼育小屋で飼っていたウサギの面倒を見ていた。そこに美乃梨ちゃんが通りかかって、こちらから声をかけたのがきっかけだ。

なかなかクラスに馴染めない美乃梨ちゃんの手を引いて、学校の中を案内してあげた。前の学校とは授業の進め方が違ったらしく、算数の時間に困ったような顔で俯いている美乃梨ちゃんに問題の解き方を教えてあげた。帰り道が一緒だったので、内緒の近道も教えてあげた。

持てるすべてを差し出した私に返ってきたのは、美乃梨ちゃんの全幅の信頼だった。あの瞬間だけは、私とあの子は友達だった。親友だとすら思っていた。

放課後に、こっそりウサギ小屋に美乃梨ちゃんを入れてあげたことがある。

二人で一緒にウサギを撫でた。抱き上げられた灰色のウサギは小さく鼻を動かして、その数カ月後に死んでしまった。
冷たい体を硬直させていたウサギを思い出すと、未だに表情が強張る。ウサギの体と同じく、自分の顔までしんしんと冷えていくようだ。もうあんな顔をする必要もないのに。

そう思ってみても表情は動かず、エアコンの吹き出し口に指を添え、温風が直接顔にかかるよう調節した。

ブースの中に白瀬君が入って、マイクの前に着席する。

私はストップウォッチを持ち、ブースと調整室を隔てる窓の向こうから「十秒前」の声を出した。調整卓の前に座るのは南条先輩だ。

「五秒前、四、三……」

この辺りから声を潜め、三本立てた指を一本一本折って残り秒数を伝えた。私の指の動きを見て、南条先輩がフェーダーを上げる。どうぞ、と白瀬君に掌を向けると、マイクの前で白瀬君が喋り出した。

「こんにちは、お昼の放送の時間です。今日は一月三十一日。睦月もいよいよおしまいですね。一月最終日の今日は晦日正月とも呼ばれ、正月の終わりの日としてお祝いをする習わしがあるそうです」

お昼の放送の冒頭九十秒はフリートークの時間だ。ストップウォッチから目が離せない私の横で、南条先輩はすでに一仕事終えたような顔をしている。

「フリートークってなんだかんだ時節ネタが多くなるよね。今日はなんの日、みたいな」

「意外と知らない記念日も多いですしね。来年はさすがにネタ被りが出そうですけど」

白瀬君のフリートークに耳を傾けつつ、CDプレイヤーの前に立って再生ボタンを押せるように準備をしておく。

放送室に巌先輩の姿はない。年明け以降、お昼の放送は四人中三人で行うことにしたからだ。三回参加したら一回休む。今回アナウンサーをやったら次回はタイムキーパー、その次はミキサーの操作と、担当する作業も毎回変えるようにした。

白瀬君のフリートークが終わり、曲紹介に合わせて音楽を流す。南条先輩がマイクのフェーダーを下げたので、ブースの中でお茶を飲んでいる白瀬君に手を振った。一年近く続けてきたので、さすがに放送の段取りも慣れてきた。

「来年度もこうやって回せるといいですね。巌先輩も卒業しちゃうし、なんとか新入部員を確保しないと」

「最低四人揃わないと部費も出ないしね」

お喋りをしながらもストップウォッチから目を離せない。合間にCDの入れ替えもしないといけないのでタイムキーパーは意外と多忙だ。

三曲を流し「これでお昼の放送を終わります」という決まり文句を最後に放送を終える。すぐにブースから白瀬君が出てきて「ちょっと噛んじゃった」と肩を竦めた。

「三曲目の曲紹介のときね。今日は外郎売り三回連続でミスらず読むまで帰れないよ」

「えぇ、せめて噛んだか噛んでないかのジャッジは赤羽さんにお願いしてくださいよ。先輩厳しいんですから……」

「駄目、スズは優しすぎる」

放送の後は、窓際のテーブルに並んで座ってお弁当を広げる。休み時間は残り二十分しかない。早速お弁当を口に運んでいると、放送室に福田先生がやってきた。

「お疲れ様。放送が終わった直後で悪いが、お前たち、インタビュー受ける気ないか？」

三人揃って顔を見合わせてしまった。インタビューをするならわかるが、受けるとは。何かの間違いかと思ったが、先生は自信満々の顔だ。

「ＰＴＡの広報紙があるだろ。年に四回カラーで配布されるやつ。あれに放送部のインタビューを写真つきで掲載させてくれないかって広報係から打診があったんだ」

ＰＴＡの広報紙は、季節ごとに学校内のイベントや部活動を紹介してくれるＡ４サイズ二つ折りの読み物だ。インタビューを受けるのは全国大会に駒を進めた運動部などがほとんどだったはずだが。

「い、いいんですか、私たちで？」

驚いて声が裏返ってしまった。南条先輩と白瀬君も目を丸くしている。

「文化祭で流したラジオドラマ、保護者の間でも評判がよかったらしい。まだ設立したばかりの部活だし、ぜひ特集したいって。新年度一発目の広報に載るから、新入生の目にも止まるかもしれないぞ」

「お受けします！」

とっさに口走ってしまってから、はっと隣の二人に目をやった。私の一存で決めていいことでもなかったかと思ったが、二人はもう驚きから立ち直った顔でお弁当を食べ始めている。しまった、私も早く食べないと時間が足りない。

「そういうことなら、スズがインタビュー受けなよ」

「えっ、先輩を差し置いて……？」

「あたしはやりたくないもん。来年度に配るんだから、もう卒業しちゃう巌先輩が答えるのもなんかおかしいし」

南条先輩は箸でひょいひょいとおかずを口に運び、もう一方の手で器用にスマホを操作して巌先輩にメッセージを送っている。間を置かず返信がきて、先輩にスマホの画面を向けられた。PTAからインタビューの依頼が来たことと、私がインタビューを受けることを巌先輩に伝えてくれたようだ。対する巌先輩の返信は短い。『了解』の二文字である。

「巌先輩も文句ないみたいだし。スズが受けてね」

「でも、白瀬君は……」

「僕はそういう真面目なやり取り苦手だから。赤羽さんにお願いしたい」

困ってしまって福田先生を見上げると、先生からも笑顔で頷かれてしまった。

「なんだかんだ今まで放送部を引っ張ってきたのは赤羽さんだし、今後の抱負なんかを気負わず答えてきたらいいんじゃないか？」

「でも、私……」

「適任だよ。この中で一番放送部に情熱注いでるの赤羽さんだし」

「放送部が一番好きなのもスズだしね」

でも、と、今度は声に出せず口の中で呟く。

本当に、一番放送部に情熱を注いでいるのは私なんだろうか。確かに必死にはなっていたけれど、その理由は放送部が好きだから、という純粋なものだろうか。

もしもインタビューで放送部に入部した理由を問われても答えられない。

──だって放送が好きだからでも、興味があったからでもないのだから。

放送部が好きか、と問われても困る。もちろん嫌いではないが、好きだと肯定することが怖い。いいのか、好きだなんて言ってしまって。私が楽しんでしまっていいの？

黙りこくる私を見て、南条先輩がゆっくりと瞬きをした。

「……珍しいね。スズがこういうとき前のめりにならないなんて」

はっとして表情を作る。そうだ、いつもの私ならこういうとき、誰より喜ぶに決まっている。だから唇を横に伸ばして笑った。いつも部活の前にトイレで練習しているみたいに。

「ちょっと、驚いてしまって。放送部の代表としてインタビューを受けるなら変なことも言えませんし」

「赤羽さんなら大丈夫だよ！　いつもちゃんとしたことしか言わないもん」

なんの憂いもなく笑う白瀬君とは対照的に、南条先輩は笑いもせずじっと私を見ている。

ときどき、南条先輩の目は怖い。目つきが悪いとか睨まれてるとかそういうことじゃなく、胸の底まで見透かされてしまいそうなときがある。

「あの、福田先生。私でよければ、インタビュー受けさせてください」

先輩の視線から逃れるように、一歩前に出て先生に頭を下げる。先生も白瀬君と同じように嬉しそうに笑って「よろしくな」と言ってくれたけれど、南条先輩は何も言わなかった。ただ、もの問いたげな視線を私の横顔に投げてきただけだ。

放課後、箒片手に教室の掃除をしていたら、スカートのポケットに入れておいたスマホが小さく震えた。取り出してみると、南条先輩からメッセージが届いている。

『今日の部活は屋上でやるから、白瀬にも伝えておいて』

屋上で部活なんて、初めてだ。すぐに『よろしく』とメッセージを添えたネコのスタンプが送られてきて、私も『承知しました！』と書かれたウサギのスタンプを送り返した。

以前、フリートークの練習で絵文字やスタンプに対して警鐘を鳴らす話をしたことがあるけれど、なんだかんだスタンプのやり取りは便利だ。文字だけでは伝わらない感情をイラストが伝えてくれる。会話をするとき、言葉の上に感情を乗せてくれるのが声ならば、文字のやり取りをするとき、声の役目を担ってくれるのが絵文字やスタンプだと思う。

ＰＴＡのインタビューを受けるとなったとき先輩とは一瞬ぎくしゃくした雰囲気になっただけに、可愛らしいネコのスタンプを見てホッとした。

室内を見回して白瀬君を探す。白瀬君は水飲み場の掃除当番だったらしく、すでに掃除を終え、教室の半面に寄せられた机に腰掛けて手持ち無沙汰に足を揺らしていた。

「白瀬君、今日の部活屋上でやるって。南条先輩から連絡あったよ」

近づいて声をかけると、ぼんやりしていたその顔が一変した。

「屋上？　もう先輩たちもそっちにいるの？」

「わからないけど、行ってみたら？　私はまだ少し掃除に時間がかかりそうだから」

白瀬君は期待ではち切れそうな表情で机から降りると「それじゃ、先に行ってるね」と言い残して教室を飛び出していった。

私も早く合流しようと掃除に戻ると、同じ班の伊藤さんに声をかけられた。

「赤羽さん、白瀬君と部活一緒なんだね。放送部だっけ？　今日のお昼の放送で喋ってたのも赤羽さんでしょ？」

伊藤さんはちりとりを手に「上手だよね」と屈託なく笑う。

出席番号が並んでいるので、伊藤さんとは入学してすぐに親しく口を利くようになった。でもいつもべったり一緒にいるわけじゃない。小、中学校と違って、高校のクラスメイトたちは薄く広いつき合いをしている印象だ。隣にいたら声をかけるし、一人でいても放っておいてくれる。おかげで息がしやすくなった。

「赤羽さん、普段の声と放送中の声、ちょっと違うね」

「そうかな。作ってる声っぽい？」

「そうじゃないよ、落ち着いてて、聞きやすい。本物のアナウンサーみたい」

手放しに褒められて、首元をくすぐられたような気分になる。

白瀬君につき合って発声の練習をしたかいがあったのかな。中学のときは部活の先輩たちから、声が小さいとか、ぼそぼそ喋るなとか叱られてばかりだったから、なんだか実感も湧かないけれど。でも嬉しい。

自然と唇が緩んでしまって慌てて引きしめる。私が放送部に入ったのはこんなふうに高校生活を楽しむためじゃない。

——でも、やっぱり楽しい。

もう認めてしまってもいいのだろうか。

掃除を終え、いつものように女子トイレの鏡の前に立つ。

ぎゅっと後ろで一本に髪を結い、口を大きく横に伸ばして笑う。この笑顔は私自身のものではないけれど、真似続けてきたおかげで大分板についてきた。この笑顔を浮かべていれば周りとの摩擦が減る。無茶な言動も、仕方がないなと呆れ顔でやり過ごされる。

だから大丈夫、と鏡の中の自分に言い聞かせ、放送部のみんなが待つ屋上へ向かった。

屋上で練習をしようなんて突飛な計画を思いついたのは南条先輩かと思いきや、意外にも発案者は巌先輩だった。

二月に入ったばかりで外は凍えるほど寒かったが、巌先輩に「屋上に上がるのもこれが最後かもしれないし」なんて言われたら震えてなんていられない。嫌でも声に熱がこもる。

屋上を囲う柵の前で一列に並んで、お腹の底からロングトーンを出した。

屋上は風が強くて、力強く前に押し出した声も一瞬で風にさらわれてしまう。いつもより自分の声が遠く感じて頼りない気分になったとき、ひと際大きな巌先輩の声が私たちの声を掻き消す勢いで辺りに響いた。

いつになく声量がある。運動部の声だ、と思った。放送部用の声じゃない。見たらやっぱり先輩の姿勢は少し崩れていて、体が前のめりになっていた。野球部が膝に手を当て、「もう一本！」と叫ぶときみたいに。

それに気づいていたのは私だけじゃなく、白瀬君も南条先輩も、それから巌先輩自身もそうだったみたいだ。ロングトーンを終えるや、巌先輩は柵に手をついて顔を伏せた。

「駄目だ、外で声出すと野球部時代を思い出す」

「やっぱり！　なんかいつもと声違うと思ってたんですよ！」

白瀬君がはしゃいだように巌先輩に駆け寄り「もう一回やってください」とせがんでいる。「白瀬もやれ」と促され、二人そろって声を出す。白瀬君まで限界ぎりぎりの大声を出している。喉を痛めないかと聞いている方がはらはらした。

「白瀬もデカい声出せるようになったよね」

「先輩たちのご指導のたまものです！」

「そういうことが言えるようになったのも進歩だな。これで心置きなく卒業できる」

先輩二人に挟まれて楽しそうに笑っていた白瀬君の顔が、巌先輩の一言で急速に翳った。

「先輩が卒業するの、淋しいです……」

白瀬君の言葉はいつもまっすぐで、嘘もなければ衒いもない。聞く人の心まで揺さぶる声だ。あの南条先輩まで感傷的な表情になっている。

卒業式は三月十日。巌先輩とこうして学校で過ごせるのもあと一ヵ月程度だ。

しょんぼりと肩を落とす白瀬君を見て、巌先輩が微苦笑を漏らした。

「春になったらそんなこと言ってる暇もないくらい忙しくなるだろ。なんとか新入部員を獲得しないといけないんだから」

白瀬君は俯いたままだ。眼下に広がる校庭では今日も運動部が活動しているが、いつもよりその数が少ない。受験まっただ中で、三年生があまり登校していないせいだろう。巌先輩のように、ほぼ毎日学校に来ている三年生の方が稀だ。

閑散とした校庭をみんなで黙って眺めていたら、白瀬君が「あっ」と声を出した。

「うちの制服じゃない服着てる人がいる！」

しんみりした空気を掻き消す絶叫に、南条先輩がうるさそうな顔で片耳を押さえた。

「白瀬は犬みたいだよね。興味の対象がコロコロ移って……」

柵から身を乗り出す白瀬君の首根っこを摑みそうな南条先輩を慌てて止めて、白瀬君が指さす方向に目を向けた。昇降口の前に、女子生徒と保護者らしき女性がいる。

「あの子？　確かにうちのブレザーと違うね。セーラー服？」

「親と一緒だな。転校生か……」

「なんか大きい紙袋持ってますねぇ。うちの校章が印刷されてません？」

南条先輩が「あ、そうか」と指先で柵を叩く。

「今日あれだ、ほら、推薦入試の合格発表」

「合格発表って三月じゃ……？」

「推薦は発表が早いんだよ。多分あの子、春からうちに来る中学生」

「じゃあ未来の放送部かもしれないってことですね？」

「いや、さすがにそれは……」

南条先輩と巌先輩は呆れ顔になったが、白瀬君は構わず校庭に向かって「おーい」と声を張り上げた。もちろん、校庭の隅を歩く中学生は気づかない。もう一度白瀬君が声を上げようとしたところで、耐え切れなくなって腕を伸ばす。

「やめて」

柵から身を乗り出すようにしていた白瀬君の肩を摑んで強く後ろに引く。

多分、白瀬君を見る私は尋常でない顔をしていたのだろう。こちらを振り返ったきり固まってしまった白瀬君と、目を丸くする巌先輩、不審そうな顔でこちらを見て動かない南条先輩を見ればそれはわかった。

取り繕わなければ、と思うのに頰の筋肉が動かない。白瀬君の肩を摑んだ指先も強張って、力を抜くどころかますますきつくブレザーに指が食い込む。

「ど……どうしたの、赤羽さん」

「白瀬君……あの子、うちの中学の子だよ。セーラー服のリボン、白かった」

「え、本当?」

白瀬君が再び校庭に目を向ける。先輩たちも、私の様子を気にしながらも眼下に視線を投げた。

校舎は三階建てで、屋上からでも意外なほど鮮明に校庭にいる生徒の姿が見える。見知った顔だったら見間違えるわけもない。

「あ、本当だ、うちの中学の制服だ」

「勢いよく反応したくせに気づいてなかったの？」

「だってあんなセーラー服よくあるじゃないですか。特徴なんてリボンが白いくらいで」

「スカートの裾に白いラインが入ってるのも珍しいと思うけど」

平然と南条先輩と会話を続ける白瀬君を信じられない思いで凝視する。まさか気づいていないのか。白瀬君、と掠れる声で名を呼んだ。

「あの子……演劇部の後輩だよ」

これには先輩たちの方が鋭く反応した。すぐに白瀬君へと視線を向け、その顔色を確認する。

しかし、当の白瀬君はきょとんとした顔だ。もう一度校庭に顔を向け、そうだっけ？と首を傾げている。

「演劇部ではいつも俯いてたから、あんまり後輩の顔とかよく覚えてないんだよね」

そう言ってへらりと笑う。無理をしている顔ではない。本当に覚えていないのだろう。

「それにきついこと言ってくるのって先輩たちがほとんどだったし、後輩は怖くないから」

「白瀬は繊細なのか図太いのかよくわからないな」

呆れを含んだ声で言いつつも、白瀬君の反応に先輩たちは明らかにホッとしている。

青ざめて、柵に近寄ることもできないのは私ばかりだ。

ように言った。

こちらを振り返ることもなく校門へ歩いていく後輩を眺め、南条先輩がふと思いついた

「あの子、後ろ姿がちょっとスズに似てるね」

軽い口調だったが、その言葉は恐ろしい速さで私の心臓めがけて飛んできて、胸の中心に深く食い込み私の息の根を止めてしまう。

南条先輩が何を見てそう言ったのかはわかっている。小柄な後ろ姿と、それから髪型。後輩も肩につくかどうかという長さの髪を、後ろで無理やり一本に束ねている。

後ろ姿を見ただけでは、きっと髪型くらいしか似ている部分なんて見つけられないだろう。でも正面から彼女を見たら、聡い先輩は気づくかもしれない。彼女もまた、唇を横に引き伸ばすようにして笑うことに。

屋上を吹き抜ける強い風に煽られ、足元がふらついた。

演劇部の後輩だった彼女はいつも明るくて、厳しい先輩たちもあの子に対してだけは理不尽に怒鳴らなかった。上級生に対しても物怖じせずに意見を言って、顔いっぱいで笑う彼女は、ちょっと強気な発言をしても不思議とみんなに許された。

中学の頃、彼女を羨んでいたつもりはない。でも白瀬君を放送部に無理やり引っ張り込むとき、ふと彼女の顔が頭に浮かんだ。

きっと彼女なら、多少強引に白瀬君の腕を摑んででも放送部まで連れて行くだろう。大きな笑顔は相手の反論を封じ込め、とりあえずこちらの言い分を聞かせてしまう力がある。

だから思い切って白瀬君に声をかけるとき、彼女を真似た。

形から入ろうとして髪を切った。声も大きくした。彼女が部内で「これやってみましょうよ」と朗らかに言うように「放送部に入ろうよ」と白瀬君に声をかけた。

柵に凭れて校庭を見下ろす三人の後ろで、浅い呼吸を繰り返す。

まさか彼女が同じ高校に入学するなんて思わなかった。

今の私の姿を見たら、彼女は何を思うだろう。私に真似をされていると気づくだろうか。

その瞬間、耳の奥で火花でも散るみたいに鮮明な声がした。

『――真似しないでよ！』

身をよじって叫ぶようなその声を思い出した瞬間、右手が頭の後ろに伸びていた。髪を結うゴムを乱暴に摑んでほどく。勢いがつきすぎて何本か髪が引きちぎれたのか、頭皮に鋭い痛みが走った。

「すみません……私、抜けます」

小さな声で呟いて、みんなが振り返るより先にその場から駆け出していた。

体当たりするように両開きの扉を押し開け、一気に階段を駆け下りる。動揺して足がもつれ、階段を踏み外しかけて慌てて手すりにしがみついた。膝ががくがくと震えていて、今度は慎重に足を踏み出す。

水野瀬高校は一学年大体七クラス、全校生徒数は優に六百人を超える。約一年間この学校に通っている私だって顔見知りの先輩は南条先輩と巌先輩くらいで、上級生に同じ中学出身の人がいるかどうかすら知らない。彼女が私たちに気づく可能性は低い。

大丈夫、と自分を宥めようとして、失敗した。春先に、新一年生の前で部活紹介の司会を務めることを思い出したからだ。

足が止まった。階段の途中でへたり込みそうになって手すりを握りしめる。

ステージの上に私と白瀬君が立ったら、きっとこちらの存在に気づかれる。

そうしたら、あの子は一体どうするだろう。

あの子はいつも屈託なく笑う。でもたまにネコみたいに目を細めて笑うときがあって、それは大抵弱いものをなぶるときの顔なのだ。先輩たちの後ろから、カギ爪みたいに鋭い彼女の暴言が何度飛んできたかわからない。

私たちに気づいたら、あの子はどうするだろう。

もし万が一、彼女が放送部へ来たら。また白瀬君を演劇部に誘ったら？

あり得ない。……本当に？　確証はない。そうなったとき白瀬君は、一体どんな反応をするだろう。

手すりから指を一本一本引きはがすようにして、なんとかまた階段を降り始める。ふらつく足を踏みしめ、嚙み締めるように思った。

失敗を隠したまま、罪悪感だけ拭い落とそうとしたのが間違いだったのだ。最初からちゃんと謝るべきだった。でも謝れなかった。謝っても何も起こらない気がして。

せめて苦しい思いをしながら放送部を続けられたらよかったけれど、それもできなかった。放送部は苦しいどころか、楽しかった。今更みんなの目をごまかすこともできない。

だから駄目だ。ちゃんと罰を受けよう。

――私は今すぐ、放送部をやめなくちゃいけない。

昔から、精神的な負荷がかかると熱を出しやすかった。高校受験を終えた直後も発熱したし、パン屋にインタビューに行く前も熱を出した。

部活を放り出してひとりで帰宅したその晩も、思った通り発熱した。

家に着いた時点ですでに全身の関節が軋(きし)み始めていたが、夕食を終える頃にはごまかせないほど腰や背中が痛くなって、ベッドに入る頃にはすっかり熱が上がっていた。

三十九度近い高熱が続く。枕元に置いたスマホが何度か着信を告げたが、確認することすらできなかった。

熱を出した日は、熱した飴を伸ばすように夜が長くなる。うなされながら目を覚まし、真っ暗な部屋で時計に目をやるが夜明けまではまだ遠い。ほんの少し眠っては目覚め、遅々として進まない時計を見上げてまた呻く。

一日、二日はその調子で、ようやく少し熱が下がって眠る時間が長くなると、今度は悪夢を見るようになった。

夢の中、傍らには美乃梨ちゃんがいた。

私たちは小学生の姿のまま、手をつないで学校までの道のりを歩いている。握りしめた美乃梨ちゃんの手は汗ばんで熱かった。気がつけば通学路はランドセルを背負った小学生でいっぱいになって、初詣でごった返す神社の境内を歩くように、押し合いへし合い学校へ向かう。熱くて息苦しい。発熱の苦痛が夢にも反映されてしまう。

『冬休みの宿題の読書感想文で＊＊＊って本を読もうと思うんだ』

人込みの中、どこかで誰かの声がした。クラスメイトの女の子だ。本のタイトルが聞き取れない。でも夢の中の私はそのタイトルをちゃんと聞いて、覚えている。

真似しちゃおっか。美乃梨ちゃんに耳打ちする。よせばいいのにと思うが、夢の中の私は止まらない。美乃梨ちゃんはただにこにこと笑っている。

学校に着くと賞状を渡された。これなんだっけ。思い出せず賞状を空にかざす。裏側から透かし見た紙には、『読書感想文コンクール』の文字。目にした瞬間、太陽の熱が賞状を焼き尽くした。

火柱が立ち、熱くて苦しくて顔を背けた。炎の向こうに教室が見える。廊下に張り出された読書感想文の前にクラスメイトの男子が立って「同じ本読んでるのに赤羽の方がずっと感想文長いな」なんて言っている。

その後ろには担任の先生もいた。まだ若い。多分福田先生より若い男の先生。クラスの中には半分冗談で、でも半分は本気で、先生格好いいよね、と言うませた女の子たちがいた。今先生の隣に立っている彼女も、そのうちの一人だ。

「ねえ先生、さっきの授業で、どうして私の感想文じゃなくて赤羽さんの感想文を読んだの？」

すねたような口調で言う彼女を、先生は振り返らない。淡々とした声で「赤羽さんの方が、自分の気持ちをよく書けていたからかな」と言うばかりだ。

――先生、私のこと褒めなくていいよ。だって隣に立ってるクラスメイトの顔がどんどん険しいものになっていく。

そうだ、あの本を読もうって言っていたのは彼女だ。読書感想文を書く前、先生にお勧めの本を教えてもらったのだとはしゃいでいたらしいことを、後から知った。

「――赤羽さん、なんであの本選んだの！　私があの本の感想文書くって勝手に聞いたんでしょ、真似しないでよ！」

いきなり目の前にあの子の顔が現れた。でも近すぎるからよく見えない。涙目で睨みつけてくる赤い目ばかりが鮮明だ。

私の周りをぐるりとクラスの女子が取り囲んでいる。かごめかごめ。古い童謡が頭の中を駆け巡る。

身を竦ませていると「謝ってよ！」と怒鳴られた。

彼女の話を小耳に挟んで本を選んだ私は謝るしかない。悪気はなかった。まさか先生かららこっそりお勧めしてもらった本だなんて知らなかった。ただ面白そうなタイトルだったから。それに同じ本を読んでも、彼女より私の方が上手く書けるだろうという自信があったから。

夢の中では本心を偽れない。我ながら最低だ。ひたすらに謝ったが許してはもらえなかった。私を取り囲むクラスメイトたちが「その服も真似してるんでしょ」「いつも持ってるハンカチも」なんて身に覚えのないことを言ってきたけれど、否定もせずに謝った。

もう何回謝っただろう。十回、二十回、あるいは数百回。

熱を出しているときの悪夢は同じシーンを延々と繰り返す。現実に何度謝ったのかはもう思い出せない。でも悪夢みたいに同じ言葉を繰り返させられた。一日では済まず、次の日も、また次の日も。

ごめん、ごめんね、ごめんなさい。

繰り返すほどに言葉が薄っぺらになっていく。大事なものが削ぎ取られていくみたいに。

いつの間にか、美乃梨ちゃんは私を取り囲む女の子たちの横にいた。

さっきまで私と手をつないでいたはずなのに。素敵な文房具を売っている雑貨屋さんとか、大きな噴水がある遠くの公園とか、私では教えてあげられなかったことをたくさん教えてもらって、美乃梨ちゃんは彼女たちと手をつないでどこかへ行ってしまう。私が手を引いていたときに見せてくれたのと同じ笑顔で。

きっと彼女は悪気もなく、自分にとって一番生きやすい場所を選んで渡り歩いていただけなのだろう。いっとき私のそばにいたのも、蝶々みたいな気まぐれさで私の肩で羽休めをしていたに過ぎない。惜しんで手を伸ばしたところでもう戻らず、ひらひらと飛んでいく美しい姿を目に焼きつけるばかりだ。

友達だと思ってたんだけどな。

私が勝手に思っていただけか。

それとも友達ってもっと流動的なもので、何か与え続けないとつなぎ留められないものなんだろうか。

足元で水が揺れている。流れ落ちた汗が水たまりを作っている。

もちろんそれはただの夢で、全身汗みずくで目を覚ました私はベッドの中に横たわっている。

夜は長い。夜明けは遠い。

熱が下がるまでの数日間、延々と同じ夢を見続けた。

熱が上がったり下がったりを繰り返した何日目かの朝、目覚めると少しだけ体が軽かった。ようやく小康（しょうこう）状態になったらしい。

熱で消耗した体をのろのろと起こし、久方ぶりにスマホを確認する。南条先輩と白瀬君からメッセージが届いていた。一週間近く学校を休んでいた私の体調を気遣う内容がずらりと並んでいる。最後のメッセージは南条先輩から。『PTAのインタビューは白瀬とあたしで引き受けるから無理しないで』とある。昨日の夜のことだ。

ぼんやりと視線を巡らせ、部屋にかかったカレンダーを見る。PTAの広報紙に載せるインタビューの日は今日だ。

熱は下がっているようだし、無理をすれば学校に行けないこともない。森杉パン屋にインタビューに行くときはもっとひどい状況だったが無理やり家を出た。

それなのに、今回は布団から出る気にもならなかった。あのときは私ががむしゃらに動かないと放送部が自然消滅してしまいそうで必死だったけれど、今は違う。私がいなくても、こうやって他のみんなが放送部を回してくれる。白瀬君も演技の楽しさを思い出したようだし、来年度も放送部を続けるだろう。

もう本当に、私が放送部にいる理由はなくなった。

再びベッドに横たわる。メッセージに返事をしなければと思うのだけれど、全身がだるくて動けない。指先だけ動かして未読のメッセージに目を通していたら、クラスメイトからもメッセージが来ていることに気がついた。

『風邪ひいたの？　大丈夫？』

伊藤さんだ。これまであまり頻繁にメッセージのやり取りはしなかったのに、珍しい。

『お大事にね』

画面に並ぶ短い言葉を目で辿る。

伊藤さんとはたまに教室でお喋りをするくらいで、多分友達とは呼べないくらいの薄いつき合いなのに、こんなメッセージをくれたのが意外だった。

なんでだろう。伊藤さんが筆箱を忘れたとき、鉛筆と消しゴムを貸してあげたからかな。それとも数学の解き方を教えてあげたからだろうか。

どれも大したことじゃない。友達になれるほどのことでもない。

だったらなんで、伊藤さんはこんなメッセージをくれたんだろう。

考えているうちにまたうとうととまどろんで、その日も学校へ行くことはできなかった。

ＰＴＡのインタビューから二日後。未だに夜になると微熱が出るが、日中は具合もいいし、体力も少し回復した。翌日に休日を控えた金曜日ならリハビリにはちょうどいいかと、久々に学校に行くことにした。

教室に入ってほぼ一週間ぶりに席に着くと、近くの席に座っている伊藤さんが「もう大丈夫なの？」と声をかけてくれた。同じ班だから心配してくれたんだろうか。

「休んでる間のノート、よかったら写す？」

そんな申し出までしてもらって恐縮した。なんだかちょっと、友達同士みたいだ。私もまた今度何か伊藤さんに返さないと。

カバンの中身を机に移しながらそんなことを考えていたら、教室の入り口で「あっ」と大きな声がした。見れば白瀬君が目も口も丸くしてこちらを見ている。

「赤羽さん、もう大丈夫なの？」

白瀬君は自分の席には目もくれず、窓際の私の席へ駆けてくる。

「よかったー、ずっと休んでたから心配してたんだ」

「ありがとう。もう大丈夫。ＰＴＡのインタビューはどうだった？　白瀬君と南条先輩が受けてくれたんでしょ？」

「うん、質問にはほとんど南条先輩が答えてくれて、僕は隣でにこにこしてるだけだった。あ、でも写真撮るときは先輩の方が『もうちょっと笑ってくださーい』とか言われて大変そうだったよ」

インタビューの状況を思い出したのか、白瀬君はおかしそうに笑っている。きっと部活も同じように楽しくこなしていたのだろう。私も安堵の笑みをこぼす。

「お昼の放送はどうしてたの？　特に問題なかった？」

「うん、僕と先輩たちの三人でちゃんと続けてたよ。あっ、でも珍しく巌先輩がとちってたな。マイクに手をぶつけちゃって凄いうろたえてた」

チャイムが鳴って、教室内にばらけていた生徒たちが自分の席に戻っていく。白瀬君は私が休んでいる間の放送部の様子をまだ語りたそうだったが、名残惜しげに「それじゃあ」と自席に向かう。

「白瀬君、待って」

肩越しに振り返った白瀬君は、ひどく無防備な顔をしていた。

本当に言ってしまっていいのか、という迷いは、自分でも驚くほどなかった。熱を出している間に、感情の一部が焼ききれてしまったとしか思えないほど凪いだ気分で口を開く。

「——私、放送部やめようと思ってる」

体ごと振り返ろうとしていた白瀬君の動きが止まった。きょとんとした表情のまま瞬きもしない。その顔を見上げ、畳みかけるように言った。

「もう放送室には行かない。お昼の放送にも出ない。春からは、南条先輩と白瀬君の二人で放送部を引っ張っていって」

言葉が進むにつれ、石膏で塗り固められた顔が水で溶けて崩れるように白瀬君の顔つきが変化して、最後は愕然とした表情になった。

「あ、赤羽さん、何……」

白瀬君が言い終えるより先に教室の扉が開いて、現国の先生が室内に入ってくる。白瀬君は何か言おうとしていたが「席に着けー」という先生の声に言葉の先を押しつぶされ、何度も何度もこちらを振り返りながら自分の席へ戻っていった。泣きそうな顔だった。

どうしてだろう。私がいなくても放送部がつつがなく回ることは、この一週間で十分わかったはずなのに。白瀬君だって私なしで楽しく活動していたはずなのに。

どうあれ私は放送部をやめる。

これでもう、白瀬君とも友達でなくなってしまった。白瀬君をつなぎとめるものを、私は何も持っていない。

久しぶりに教科書を開いたら、白いページに印刷された字が虫のようにぞろりと動いた。眩暈（めまい）がして、額に掌を押しつける。

やるべきことをやり切ってこんなにも心は穏やかなのに、どうしてか掌は冷たく汗ばんで、反対に額は熱がこもったように熱い。教科書の上の文字は瞬きのたびに波打ち、授業が始まってもしばらく、私はろくに文字を目で追うことができなかった。


その日、白瀬君は休み時間のたび私の席までやってきて「部活やめるって本気?」と尋ねてきた。眉を八の字にして、途方に暮れた子供みたいな顔で。

「本気だよ。部活はやめる」

「なんで?」

「もういいかなと思って」

「なんで?」

白瀬君の口から出るのは、なんで、なんで、ばかりだ。だってもう大丈夫でしょうと答えたら、やっぱり、なんで、と言われた。

堂々巡りの会話に、熱を出していたときに見た悪夢を思い出す。もしかすると久々に学校に来たと思ったのは夢で、私はまだベッドにいるんだろうかと一抹の不安に襲われた。

昼休みも白瀬君は私の席までやってきたが、お昼の放送を流すため、後ろ髪を引かれるような顔で教室を出て行った。

伊藤さんが一緒にお弁当を食べようと誘ってくれたので、同じ班のもう一人の女子も一緒に机を寄せ合い、お弁当を広げる。

しばらくして、教室のスピーカーから白瀬君の声が流れてきた。

『……こんにちは、お昼の放送の時間です』

敢えてお昼の放送に意識を向けずにいたのだが、それでもうっかりお弁当を食べる手を止めてしまった。伊藤さんたちも「なんか今日の放送、声が暗いね」と目を瞬かせている。

それくらい、白瀬君の声には覇気がなかった。放送室から全校に声を届けるなら、どんな状況であろうともっと声を張るべきだろうに。

しばらくぼそぼそとフリートークを続けていたが、話が着地したのかどうかわからないうちに曲紹介に移った。ストップウォッチを見なくても、体感で九十秒を切っていたことがわかる。

一曲目の音楽が終わると、アナウンスが白瀬君から南条先輩に代わっていた。あまりにひどい喋り方をする白瀬君を見かね、先輩がブースから白瀬君を引っ張り出したようだ。調整室で項垂れる白瀬君の姿が目に浮かび、だいぶ混乱させてしまったようだと反省する。

やっぱり、ちゃんと説明をしないといけないのだろう。

でもどこから。どうやって。何を喋れば納得してもらえるのか。

気がついたらすっかり箸が止まっていた。今日はずっとこんな調子で、気を抜くとぼんやりしてしまう。まだ悪夢から覚めないみたいに。

南条先輩の曲紹介が終わり、次の曲が流れ始めた。イントロは教室のざわめきに掻き消され、続く旋律（せんりつ）も切れ切れにしか耳に届かない。針の飛んだレコードのようなそれにまた眩暈を感じて、私はきつく掌を握りしめた。

お昼の放送を終えて教室に戻ってきたときも、五時間目が終わった後の休み時間も、もちろん放課後も、白瀬君は私の席にやってきて、同じ質問を繰り返した。

「……赤羽さん、本当にもう放送部には来ないの？」

授業も終わり、クラスメイトの大半はカバンを持って教室を出て行ってしまった後だ。

午後からずっと眩暈が続いていて、授業後もすぐ立ち上がることができずもたもた帰り支度をしていたらすっかり白瀬君に捕まってしまった。

時間が経つにつれ白瀬君の声は弱々しく掠れて小さくなっていく。なんだかかわいそうになってきてしまったが、前言は撤回しなかった。

「私がいなくても放送部の活動は何も変わらないよ。これまで通り頑張って」

「変わらないことないよ……」

「変わらないって。ほら、もう部活始まる時間でしょ?」

ぐずぐずと私の机の前で留まっている白瀬君に軽く手を振る。白瀬君はしばらくその場に立ち尽くしていたが、何を言っても無駄だとようやく悟ったのか、最後は黙って教室を出て行った。

白瀬君がいなくなると、いよいよ姿勢を保っているのが難しくなって机に突っ伏した。天板に頬を寄せるとひんやりと冷たい。濡れた木の匂いがして目を閉じる。

やはり夕方になると微熱が出てしまうようだ。瞼の裏のもやもやした闇がゆっくりと旋回している。少し休んでから帰ろう。

机に突っ伏している間に、教室に残っていた生徒がひとり、またひとりと廊下に出ていって、室内から人の声が減っていく。

ガラスを透かして夕日が射し込む窓辺の席は、ほのかに空気が暖かい。静かで、心地よくて、うとうととまどろんでいたら近くでぎっと椅子の軋む音がした。

「こんなところで寝てたら風邪がぶり返すよ」

聞き慣れた声に、水の底に沈みかけていた意識がざばりと水面まで引き上げられる。勢いよく身を起こすと、前の席に南条先輩が腰かけていた。窓の方に顔を向け、机に肘をついて横目で私を見ている。

「スズ、放送部やめるんだって？」

白瀬君の落ち込んだ様子を見れば、きっと先輩たちが何があったのか聞き出すだろうとは思ったが、こんなに早く南条先輩が行動を起こすとは思っていなかった。

誰が来たところで私の心は決まっているので小さく頷く。先輩も白瀬君のように「なんで？」と尋ねてくるかと思ったが、違った。

「白瀬ってさ、中学のとき演劇部の先輩たちからいじめられてたんでしょ？」

窓の外に目を向けたまま、思っていたのとは違う方向に会話の舵(かじ)を切った南条先輩にうろたえる。何を言うつもりだろう。見当がつかない。

「でもさ、なんであいついじめられてたの？　周りの空気全然読めないから？　それとも、あいつの演技がめちゃくちゃだから？」

先輩の視線がこちらに流れてきた。睫毛（まつげ）の先に夕日が滴る。

「白瀬の演技がめちゃくちゃ上手かったから、やっかまれてたとかそういう話？」

あっ、と声を上げそうになる。

先輩が白瀬君の演技をきちんと評価するのを、初めて聞いた。ラジオドラマを録っている最中、ようやく白瀬君が本気の演技をしたときはその迫力に呑まれたように「とんでもないね」としか言わなかったのに。

そう、白瀬君の演技はめちゃくちゃだ。その熱量で周りの役者を呑み込んで、端役であっても主役を食う。そういう演技しか白瀬君にはできない。めちゃくちゃだけど人目を惹いて、強烈な印象を残す。それを評して、上手い、と先輩は言った。

白瀬君の演技を認められ、なんだか自分のことのように誇らしい気分になった。

「あとさ、演劇部でいじめられてたのって白瀬だけ？」

続けて口にされた先輩の言葉に、無防備に開けていた胸元に刃物でも突きつけられた気分になって息を詰めた。実際に向けられたのは刃物ではなくて鋭い目線だが、身動きが取れない。

なぜそれを訊くのかと尋ねる前に、先輩がこう言い添えた。

「屋上から演劇部の後輩を見たとき、白瀬よりスズの方がよっぽどひどい顔してたから」

ばれていたのか。うろたえるより、もう隠さなくてもいい、という安堵に似た気持ちが胸に広がった。

「――白瀬君は、いじめられてなんていません」

思ったより落ち着いた声が出た。南条先輩は怪訝そうな表情で何か言おうとしたが、半ば強引にそれを遮る。

「私が初めて白瀬君の演技を見たのは、小学校の学芸会です」

南条先輩は開きかけていた口を閉ざし、窓に向けていた膝を少しこちらに向けた。腰を据えて私の話を聞くつもりらしい。

「白瀬君が演じたのは、ブレーメンの音楽隊のロバの役です。あのお話って、動物たちがブレーメンを目指して出発するのに、ラストは泥棒を退治して、その家に住み着いてしまうじゃないですか」

子供の頃はそのストーリー展開に疑問を感じたこともなかったが、白瀬君の舞台を見て考えが変わった。

「泥棒たちを追い出した後、家に他の動物たちを招き入れるロバを見て、思ったんです。彼らは最後まで、目的の場所に辿り着けなかったんだなぁって」

南条先輩が目を瞬かせる。頭の中でストーリーをさらい直しているのか、軽く斜め上を見遣ってから、「まあ、結果としてはそうだね」と頷いた。

あの物語に出てくる動物たちは、人間から不要とされた存在だ。ロバは年を取って仕事ができなくなり家から追い出される。他の動物たちも似たり寄ったりだが、イヌやネコを演じる生徒はそんなこと頭にもない顔で元気いっぱいセリフを読み上げていた。

「でも、白瀬君だけはちゃんと年老いたロバだったんですよ」

物語のラストで、白瀬君扮するロバが言う。

『僕たちは今日からここで楽しく暮らそう。ここが僕らの目指した場所だったんだ』

他の動物たちが笑ったり飛び跳ねたり歓声を上げる中、ロバだけは家のドアを開け、みんなが中に入るのを微笑んで待っていた。控えめに、忍耐強く。

もうここ以外行きつく先はないのだと悟ったが故の、諦観の笑みだ。

幕が下りても、亡くなった祖父に似たあの静かな笑みが忘れられなかった。

「私の母は観劇が趣味なんですが、白瀬君の演技を絶賛してました。だから未だに彼のことも覚えてます。舞台の上の存在感が際立ちすぎて、異質なくらいでしたから」

観劇の趣味が高じて演劇部に入部したとき、白瀬君も同じ部にいると知って歓喜した。

そのときはもうすっかり、母だけでなく私も彼の演技のファンだったから。

私は裏方で、白瀬君は役者。部活中に言葉を交わすことは少なかったけれど、白瀬君のパントマイムやエチュードを見ているのは楽しかった。早く舞台に立てばいいのにと、そわそわしながら練習風景を見守っていたものだ。

「二年生のとき、文化祭で白瀬君が舞台に立つとなったときは、やっとか、と思いました。でも、相変わらず白瀬君の演技は異質で、周りが戸惑ってしまって……」

「ああ……ラジオドラマのときも、結構大変だったもんね」

何しろ他の役者との実力差がありすぎる。ラジオドラマを録ったときも、どうしたって白瀬君の声の印象が強すぎて他の登場人物のセリフが頭に入ってこず、下手をすると話の筋道が追えなくなってしまうくらいだった。途中で白瀬君自身がそのことに気づいて、演技を抑えてくれてなんとか形になったのだ。

「『僕が足を引っ張っているせいですみません』なんて言ってたけど、白瀬は自分の演技を下手だと思い込んでるわけ？　演劇部の先輩たちにそう刷り込まれたの？」

それは、と言ったものの、次の言葉が出てくるまでに時間がかかった。

「……私が、白瀬君にそう思い込ませてしまったんです」

長く胸の底に隠してきた言葉を口にしたら、今度こそ全身から力が抜けた。これまで自分をこの場に繋ぎとめていた重石(おもし)がごとりと落ちた気分だ。

意味を摑みかねたような南条先輩の顔を見て、力なく笑う。

「どんなに演技が上手くても、周りに合わせられなかったら一人だけ浮いてしまうのは当然です。そうならないように、演劇部の先輩たちは白瀬君を必死で指導してたんだと思います。熱が入りすぎて大きな声が出てしまうこともありましたが、全部演技をする上で必要な指摘です。『他の役者に合わせろ』『お前が舞台をめちゃくちゃにしている自覚を持て』って。いじめじゃありませんでした」

一人芝居でもない限り、舞台には複数人の役者が立つ。それぞれが相手の演技を受けて、応えて物語は進む。周りに合わせることができなければ、劇の雰囲気そのものが壊れてしまうのは必至だ。

でも白瀬君は先輩たちの真意に気づけなかった。自分ばかりきつく叱られるのは、自分の演技が下手だからだと思い込んでしまったのだ。

これまでの白瀬君の行動を見てきた南条先輩は納得したように眉を上げたが、またすぐぎゅっと眉間を狭めた。

「いじめじゃなかったにしろ、落ち込んでる白瀬を慰めたのはスズなんじゃないの？　人間関係で悩んでるとき、スズに相談に乗ってもらったって白瀬も言ってたよ？」

「私もそのつもりでした。少なくとも、最初は」

文化祭の劇の練習が始まってから間もなく、舞台で使う小物や衣装が保管されている用具室の隅で膝を抱えている白瀬君を見つけた。先輩たちに叱責され、たった一人で背中を丸めている白瀬君を放っておけなくて、その隣に腰を下ろして声をかけた。大丈夫、白瀬君の演技は上手だよ、と。

――あんなの役をもらえなかった先輩たちの八つ当たりだよ。こっちが言い返さないからって好き勝手言って。昨日と今日で言ってることが毎日違うし。難癖つけたいだけだよね。サンドバッグにされてる気分。先輩たちはひどいね。本当にひどい。

ほとんど独白に近いそれが真に迫っていたのは、すべて私の本心から出た言葉だったからだ。何をやってもいちいち難癖をつけられ、同じミスを執拗に責められ、四方から飛んでくる暴言に晒され続ける。

「――演劇部で本当にいじめられてたのは、私だったんです」

長年誰にも、それこそ親にも言えなかったのに、思ったよりもあっさり口にすることができた。もっと重大な秘密を打ち明けた後だったからかもしれない。

多分、いじめられていたのに明確な理由なんてなかった。ただ当時の私は今より断然声が小さくて、引っ込み思案で、話しかけられても口ごもってしまうことが多かったから、ちょっと意地悪するのにちょうどよかったんだろう。いじめられるのにちょうどいいなんて、そんな理不尽なこともないのだけれど。

本当のことを告げても、南条先輩は驚いたような顔をしなかった。大方予想はついていたらしく、ただ痛ましげに眉を寄せる。

当時の私は白瀬君を慰めるつもりで、いつの間にか自分の愚痴を漏らしていた。気づいて慌てて口を閉ざしたが、ずっと項垂れていた白瀬君は顔を上げると、私を見てこう言ったのだ。

「……僕も、そう思う」

サンドバッグにされていたのは私なのに、白瀬君は私の話を、自分が先輩たちからされていることだと思い込んでしまったらしい。

きつい口調の指導と暴言の境目が、白瀬君にはわからなかった。

白瀬君が勘違いをしていることにはすぐ気づいたが、私はそれを訂正しなかった。以来、部活の後にふらりと用具室にやってくる白瀬君を慰め、励まし、たまに自分が受けた仕打ちを語り、白瀬君と二人で先輩の愚痴を言い合った。

「――待って」

黙って私の話を聞いていた南条先輩が声を上げる。額に指を添え、ここまでの話を頭の中で整理しているようだが、明らかに理解に苦しんでいる様子だ。

「なんでスズは、白瀬にそんな勘違いさせたの？」

南条先輩の困惑はもっともだ。すぐに訂正すればよかった。そうしたら、白瀬君も舞台の上で過呼吸を起こすほど追い詰められなかったかもしれない。

でも、私の話を聞いて「僕もそう思う」と白瀬君が言ったとき、互いの間に連帯感のようなものが生まれたことに気づいてしまった。縋りつくようなあの眼差しに覚えがあった。手を差し伸べればきっと握り返してくれる。美乃梨ちゃんみたいに。だから。

「今なら、友達になれるかもって思ったんです」

もう、本心を口にすることに抵抗はなかった。すでにいくつの秘密を漏らしたかわからない。今更だ、と思ったら言葉がほとばしる。

「だって私ずっと白瀬君のファンで、でも一度も同じクラスになったことはないし、演劇部に入ってからもほとんどまともに口を利いてなくて、友達になんてなれないと思ってました。でも、今ならなれるかもって、白瀬君が傷ついて、落ち込んでる今なら、白瀬君を励ましてあげられれば、そうすれば、白瀬君の役に立てるから」

与えれば友達になれる。与え続けているうちはその手を離さないでいてもらえる。自分だけが白瀬君の味方になれば、その間は友達でいられる。

「……文化祭の後、白瀬君は演劇部をやめてしまって、そのときようやく自分のしでかしたことに気づいたんです。早く誤解を解いていれば、白瀬君はあのまま演劇を続けていたかもしれないのに」

少し乱れた呼吸を整え、淡々と会話を再開させた。先輩は何も言わない。

「私も演劇部をやめて、せめてもの罪滅ぼしに、白瀬君一人でも演じられるような一人芝居の脚本とか、朗読用の原稿を作ったりしました。でも、もう一度白瀬君に何かを演じてもらうことはできなくて……諦めて中学を卒業したら、高校の入学式で白瀬君と再会したんです。もう会えないと思ってたのに。それで、今度こそって、そう思って……」

最初は白瀬君を演劇部に誘った。中学とは環境が違うのだから、今度こそきちんとした演技ができるはず、と。けれど白瀬君の拒絶は強く、どうあっても首を縦に振ってくれない。

ならば他に演技をする場がないかと探して見つけたのが、放送部だ。ラジオドラマやテレビドラマを作ることもあるのだと知って、飛びついた。

私の話に耳を傾けていた南条先輩が、じわじわと目を見開いて「まさか」と呟く。

「じゃあ、スズ自身は全然放送部に興味なかったってこと？　Nコンにこだわってたのも、全部もう一度白瀬に演技をさせるため？　あんた自身がそう望んでたわけじゃなく？」

その通りだ。他に放送部にこだわる理由なんてない。そしてこの一年で、白瀬君は演技をする楽しさを思い出してくれた。目的は十分達成した。

「だから放送部やめるの？　だったらスズは？　あんたはちっとも放送部が楽しくなかったの？」

先輩が私の机に腕をついて身を乗り出してくる。楽しくなかったなんて言わせないと、言葉にせずとも伝わってくる表情だ。実際この一年間は楽しかった。みんなでお昼の放送を流すことも、インタビューをすることも、ラジオドラマの脚本を作ることも。でも。

「……楽しかったら、駄目なんです」

固い声で呟く。自分で自分に言い聞かせるように。

中学のときも、白瀬君のために一人芝居用の脚本や朗読原稿を作るうちに、自分自身がその作業を楽しんでいることに気づいてしまった。白瀬君のためなのか、自分のためにやっているのかわからなくなって、これでは罪滅ぼしにもならないのではと思ったが最後、身動きが取れなくなった。

「放送部に白瀬君を引っ張り込んだとき、私自身は放送になんの興味もなかったんです。だから大丈夫だと思いました。楽しまずにいられるって。でも、だんだん楽しくなってきてしまって……」

「何が悪いの。いいじゃん、みんなで楽しくやってれば」

「そんなの反省してることになりません」

「なんでそんな……」

「本当に反省している人間が、他のことを楽しめるわけないいんです！」

悲鳴のような声が教室に響く。

耳鳴りがして、謝って、謝れ、と私を取り囲んだクラスメイトたちの声が蘇った。

「中学を卒業するとき、白瀬君を演劇に戻すことが出来なくて申し訳なかったけど、でもそれ以上に、小学校のときからずっと一緒だったあのクラスメイトたちから解放されるって思って、ホッとしたんです」

学区域の関係で、小学校の同級生はほとんど持ち上がりで同じ中学に通った。四年生のとき、読書感想文を真似したと私を責めてきたクラスメイトとは同じクラスになることこそなかったが、彼女の友達とは何度か同じクラスになって、そのたびうっすらとした疎外感を味わう羽目になった。演劇部でいじめられるようになってからは、部活の同級生がその空気を教室内にまで持ち込んで、教室に居場所がなかった時期もある。

高校生になればようやく解放されると思ったのに、入学式には白瀬君の姿があった。

「あのとき、私の罪滅ぼしは終わってないんだって思いました。白瀬君に許してもらうことはできなくても、せめて演劇を続けてもらわないと、私は私のしたいこともできない。

だって、先輩も見ましたよね？　白瀬君、あんなに演技が上手で、本人も演じることが好きなのに、私のせいで演劇部をやめることになったんです、全部私のせいで……！」

「スズのせいじゃないでしょ！」

大きな声で言葉を遮られ、びくりと肩が跳ねた。逃げそうになる私の視線を捕まえ、先輩は前よりさらに身を乗り出す。

「そんな先輩たちがいたんじゃ、遅かれ早かれ白瀬は演劇部をやめてたと思う」

「そんなことないです、私が妙なことを言わなければ」

「熱心だったら何言ってもいいわけじゃないでしょ。あたしの母親、部下を指導するための研修とか受けまくって、ちゃんと指導できない連中の愚痴吐きまくってるから知ってる。その指導は間違ってるよ。白瀬が追い詰められたのは先輩たちのせいで、スズは関係ない」

「でも、白瀬君を意図的に勘違いさせたのは本当で……」

「だったら謝ればいいじゃん。なんでそうしないの？」

「謝っても許してもらえるわけないです」

南条先輩の顔にもどかしそうな表情が浮かぶ。なんで、と言わんばかりに。

なんで。なんで。夢の中のように過去の場面が飛び飛びに思い出され、記憶が過去の一点に巻き戻る。

「……小学生のとき、ウサギが死んだんです」

口にした瞬間、鼻の奥まで凍りつくような真冬の空気を思い出した。朝、小屋の片隅で冷たく固くなっていた灰色のウサギ。

「私は飼育委員だったから、校庭の隅にウサギを埋めて、他の飼育委員と一緒に手を合わせました。他の生徒たちも、遠巻きにそれを見てました」

クラスメイトに連日「謝って」と詰め寄られていたときのことだ。

ウサギを埋葬した後、普段通りに授業に出て、昼休みにたまたま隣のクラスの子と一緒になって、他愛のないお喋りをした。去年まで同じクラスだったその子とは気心が知れていて、何かのはずみで声を立てて笑ったら、廊下の向こうからクラスメイトたちが現れた。すれ違いざま囁かれた言葉が忘れられない。

『死んだウサギのこと、かわいそうとか思ってないんだね』

『思ってたら笑えるわけないよね』

あのとき、どうして彼女たちに謝っても一向に許してもらえないのか、ようやくわかった。

言葉だけじゃ駄目なんだ、と思った。

俯いて、心の底から申し訳なさそうな顔をしていないと駄目なんだ。それも謝っているその瞬間だけじゃなく、ずっとずっと、一日中そういう顔をしていないといけないんだ。ウサギが死んだら、いつ見ても落ち込んだ顔をしていないとウサギの死を悼んでいると思われないのだから、謝るときも、相手の気が済むまで反省した顔をしていないといけないのだ。

その日を境に、私は一日中俯いて過ごすようになった。次の日も、その次の日も、「謝って」と繰り返していた周りのみんなが飽きるまで。

あのときわかった。ただ謝っても許されない。ごめんなさいという言葉に意味はない。反省した顔をしていないと謝意を伝えることすらできないのだと。

「……スズはずっと、そう思わされてきたんだね」

先輩が目を伏せて深く息を吐くのと、教室の扉が勢いよく開くのは同時だった。

ぎくりとして振り返る。誰かが忘れ物でも取りに戻ってきたのかと思ったが、廊下に立っていたのは白瀬君だ。その後ろには巌先輩の姿もある。

その姿を認めた瞬間、さぁっと体から血の気が引いた。

白瀬君たちを見たまま身じろぎもできない私に、南条先輩が言う。

「とりあえずあたしがスズと話をするから、二人は廊下で待っててって言っといたの」

なら、全部聞かれたのか。私が隠していたこと全部。だったらもうずっと、卒業するまでずっとずっと俯いて過ごさなきゃ。白瀬君に、反省しているってわかってもらうために。

頬や耳が一気に熱くなったが、体の芯は氷のように冷え切っている。立ち上がることもできずにいると、白瀬君が転がり込むように教室に入ってきた。

近くの机を蹴倒す勢いで私のもとまでやって来た白瀬君は、両膝に手をつき、私と目線を合わせるようにして身を屈めた。

睨まれるか、怒鳴られるかと身を固くしたが、予想に反して白瀬君は泣きそうな顔をしていた。いや、実際目に涙を浮かべていた。

「赤羽さん、それ、僕も知ってる……！　謝っても許してもらえないって、それって……それって呪いだ」

喉の奥に詰まった空気を押し出すように白瀬君は言う。何度も目を瞬かせ、必死の形相で、身の内にある思いを言葉にしようと掌を握ったり開いたりしながら。

「僕もそうだった。僕の言葉なんて誰かに伝わるわけないと思ってた。中学の先輩たちに何を言っても受け入れてもらえなかったから。でも放送部のみんなが話を聞いてくれて、やっとそうじゃないんだって思えた」

こんなときでも白瀬君の声はまっすぐだ。夕日の差す教室で懸命に喋る白瀬君は、舞台の上でオレンジ色のライトを浴びて立っているようで、目を逸らせない。

「僕は許すよ。もともと怒ってなんてないけど。あのとき赤羽さんがそばにいてくれなかったら、演劇部どころか学校にも行けなかっただろうから」

「でも……でも私、白瀬君のことだまして、友達のふりして……」

「赤羽さん！」

白瀬君が急に大声を出したので身を竦めた。突然激高でもしたのかと、後ろにいた巌先輩も白瀬君に手を伸ばしかけたが、白瀬君の口から飛び出したのは想像もしていなかった言葉だ。

「ねえ！　僕赤羽さんのこと、もうずっと前から友達だと思ってたよ！」

あまりに大きな声だったから、向かいから風が吹いてきたのかと錯覚した。

白瀬君の肩を掴もうとしていた巌先輩も目を丸くして手を止めている。南条先輩も呆気にとられた顔だ。

私は——私はどんな顔をしていたんだろう。自分でもわからない。表情を作る余裕もなかった。

肩を怒らせて叫んだ白瀬君だったが、次の瞬間へなへなとその肩が下がった。

「一緒に放送部、続けようよ。この言葉が伝わらないんだったら、僕はもう、マイクの前で何も喋れない――」

シャーベットが溶け崩れるように言葉尻が崩れて、最後は涙声になった。そのまま本当に白瀬君は泣き出してしまって、私は呆然とその姿を見詰めることしかできない。

巌先輩が、中途半端に宙で止めていた手を伸ばし、ぽんと白瀬君の背中を叩く。

「……白瀬が先に泣いたら、赤羽さんがどう反応していいか困るだろ」

「だって……っ、まさか赤羽さんがずっとそんな気持ちで僕のそばにいてくれたなんて思わなくて……っ」

ぐすぐすと泣く白瀬君を見て、南条先輩が呆れたような溜息をついた。

「泣いてる奴を見ると妙に冷静になっちゃうのはなんでだろうね……」

「……そうですね」

さっきまで悪夢を見ているような気分で、目の前の何もかもが現実味に乏しかったのに、白瀬君が泣き出した途端、日常が帰ってきた。いつもの調子で、大丈夫？　とその背に手を添えたくなってしまう。

でも、そんなこと許されるのだろうか。

白瀬君は本当に私を許してくれたんだろうか。許されたんだ、とほっとして笑った瞬間、やっぱり反省していないじゃないか、なんて怒り出したりしないだろうか。

白瀬君に限って、と思う自分と、でももしかしたら、と怯える自分がせめぎ合う。

白瀬君は巌先輩に背中を押され、私たちから少し離れた席に座って目元をごしごし擦（こす）っている。声をかけることもできず膝の上で拳を握りしめると、南条先輩がぽつりと言った。

「白瀬の言う通り、呪いはあるね。言葉って嫌でも体に染みついちゃうから。周りから言われた言葉も、自分で自分に言った言葉も」

まだえぐえぐと泣いている白瀬君を眺め、先輩は目を眇めるようにして笑った。

「あたしもさ、母親に引き取られたあと親戚の連中に、あんなお父さんと一緒でかわいそうだったね、って言われて、そうなのかなって思ってた時期があったんだよね。父親はちゃんとあたしを見てくれてたのに、そのことを覚えてたはずなのに、自分の記憶より周りの言葉の方が正しい気がして、どっかで疑っちゃった」

細い溜息は、過去の自分に対するものだろうか。瞬きの後、先輩はこちらに視線を戻す。

「だから、スズが昔の言葉に引きずられるのも仕方ないと思う。すぐに考え方を変えろって言われても難しいだろうし、無理しなくていいよ。ゆっくりいこう。あたしも放送部に残るし」

窓から差し込む夕日を横顔で受け、南条先輩は私の目をまっすぐ見て言った。

「呪いをかけるのは言葉だけど、呪いを解くのも言葉だと思うから」

確信を込めた、力強い声だった。

握りしめた拳から、すぅっと力が抜けていく。と思ったら、拳どころか全身からめためたと力が抜けた。背骨を抜かれたように体を支えられなくなって、そのまま机に倒れ込む。

「スズ？　どうしたの？」

南条先輩が慌てて私の肩に触れ、ぎょっとしたように手を引いた。

「あんたもしかしてまた熱出してるんじゃないの⁉」

「……夕方になると、まだちょっと微熱が」

「いや、これ全然微熱って感じじゃないでしょ！　どうする、家の人呼ぶ？」

「今日は母が仕事で、家にいなくて……」

「じゃあ途中まで送ってく、今すぐ帰って！」

あんたなんでいつもそうなの、と口の中で呟いて南条先輩が立ち上がる。

「あたしは放送室の戸締まりしてみんなの荷物持ってくるから、白瀬はいつまでも泣いてないで顔洗ってきて！　巌先輩はスズのこと見ててください！」

南条先輩に一喝され、白瀬君もあたふたと立ち上がった。バタバタと慌ただしい足音を立てて教室から出ていく二人を見遣り、私もなんとか身を起こそうとしたが巌先輩に止められた。

「無理しないで、二人が戻ってくるまでそうやって休んでた方がいい」

「は、はい……ご迷惑、おかけします……」

机の間を縫ってこちらに近づいてきた先輩が、さっきまで南条先輩の座っていた席に腰掛けた。窓際を向いて座っていた南条先輩とは逆に、窓を背に教室を見渡すような格好だ。

人気のない教室が、夕日の淡いオレンジ色に染まっている。とても静かだ。潮が引くみたいに、学校からざわめきが消えていく。

長く緩やかな沈黙のあと、巌先輩が静かに口を開いた。

「赤羽さんは、これからも放送部続けるんだよね？」

巌先輩の声は低くて、起伏が少なくて、波の音みたいに不思議と心を宥めてくれて。

「はい」

思うより先に返事をしていた。

放送部に興味なんてなかった。少なくともこの高校に入学した当初は。

でも野球部の練習試合で、初めてのアナウンスを福田先生や野球部の面々に褒められた。ありがとう、と頭を下げてくる野球部の先輩もいた。

あのとき、どこか誇らしい気持ちが芽生えたのは事実だ。

インタビューのときは張り切りすぎて直前に熱を出したし、体育祭では南条先輩の実況に興奮して、仕事なんて放りだして歓声を送ってしまった。白瀬君がラジオドラマの台本を読んでくれたときは少しだけ泣きそうになった。文化祭のアンケートに寄せられた『たくさんのことを考えさせられるお話でした』という一文には胸が詰まった。

私たちのドラマを聞き、立ち止まって思いを巡らせてくれた人がいる。

伝わったんだと思った。必死で脚本を考えたかいがあった。

「……放送部、好きなので」

楽しい、と思ったのだ。そして、もうその気持ちはごまかせない。

突っ伏したまま深く息を吐いて、のろのろと体を起こす。

白瀬君は、一緒に放送部をやろうと言ってくれた。許す、とも。

でも、私が楽しく放送部の活動を続けていたら、いつか許せなくなる日が来るかもしれない。春になれば演劇部の後輩もこの高校へやってくる。彼女が白瀬君を演劇部に誘わない可能性もないわけではない。そのとき白瀬君は、演劇部と放送部のどちらを選ぶだろう。

「赤羽さん、先のことは不安だろうけど、あんまり心配しすぎてもしょうがない。何が起こるかわからないんだから」

考えるうち、傍目にもわかるほど思い詰めた顔をしていたらしい。気遣わしげに声をかけられ、緩慢に巌先輩へ視線を向ける。

「こんな言葉、当たり前すぎてなんにも思わないだろうけど……俺も現実にそういうことが起こったから」

先輩は何か言いかけたものの、私の体調を気遣ったのか「きつかったら突っ伏してて」と言ってくれた。首を横に振って話の先を促す。巌先輩自らこんなふうに何かを喋ろうとしてくることは珍しい。

横目で私の様子を窺いながら、先輩はぽつぽつと続ける。

「うちの野球部、夏の大会は毎年予選の初戦敗退なんだけど、一昨年は珍しく二回戦を突破したんだ。俺の同級生が凄い奴で、一昨年はそいつが四番打者兼部長だった。そんな奴が一年間引っ張ってきたチームだ。もしかしたら来年は奇跡が起きるかもしれないって、去年の今頃、野球部の連中は全員そわそわしてた」

野球部にとって奇跡の年になるかもしれない。そんな年に、巌先輩は野球部を去ることを決めたらしい。

「部員のみんなには何を言われるだろう、引き留められるかもしれない、後ろ指をさされるかもしれない。部活をやめた後、本当にうちの部が地方予選を突破したら、そのときは死ぬほど後悔するんだろうとか、やっぱりそんなことあり得ないとか、夜も眠らずに考えた」

当時の重苦しい心境を思い出したのか、先輩は意識的に大きく息を吐いて、あまり抑揚のない声で続けた。

「でも結局、どれもこれも想像で終わった。まさか同級生が不祥事起こして、大会どころか対外試合が全面中止になるなんて、夢にも思わなかった」

去年の五月、野球部の三年生が喫煙をしたことは私も知っている。あのとき、巌先輩が必死になって野球部とOBとの練習試合を行おうと駆け回っていたことも。

後でこっそり福田先生に尋ねてみたのだが、野球部の長い歴史を振り返っても、喫煙が理由で部活動が停止になるのは初めての事態だったらしい。甲子園に向けて夢を膨らませていた野球部の面々が、どれほど打ちのめされたかは想像に難くない。青天の霹靂なんて言葉では追いつかないくらい、まるで想定していなかった出来事だったことだろう。

「あのときは本当に、何が起こるかわからないもんだなって思った。だから、考えるだけ無駄とまでは言わないけど、とりあえず立ち止まってるよりは行動に出た方がいい」

そう言って、巌先輩は口元にあるかないかわからないくらいの小さな笑みを浮かべた。

あまりお喋りではない先輩が、敢えてこんな個人的な話をしてまで背中を押そうとしてくれている。それがわかったから、先輩から目を逸らすことなく「はい」と頷いた。

立ち止まらずに動いていたら、何かが変わるかもしれない。変わればいいと思う。それと同じくらい、変われるだろうかと不安にも思う。

中学生の頃と比べれば、自分が変わった自覚はある。でもそれは演劇部の後輩を真似ていただけで、私の中身まで変わったとは言い難い。

「……私、自分を変えられるでしょうか」

いつか素直に「ごめんなさい」と言うことができるだろうか。

この言葉が、まっすぐ相手に届くと信じられる日が来るのか。

私としては人生を左右しかねない重大な問いかけだったのだが、それに答える巌先輩の口調は存外軽かった。

「大丈夫、まだ高校生活一年しか過ぎてないんだから」

「……何も変われないまま、もう一年も過ぎてしまった気がするんですが」

そのとき、巌先輩の目元にこれまで見た中で一番くっきりとした笑みが浮かんだ。

「『もう』じゃなくて、『まだ』だよ。まだ全然、始まったばかりだ」

思いがけない言葉に目を瞠る。三年間しかない高校生活の丸一年が過ぎてしまったというのに、「まだ」なのか。もうすぐこの高校を卒業する先輩から見たら、そんなふうに見えるのか。

「私の高校生活、まだ始まったばかりですか……」

「うん。高校生活も始まったばかりだし、放送部も始まったばかりだ」

先輩の言葉尻にかぶせるように、廊下の向こうからばたばたと足音が近づいてきた。

「スズ！　遅くなってごめん！」

三人分のカバンを抱えた南条先輩が教室に駆け込んでくる。続けて、本当に顔を洗ってきたらしく前髪をびしょびしょにした白瀬君もやってきた。

「ほら帰るよ、立てる？」

南条先輩が差し出した手を摑むと、ぐんと力強く椅子から引き上げられた。よろけたところを白瀬君が支えてくれる。

「大丈夫？」と心配顔でこちらを覗き込む白瀬君と「早くコート着て」と急かす南条先輩に何か言わなければと思って、お礼か謝罪か決めかね、全く違う言葉を口走っていた。

「私、放送部続けます」

二人が同時にこちらを見る。でも、そこに浮かんだ表情は両極端だ。

「本当？　よかった！」

「当たり前でしょ！　あたしたちのことさんざん巻き込んでおいて、今更スズだけやめるとか言わせないから」

白瀬君は笑顔だが、南条先輩は怒ったような表情だ。それでいて先輩は、私にコートを着せたり首にマフラーを巻きつけたりとかいがいしい。

私たちを見ていた巌先輩が「いいトリオだな」と小さく笑う。

「来年度こそ、放送部は正式な部に昇格できそうか？」

白瀬君からカバンを受け取った先輩が私たちに尋ねる。

この一年、こういうときに率先して声を上げてきたのは私だ。

「もちろんです！」

「任せてください！」

「この子たちがこの調子だからどうにかなりますよ」

いつもは私の言葉で終わるのに、今日は白瀬君と南条先輩も続いてくれた。それだけで、わっと胸の奥が熱くなる。

巌先輩は目を細めて、よし、と頷いた。

「卒業しても、放送部のこと応援してる。素人四人がここまで来たんだ。きっともっと、思ってもみないようなことが起こるよ」

もうすぐ春が来る。そうしたら巌先輩は卒業してこの学校からいなくなるけど、私も白瀬君も南条先輩も、巌先輩のこの言葉をずっと覚えているだろうと思った。

言葉は呪いで、言葉は祈りだ。

きっと先輩の言葉が、何度だって私たちの背中を押してくれる。

「行こうか」

白瀬君に促され、南条先輩に肩を支えられながら、ゆっくりと教室を後にする。

後ろから私たちを見守る巌先輩の視線を感じ、伏せていた顔を上げ、前を見た。

春からも、私は放送室からたくさんの声と言葉を届けよう。

そして、この放送部を正式な部にしてみせる。

巌先輩が応援してくれているんだから絶対だ。

絶対だよ、二人とも。

本書は、書き下ろし作品です。

読書嫌いのための図書室案内

青谷真未

読書嫌いの高校生・荒坂浩二はひょんなことから廃刊久しい図書新聞の再刊を任される。本好き女子の藤生蛍とともに紙面に載せる読書感想文を依頼し始めた彼だったが、同級生や先輩、教師から不可解な条件を提示される。理由を探る浩二らはやがて三人の秘密や昔学校で起きた自殺事件に直面し……青春ビブリオ長篇

ハヤカワ文庫

放課後の嘘つきたち

酒井田寛太郎

英印高校二年生の蔵元修は同級生の白瀬麻琴に誘われ、部活間のトラブル解決を担う部活連絡会を手伝うことに。演劇部のカンニング疑惑を探る修は、部長の御堂慎司が黒幕と推理するが……陸上部の幽霊騒動や映画研究会の作品改竄など、放課後の仄暗い謎とその謎が呼び起こす修たち自身の嘘——青春ミステリ連作集

隷王戦記1
フルースィーヤの血盟

森山光太郎

「降(くだ)るか、滅びるか」東方世界(オリエント)の覇者(ハーン)エルジャムカは草原の民へ選択を迫った。次期族長アルディエルは民を護るため降り、剣士カイエンは想い人を救うため抗うも敗れ去る。やがて砂漠の都で軍人奴隷となったカイエンは、神授の力を行使する英雄たちと大国間の戦乱に身を投じ……大河ファンタジー戦記、全三巻開幕

錬金術師の密室

紺野天龍

アスタルト王国の錬金術師テレサと青年軍人エミリアは、稀代の錬金術師フェルディナント三世が実現した不老不死の公開式に赴いた。だが式前夜、三世の死体が三重密室で発見され、テレサらに容疑がかかる。処刑までの期限が迫る中、二人は事件の謎を解き明かせるか？　鮮烈な論理が冴えるファンタジー×ミステリ

ハヤカワ文庫

著者略歴　作家　著書『読書嫌いのための図書室案内』（早川書房刊）『鹿乃江さんの左手』『ショパンの心臓』『君の嘘と、やさしい死神』『もうヒグラシの声は聞こえない』他多数

HM=Hayakawa Mystery
SF=Science Fiction
JA=Japanese Author
NV=Novel
NF=Nonfiction
FT=Fantasy

水野瀬高校放送部の四つの声

〈JA1492〉

二〇二一年七月二十日　印刷
二〇二一年七月二十五日　発行

（定価はカバーに表示してあります）

著者　青谷真未
発行者　早川浩
印刷者　入澤誠一郎
発行所　株式会社早川書房
郵便番号　一〇一 - 〇〇四六
東京都千代田区神田多町二ノ二
電話　〇三 - 三二五二 - 三一一一
振替　〇〇一六〇 - 三 - 四七七九九
https://www.hayakawa-online.co.jp

乱丁・落丁本は小社制作部宛お送り下さい。
送料小社負担にてお取りかえいたします。

印刷・星野精版印刷株式会社　製本・株式会社明光社

ISBN978-4-15-031492-7 C0193

本書は活字が大きく読みやすい〈トールサイズ〉です。